崑崙霸仙

곤륜패선

윤신현 신무협 장편 소설

WISHBOOKS ORIENTAL FANTASY STORY

# 곤륜패선 1

윤신현 신무협 장편소설

초판 1쇄 찍은 날 | 2020년 1월 9일
초판 1쇄 펴낸 날 | 2020년 1월 16일

지은이 | 윤신현
펴낸이 | 권태완 우천제

기획 | 위시북스
편집책임 | 한준만
편집 | 위시북스

펴낸곳 | ㈜케이더블유북스
등록번호 | 제25100-2015-43호
등록일자 | 2015. 5. 4
KFN | 제2-14호

주소 | 서울시 구로구 디지털로31길 38-9, 401호
전화 | 070-8892-7937 팩스 | 02-866-4627
E-mail | fantasy@kwbooks.co.kr

ⓒ윤신현, 2020

ISBN 979-11-293-4619-3 04810
         979-11-293-4618-6 (set)

윤신현 신무협 장편소설

WISHBOOKS ORIENTAL FANTASY STORY

崑崙霸仙

곤륜패선

1

Wish Books

崑崙霸仙

곤륜패선

# ··· 목차 ···

序     7

제1장. 너와 내가 곤륜이다     13

제2장. 청하상단(靑厦商團)     39

제3장. 네놈들이 우리 애들 건드렸냐?     67

제4장. 역시는 역시네     109

제5장. 발정 난 개새끼에게는 매가 약이지     131

제6장. 그 아들에 그 아버지     153

제7장. 곤륜산의 종주(宗主)     195

제8장. 사천성에서 온 손님     237

제9장. 만천독황(滿天毒皇)     259

제10장. 초단기 육성계획     281

… 序 …

천장단애라는 말이 절로 나올 정도로 험하기 끝이 없는 절벽에서 갑자기 백광이 솟구쳤다. 정말 뜬금없이 기암괴석으로 가득 찬 절벽의 중간 즈음에서 정체를 알 수 없는 빛이 흘러나왔던 것이다.

　그러더니 이내 무언가가 튀어나왔다.

　"으아아! 드디어 탈출이다!"

　휘이이잉!

　백광을 가르며 뛰쳐나온 인영이 하늘을 향해 소리쳤다.

　그렇게 말하는 그의 발밑은 말 그대로 허공이었다. 절벽 중간에서 갑자기 튀어나왔기에 발아래에는 바람만 스쳐 지나갔던 것이다.

　"여기는 여전히 변한 게 없네. 아래는 살벌하기 짝이 없고."

　허공에 떠 있던 인영이 빠르게 바닥으로 추락했다.

그런데 놀랍게도 무서운 속도로 떨어지고 있음에도 인영은 딱히 당황한 기색이 아니었다. 오히려 주변의 풍광을 구경하듯 팔짱을 낀 채로 고개를 두리번거렸다.

"미쳤지. 어쩌자고 여기까지 기어 내려와서는, 쯧!"

낡은 도복에 머리는 산발이고 수염까지 막 기른 인영이 혀를 끌끌 찼다. 그러더니 너무나 자연스럽게 발을 굴렀다.

투웅.

그리고 놀라운 일이 벌어졌다. 장난과도 같은 행동에 그의 신형이 갑자기 허공으로 치솟았던 것이다. 분명 그의 발밑에는 아무것도 없었는데 말이다.

"구경은 이쯤하고 돌아가야지. 시간이 너무 많이 흘렀어."

여전히 팔짱을 낀 채로 남자가 두 다리를 움직였다.

그러자 마치 하늘을 노니는 한 마리의 용처럼 그의 신형이 너무나 유유히 허공으로 솟구치며 절벽을 넘었다.

툭.

마치 신선과도 같은 움직임으로 곤륜산을 가로지르던 남자가 바닥에 내려섰다.

그의 표정은 절벽에서 나타났을 때와는 전혀 달랐다. 물론 아무렇게나 자란 머리카락이 얼굴을 반 이상 가리고 있었지만, 드러난 부분만으로도 남자의 현재 심정을 짐작하기에 충분했다.

"……뭐야? 왜 이렇게 되어 있어?"

끼이익. 끼이익.

남자가 당혹스러운 표정으로 중얼거렸다.

그의 머릿속에 남아 있던 모습과는 전혀 다른, 말 그대로 폐허가 되어 있는 사문의 모습에 충격을 받았던 것이다.

"어찌하여……."

시간이 제법 흘렀을 거라고는 생각했다. 자신이 보낸 시간이 결코 적지는 않았으니까. 하지만 단 한 번도 사문이 이런 꼴이 되리라고는 생각한 적 없었다.

왜냐하면 그의 사문이 바로 구파일방의 일좌, 중원무림의 정통도문인 곤륜파였기 때문이다.

··· 제1장 ···
# 너와 내가 곤륜이다

저벅저벅.

아주 오래전에 불타 버린 흔적이 가득한, 한때는 고루거각 들로 가득 찼던 길을 거닐며 벽우진이 멍한 표정을 지었다. 두 눈으로 똑바로 보고 있음에도 믿기지가 않아서였다.

지금도 눈을 감으면 어린 시절 사형제들과 뛰놀던 기억이 선명했다. 물론 무공 수련 시간은 재미가 없었지만 사형제들과 함께하기에 그 힘든 일과마저도 행복했었다.

"허허허……."

그런데 지금 그의 눈에 보이는 것이라고는 폐허가 된 사문의 모습뿐이었다. 느껴지는 기척이라고는 산짐승들뿐. 벽우진은 헛웃음만 나왔다.

"정말, 정말 멸문했다고? 나의 사문이? 천하의 곤륜파가?"

비록 속세의 일에 크게 관여하지는 않았다고 하나, 곤륜파는 구파일방의 한 자리를 당당히 차지하고 있는 대문파였다. 또한 벽우진이 도적에 이름을 올릴 때만 하더라도 역사가 400년이 훌쩍 넘었다.

그런데 그토록 대단하고 찬란한 무명을 가졌던 곤륜파가 사라졌다는 게 믿기지가 않았다.

"내가 없던 사이 도대체 무슨 일이 있었기에."

명명백백하게 멸문지화를 당한 사문의 모습에 벽우진이 주먹을 움켜쥐었다. 하지만 지금은 파악이 먼저였다. 모든 일에는 원인과 결과가 있다.

벽우진은 부리부리한 안광을 뿌리며 전각들이 있었던 장소를 샅샅이 살폈다.

"일단 시간은 제법 흐른 듯하고."

무너지고 허물어지며 불탄 흔적들이 가득한 건물들의 잔해를 살피며 벽우진이 발걸음을 옮겼다. 하지만 그가 알 수 있는 건 시간이 꽤 많이 흘렀다는 게 전부였다.

"음?"

한참을 딱딱하게 굳은 얼굴로 곤륜파의 내원을 돌아다니던 벽우진이 순간 눈을 번쩍였다. 산짐승들이 아닌 인기척이 느껴졌다. 그것도 정확히 이쪽을 향해서 오는 기척에 벽우진은 땅을 박차 산문 쪽으로 신형을 날렸다.

"후우."

한때는 사람들로 북적북적거렸던 오르막길을 한 명의 노인이 느릿하게 걸어오고 있었다.

낡은 도복을 입고 있는 노인이었는데 자글자글한 눈가의 주름이 그가 살아온 세월을 말해주었다. 적지 않은 나이 때문인지, 아니면 오랫동안 사람이 찾지 않아 아무렇게나 자란 수풀과 잡초를 가르고 올라와서인지 노인은 지친 얼굴로 숨을 골랐다.

그를 본 벽우진의 동공이 격렬하게 흔들렸다.

"오늘은 길을 정리해야겠어. 가만히 놔두면 또 훌쩍 자라 산문으로 향하는 길을 막아버릴 테니."

벽우진의 입이 쩍 벌어졌다. 나이를 먹어 늙었음에도 지금 들려오는 목소리는 그에게 너무나 익숙했다. 또한 시공간의 진 속에서 그가 수도 없이 떠올렸던 목소리이기도 했다.

때문에 벽우진은 자기도 모르게 기척을 흘리고 말았다.

"응? 누구……."

작은 인기척이었지만 알아차리지 못할 정도는 아니었다. 그렇기에 곤륜파의 산문으로 올라왔던 노인이 고개를 돌렸다.

"정녕, 정녕 청민(清敏)이더냐?"

힘겹게 흘러나오는 벽우진의 음성에 낡은 도복의 노인이 사시나무처럼 몸을 떨었다. 벽우진이 그를 알아본 것처럼 그 역시 벽우진을 알아보았던 것이다.

노인은 믿을 수 없다는 듯이 몸을 떨며 화등잔만 하게 커진 눈으로 벽우진을 쳐다봤다.

"처, 청류(清流) 사형? 정말 청류 사형이십니까?"

털썩.

노인의 입에서 흘러나온 자신의 도명에 벽우진은 자기도 모르게 주저앉았다.

하늘조차도 두려워하지 않는 그였지만 지금은 어쩔 수가 없었다. 그 정도로 벽우진은 지금의 상황이 믿기지가 않았다.

"정말 청민이구나."

"사형!"

나지막하게 중얼거리는 벽우진을 향해 청민이 날 듯이 다가왔다. 그러고는 벽우진의 얼굴을 너무나 조심스럽게 쓰다듬었다.

"마지막으로 봤을 때는 열 살을 갓 넘은 꼬맹이였는데, 지금은 노인네가 다 되었구나. 허허허……."

"그동안 어디에 계셨던 겁니까? 이 모습은 또 어떻게 되신 거고요? 설마 반로환동(反老還童)하신 겁니까?"

"그럴 리가. 그렇다고 그 정도 경지가 아니냐면 그건 또 아니지만. 일단 너에게서 들어야 할 대화가 많은 것 같구나. 사문에 대해서도 그렇고."

벽우진의 눈빛이 달라졌다. 동시에 자리에서 일어나며 청민의 어깨에 손을 올렸다.

◯

졸졸졸.

폐허로 변한 곤륜파의 한복판에 자리 잡은 벽우진과 청민이 마주 앉아 있었다.

청민이 나무로 만든 술잔에 화주를 따르며 말했다.

"더 좋은 술을 준비했어야 했는데, 죄송합니다."

"이것만 해도 진수성찬이다. 내가 갇혀 있었던 곳에는 토끼 구이가 뭐야. 그 흔한 꿩도 없었다. 술은 더더욱 없었고."

"그래도……."

싸구려 화주로 채워진 술잔을 보며 청민이 얼굴 가득 미안한 표정을 지었다. 선대에 의해 시공간의 진에 갇혔던 벽우진이 어떻게 지내왔는지 대략적으로나마 들었기에 고작 화주밖에 따라주지 못하는 게 미안해서였다.

하지만 그런 청민을 달래며 벽우진은 웃었다.

"이 정도로 충분해. 더구나 네가 있지 않느냐. 나는 사문에 돌아왔고. 그거면 되었다. 그보다 내 얘기는 어느 정도 했으니 네 얘기를 듣고 싶구나. 도대체 얼마의 시간이 흘렀으며 무슨 일이 있었던 것이냐?"

노릇노릇하게 익은 토끼의 뒷다리를 큼지막하게 뜯은 벽우진이 그걸 청민에게 건네며 물었다.

그러자 청민의 표정이 침울해졌다. 곤륜파의 참사를 떠올리는 것만으로도 가슴이 먹먹해지고 눈가가 촉촉해져서였다.

"사형께서 사라지신 지 벌써 58년이라는 세월이 흘렀습니다. 열두 살이었던 저는 어느새 일흔이 되었지요."

"청춘을 느끼지도 못했는데 내 나이가 벌써 일흔다섯이란 말이더냐."

독하디독한 화주를 단숨에 삼키며 벽우진이 허탈하게 중얼거렸다. 코앞에서 듣고도 믿기지가 않아서였다.

하지만 세월의 흐름을 고스란히 보여주는 청민이 앞에 있었기에 믿지 않을 수도 없었다.

"참사는 사형이 사라지고 10년이 지난 후 찾아왔습니다. 신강의 마교가 중원 정복을 외치며 발호했고, 첫 번째 목표가 본파였습니다. 청해성이 중원으로 가는 길목이기도 하고, 구대문파 중 한 곳이 바로 본파였으니까요."

"수도 없이 충돌한 악연도 있지."

중원무림의 선봉장 혹은 첫 관문. 그게 바로 곤륜파를 달리 말하는 단어들이었다.

때문에 다른 문파들과 비해 마교는 곤륜파라면 이를 갈았다. 항상 앞을 막아서는 게 곤륜파였기 때문이다.

'속세의 문파나 세가도 아닌데 늘 막아섰으니까.'

벽우진이 씁쓸한 표정을 지었다. 역시나 사문답다는 생각이 들어서였다.

하지만 더 이상 입을 열지는 않았다. 지금은 청민의 설명을 들을 때였으니까.

"그때 마교의 공격은 지금까지와는 달랐습니다. 불세출의 마인이라 해도 과언이 아닐 정도의 실력자인 교주의 손에 장문인께서 유명을 달리하시고 하루 만에 본산이 불탔습니다. 그리고 사부님을 비롯해서 사백조, 사숙조 심지어 태사조께서도 마인들의 손에 돌아가셨습니다."

졸졸졸.

그때의 기억이 떠오르는 모양인지 점점 더 격정적으로 변해 가는 청민의 말을 들으며 벽우진은 화주를 따랐다. 언뜻 보면 무심한 얼굴로 말이다.

"마교와의 전투로 본산은 불탔지만 그럼에도 곤륜파는 사라지지 않았습니다. 또한 전투를 피하지 않았습니다. 어르신들은 마지막까지 마교에 대항하며 싸우셨고, 불타 버린 본산을 복구하기 위해 최선을 다했습니다. 하지만 십 년이라는 세월은 모든 것을 앗아갔습니다. 곤륜파의 제자들은 물론이고 이름과 명예까지도요. 그리고 지금까지 남아 있는 건 구질구질하게 목숨을 연명하고 있는 저뿐입니다……. 실력이 모자라서 지금껏 살아 있습니다. 크흑!"

서서히 어둠이 내려앉아 가는 땅바닥 위로 눈물방울들이 떨어졌다. 일흔이라는 나이에 어울리지 않게 청민이 닭똥 같은 눈물을 흘리는 것이었다. 그런데 그 모습이 참으로 절절했다.

아마도 깊은 후회와 한탄이 담겨 있기 때문이겠지.

"허어……."

그 모습에 벽우진 역시 장탄식을 내뱉었다. 청민의 모습에서 그가 가슴에 담고 살아온 한이 얼마나 깊은지, 슬픔과 죄책감이 얼마나 거대한지 느낄 수 있었기에.

"하루에도 수없이 생각했습니다. 더 살아서 뭐 하나. 나 하나 남았다고 달라지는 게 있나. 지금이라도 깔끔하게 정리하는 게……."

"무슨 소리! 어찌 스스로 목숨을 끊을 생각을 하는 것이냐!"

"마지막까지 사문의 이름에 먹칠을 하는 것 같아……."

"말도 안 되는 소리다! 네가 있기에 지금까지 곤륜의 맥이 끊어지지 않은 것이다! 그런데 어찌 그런 망발을 하느냐!"

"크흐흑!"

청민은 가슴에서 무언가가 솟구치는 듯한 느낌이 들었다. 사형의 한 마디, 한 마디가 그를 위로해 주었던 것이다.

하지만 이상하게도 그럴수록 눈물만 더욱 나왔다. 사문이 멸문지화를 입은 후 더 이상은 흘릴 눈물이 없었다고 생각했는데 말이다.

"둘러보면서 느꼈다. 폐허가 되었지만, 곳곳에 사람의 손길이 남아 있다는 것을. 아마도 너 혼자 치우고 있었겠지. 수십 년의 세월 동안을."

"……저라도 지키고 있어야 한다고 생각했습니다. 혹시라도 찾아올 사람들이 있을지 모른다고 생각했거든요. 하지만 그 발길도 9년 전이 마지막이었습니다."

"참으로 힘들었겠구나."

뚝뚝.

청민은 대답하지 않았다. 대신 이를 악물며 눈물만 쏟아냈다.

벽우진은 그런 청민을 묵묵히 다독여 주었다.

"고맙다. 자리를 지켜주고 있어서. 또한 맥을 이어주고 있어서."

"사, 사형."

"너는 보잘것없는 일이라 하겠지만, 그렇지 않다. 모든 짐을 짊어지고 살아가는 게 어찌 보잘것없는 일이겠느냐. 더구나 모두가 잊어버린 문파를 홀로 지키는 게 말이다."

주르륵.

다른 이도 아니고 사형인 벽우진의 말에 청민이 다시 한번 울컥했다. 그러자 두 눈에서 눈물이 폭포수처럼 흘러내렸다.

"고생했다. 이제는 네가 짊어지고 있던 것을 나에게 넘기거라."

"사형……."

"이제부터는 내가 책임지마. 물론 너무 늦은 감이 없잖아 있지만 말이지."

"아, 아닙니다. 늦지 않으셨습니다. 사형께서도 불가항력이시지 않았습니까."

"변명일 뿐이지."

벽우진은 고개를 저었다.

사정이 이러해서 어쩔 수 없었다는 말은 하지 않았다. 선대로 인해 함께하지 못했다는 말은 핑계에 불과했다.

그렇기에 벽우진은 그런 말을 하지 않았다. 대신 미래에 대해서만 말했다. 두 사람이 살고 있는 때는 현재이며 앞으로 다가올 것은 미래뿐이었으니까.

"전 그렇게 생각하지 않습니다. 오히려 이렇게 될 것을 알기에 선대께서 준비를 하신 게 아닐까 생각합니다."

"그럴 수도 있겠지. 하지만 중요한 것은 우리가 할 수 있는 건 짐작뿐이라는 거다. 나 역시 따로 들은 건 없었으니까. 시간이 늦었다. 이만 자거라."

"아닙니다. 좀 더……."

"좋은 꿈 꾸거라."

수혈이 짚인 청민이 자기도 모르게 잠에 빠져들었다. 벽우진이 무음지(無音指)의 수법으로 청민을 재운 것이다.

벽우진은 안쓰러운 눈빛으로 사제를 바라봤다.

"이제는 나이도 적지 않은데 제 몸을 돌보지 않았으니."

청민이 왜 그렇게 자신을 혹독하게 몰아붙였는지 모를 수가 없었다. 때문에 벽우진은 안타까운 얼굴로 청민의 몸을 부드럽게 주물러 주며 추궁과혈의 수법으로 오랜 세월 동안 망가진 그의 육체를 어루만져 주었다.

"으음……."

추궁과혈이 계속되자 청민의 표정이 점차 편안해졌다. 어느새 옅은 미소를 지으며 잠꼬대를 하는 모습에 벽우진 역시 웃음을 흘렸다.

"곤륜은 사라지지 않았다. 네가 있고, 내가 있는데 어찌 곤륜이 사라지겠느냐. 그러니 걱정하지 말고 푹 자거라."

그동안 혼자서 지내왔다는 낡은 오두막에 청민을 눕혀두고서 벽우진은 밖으로 나왔다.

뾰족하게 느껴지는 초승달을 보며 높게 치솟은 나무 위에 앉았다. 그런 그의 앞에는 아까 전 청민과 함께 마셨던 화주와 나무로 대충 깎은 술잔이 놓여 있었다.

"참으로 덧없게 가셨소이다, 그려. 그렇게 강호의 도의와 정의를 말씀하시더니. 결국 남은 건 희생했다는 말뿐이지 않습니까."

졸졸졸.

벽우진이 사부와 사백, 사숙, 그리고 몇 번 만나지도 못했던 사조들을 떠올리며 화주를 따랐다. 자신에게 그토록 무인으로서, 도인으로서의 도리를 말했던 이들이 이제는 한 줌의 흙으로 돌아갔다는 게 믿기지 않았다. 하물며 천산마교의 마인들과 싸우다가 죽었다는 사실이 말이다.

"심지어 이제는 기억해 주는 사람도 없다니. 이 얼마나 씁쓸한 퇴장입니까."

10년이면 강산도 변한다는 말이 있었다. 그런데 곤륜파가 멸문한 지 어느덧 48년이라는 세월이 흘렀다. 강산이 무려 다섯 번 가까이 바뀔 만한 시간이 흐른 것이다.

또한 곤륜파의 자리였던 구파일방의 일좌 역시 다른 문파가 차지했다고 들었다.

"그럴 수밖에 없었다는 걸 이해는 합니다. 하지만 참으로 답답하오. 어찌 그리 미련하게 싸우셨는지."

백도문파로서 지켜야 할 것이 있다는 걸 벽우진 역시 알고 있었다. 그 역시 명문정파의 일원이었으니까.

이름도 드높은, 중원도문에서도 정통 도맥을 이은 곤륜파의 도적에 이름까지 올라가 있는 인물이 바로 그였다. 하지만 벽우진은 냉정하게 말해 너무 이기적이라는 생각이 들었다.

"결국 살아남지 못하면, 힘이 없으면 아무것도 할 수 없는데 말이죠. 보시죠. 400년이 넘는 세월 동안 청해성을 지켜오면 뭐합니까? 선봉장으로 천산마교를 막으면 뭐 합니까? 고작 48년이 지났을 뿐인데 다 잊었다고 하지 않습니까? 고작 이런 이들을 위해 그렇게 희생하신 겁니까? 청민이는 무슨 죄입니까? 무림에서 약한 게 죄일 수는 있으나 그렇다고 책임을 막내에게 떠넘겨서는 안 되죠."

벽우진의 표정이 냉랭해졌다.

생각하면 생각할수록 화가 나서였다. 물론 그 화는 죽어서 영령이 되어버린 이들과 중원의 명문정파들이었다. 곤륜파의 희생에는 일말의 고마움도 없이 호의호식하는 그들이, 떵떵거리며 살고 있을 그들이 벽우진은 마음에 들지 않았다. 정작 가장 앞장서서 싸운 건 곤륜파였는데 말이다.

꿀꺽!

거기까지 생각이 닿았을 때 벽우진은 술잔에 담긴 화주를 단숨에 들이켰다. 하지만 그렇게 독한 화주를 마셨음에도 좀처럼 취기가 오르지 않았다.

"저에게 무엇을 원하시는 겁니까? 이유가 있으니 그렇게 준비하신 거 아닙니까?"

벽우진이 묘한 얼굴로 초승달을 쳐다봤다. 그러자 시공간이 뒤틀린 곳에서 만났던 시조의 모습이 떠올랐다. 인자하게 웃는 얼굴로 가부좌를 틀고 있던 시조가 말이다.

하지만, 이미 수백 년 전에 죽은 사람이었기에 그에게서 들을 수 있는 말은 없었다.

"복수하는 게 맞기는 한데……."

벽우진이 말끝을 흐렸다.

직접적으로 사문을 멸문시킨 천산마교를 복수의 대상으로 삼아야 하는지, 아니면 사문의 희생을 나 몰라라 하고 있는 중원무림을 향해 복수의 칼날을 휘둘러야 할지 감이 잡히지 않아서였다.

물론 벽우진의 마음 같아서는 둘 다에게 휘두르고 싶었다. 청민은 힘이 없었기에 감내하고 체념하며 살아왔지만, 그는 달랐다. 고래로부터 강호는 강자존의 세상이었으니까. 아마 100년이 지나도 그건 달라지지 않을 것이었다.

"모르겠군. 모르겠어."

벽우진이 답답하다는 듯이 고개를 저었다.

성격 같아서는 당장 다 때려 부수고 싶었다. 물론 마교는 그래도 된다. 하지만 문제는 중원무림이었다. 48년의 죄를 묻기에는 시간이 너무나 많이 흘러 있었고, 복수를 하게 되면 죄 없는 이들이 휘말릴 수 있었다.

원한이 또 다른 원한을 낳는 건 불변의 진리였기에 벽우진은 머리가 복잡했다.

"탈출하기만 하면 내 꼴리는 대로 살 수 있을 거라고, 아니, 내 꼴리는 대로 막살 거라고 다짐했는데 역시 인생은 쉽지가 않아. 58년이라는 세월을 훔쳐가고도 아직도 날 힘들게 하다니."

벽우진이 깊은 한숨을 내쉬었다.

한탄과 분노에 이어 투정을 부리는 것이었다. 그런데 더 씁쓸한 사실은 그 투정을 받아주는 사람이 아무도 없다는 점이었다. 이제 그의 곁에는 사제인 청민밖에 없었다.

"사부, 제가 어찌하길 바라십니까?"

이제는 희미해진 사부의 모습을 밤하늘에 떠올리며 물었다.

하지만 들려오는 대답은 없었다. 대신 늘 그렇듯이 웃고만 있었다. 신선도 아니면서 신선처럼 웃고 있는 모습이라고나 할까.

"저 꼴리는 대로 하라고요? 마음대로 살라고요?"

물론 그 미소를 벽우진은 자기중심적으로 해석했다.

세월이 흘렀지만, 몸도 무공도 예전과는 비교도 할 수 없게 달라졌지만, 여전히 그는 똑같았다. 58년의 세월이 무색할 정도로 말이다. 그리고 벽우진은 자신이 75살이라는 걸 인정하고 싶은 마음도 없었다.

"역시 제 사부님이십니다. 저를 너무 잘 아세요. 그리고 솔직히 말해 저는 장문제자가 아니었잖아요?"

벽우진이 능글맞게 웃었다.

자신에게 짐을 떠넘기라고 말하긴 했지만 그렇다고 장문인이 될 생각은 아직 없었다. 애초에 그럴 생각이 눈곱만큼도 없었고.

우연찮게 들어간 그곳에서 벽우진이 바라고 바란 건, 하루라도 빨리 탈출해서 세월아 네월아 게으름을 피우는 것이었다.

"뭐 항렬로 밀어붙이면, 실력으로 밀어붙이면 어쩔 수 없습니다만……."

시공간의 진에서 보냈던 시간을 떠올리며 벽우진이 말끝을 흐렸다.

그때는 왜 자신이 이런 걸 다 배우고, 외워야 하는지 몰랐었지만 지금은 이해가 되었다. 모든 것이 사라진 현재의 곤륜파를 생각하면 말이다. 그리고 왜 시공간의 진과 같은 안배가 필요했는지도.

"저에게도 생각할 시간이 필요합니다. 또한 확인할 시간도 필요하고요. 그러니 결정은 잠시 유보해 놓겠습니다. 도망치는 거 절대 아닙니다. 다만 신중하게 생각해 보겠다는 거죠. 아시죠? 제자의 이 깊은 마음을?"

초승달 주변에 떠올라 있던 사부가 심히 언짢다는 표정을 지었다. 늘 그를 혼내기 직전에 자주 지었던 표정이었다. 하지만 이제는 볼 수 없는 모습이기도 했고.

"제가 곤륜파의 제자라는 걸 한시도 잊은 적이 없습니다. 그러니까 믿고 기다려 주시죠. 청민도 제가 잘 보살피겠습니다. 지난 세월 동안 고생한 걸 다 보상받았다고 생각할 정도로요. 재건은 장담하지 못하겠지만, 그것만큼은 확실하게 말씀드릴 수 있습니다. 적어도 천하에서 열 손가락 안에는 들게 만들겠습니다. 그러니 걱정하지 마세요."

밤하늘에 떠올라 있던 사부가 미소를 지었다. 그 모습에 벽우진 역시 옅은 미소를 머금었다.

"으으윽……."

자기도 모르게 잠들었던 청민이 신음을 흘리며 자리에서 일어났다. 고통스럽게 일어나는 게 일상이나 마찬가지였기에 습관적으로 앓는 소리를 내며 눈을 떴던 것이다.

그런데 이상하게 몸이 찌뿌듯하지 않았다. 평소라면 육신

곳곳에서, 특히 관절에서 비명을 질러대야 하는데 그런 게 없었다.

"뭐, 뭐지? 어떻게 된 거야?"

너무나 개운한 몸 상태에 청민이 어리둥절한 표정을 지었다. 물론 좋은 건 좋은 거지만 그렇다고 해도 너무 갑작스러운 변화였기에 청민이 흔들리는 눈으로 자신의 몸을 내려다봤다.

"일어난 모양이구나."

"사형!"

"나이도 적지 않은 녀석이 왜 그렇게 소리 질러. 너와 달리 난 육신이 청춘이다. 그렇게 소리 안 질러도 다 들려."

"꿈인 줄 알았습니다. 아주 가끔 사형과 사제들 그리고 사부님이 꿈에 나오셨거든요."

"이제는 나만 빼고 꿈에 나오겠네."

벽우진이 씩 웃으며 말했다. 다른 이들과 달리 자신은 확실하게 살아 있어서였다.

"근데 사형. 제 몸이 조금 이상합니다."

"개운하지?"

"예? 예. 보통은 온몸이 쑤셔야 정상인데……."

"그럴 수밖에. 이 몸께서 직접 추궁과혈을 해주었는데 달라진 게 없다면 말이 안 되지."

청민이 두 눈을 끔뻑거렸다. 무슨 말인지 바로 이해하지 못한 것이었다. 그러다가 뒤늦게 벽우진의 말을 이해하고는 화들짝 놀랐다.

"저에게 말씀이십니까?"

"그럼 누구 몸이겠어. 대충 봐도 완전 망가져 있는 것 같았는데 제대로 보니까 심각할 지경이더라. 도대체 몸은 왜 그렇게 된 거야?"

"내상을 제때 다스리지 못해 생긴 후유증입니다. 그리고 무공을 제대로 익히지도 못했고요."

"늦었지만 지금이라도 몸 좀 추스르자. 무공이야 내가 가르쳐 주면 되고."

벽우진이 대수롭지 않다는 듯이 말했다. 시일이 조금 걸리기는 하겠지만 완쾌가 불가능하지는 않았기 때문이다. 그리고 청민은 엄밀히 말해 곤륜파의 2인자였다. 그런 만큼 약한 건 납득할 수 없었다.

"사형께서요?"

"왜? 못마땅하느냐?"

"아니, 아닙니다. 사형의 무공이야 대단하다는 걸 알고 있습니다. 정확히 가늠은 할 수 없지만요."

"네가 상상하는 것 이상이다. 이 몸은 말이지. 후후후!"

광오하기 짝이 없는 말이었지만 청민은 이상하게 그 모습이 너무나 귀여웠다. 아주 오래전 장난꾸러기, 아니, 말썽꾸러기 시절의 사형이 떠올라서였다.

특히 개구쟁이 같은 미소는 아직도 여전했다.

"믿습니다. 당연히 믿고말고요. 사형은 장난이 심하긴 해도 빈말을 하지는 않으셨으니까요."

"이제는 능력까지 갖추었지. 그래 봤자 일흔다섯의 늙은이일 뿐이지만."

"겉으로 보기에는 이제 약관으로 보이는데요. 스무 살이라고 해도 사람들이 믿을 것 같습니다. 물론 좀 씻으시고 머리도 정리하셔야 하겠지만요."

"지금 나더러 더럽다고 돌려 까는 거지?"

청민이 슬쩍 웃었다. 말 대신 미소로 답한 것이다.

"이 녀석이 고생한 사형한테 고맙다는 말을 하지는 못할망정."

"감사합니다, 사형. 진짜 사형이 계셔서 얼마나 든든한지 모릅니다."

"나 역시 마찬가지다. 이제 곤륜의 제자는 너와 나밖에 없지 않느냐."

"진산제자는요."

청민이 고개를 주억거리며 긍정했다.

적통의 맥은 이제 둘뿐이었다, 아니, 정확히 말하면 벽우진 뿐이었다. 그는 반쪽짜리밖에 되지 못했으니까.

"속가제자는 남아 있다는 말로 들린다?"

"아예 없지는 않습니다. 그보다 사형."

"무슨 말을 하려고 그렇게 분위기를 잡아? 일단 밥부터 먹자. 내 새벽에 아주 튼실한 놈을 잡아 왔으니."

벽우진이 청민을 데리고 밖으로 나갔다. 그러자 청민의 두 눈이 휘둥그레졌다.

어제 피워두었던 모닥불 위에 큼지막한 사슴 하나가 통째로

손질되어 노릇노릇하게 익고 있어서였다. 특히 기름기가 쫙 빠져나오면서 흘러나오는 냄새가 장난 아니었다.

"사람은 밥을 든든하게 먹어야 해. 58년 동안 벽곡단을 먹어서 그런지 난 이제 풀떼기라면 넌덜머리가 나."

"언제 잡아 오신 겁니까?"

"네가 세상모르고 나자빠져 있을 때?"

"사형이 재우신 거 아닙니까? 그것도 강제로."

청민이 슬그머니 웃으며 말했다.

그 말에 벽우진이 헛기침을 했다. 틀린 말이 아니어서였다.

"일단 먹자. 다 먹고살자고 하는 일인데."

"해체는 제가 하겠습니다."

"그래, 어디 한 번 맛깔나게 썰어봐라."

벽우진이 거들먹거리며 자리 하나를 차지하고 앉았다. 그러자 청민이 웃으며 품속에서 소도를 꺼내 잘 익은 부위부터 잘라냈다.

"본산에서 이렇게 두런두런 얘기를 하며 식사를 한 지가 얼마 만인지 모르겠습니다."

"앞으로는 자주 있게 될 거야."

"재건, 하실 겁니까?"

청민이 조심스럽게 물었다. 아무래도 쉽지 않은 질문이었기 때문이다.

더구나 벽우진은 장문제자가 아니었다. 애초에 장문인이 되고자 하는 마음을 가지고 있지도 않았고.

"재건이라. 너는 어떻게 하고 싶으냐? 솔직하게 네 생각을 말해보거라."

"솔직히 말씀드리면, 잘 모르겠습니다. 혼자였을 때는 하고 싶어도 할 수가 없었습니다. 제가 할 수 있는 건 혹시라도 찾아올지 모르는 곤륜파의 사람들을 기다리는 것뿐이었으니까요. 저는 제 주제를 잘 알고 있기도 하고요. 거기다 몸까지 망가진 상태였으니. 그런데 지금은 사형께서 돌아오셨죠. 하지만 그렇다고 강요할 수는 없다고 생각합니다. 그럴 자격도 저에게는 없고요."

"왜 자격이 없어. 마지막까지 본산을 지킨 게 너인데. 아니면 혹시 불가능하다고 생각하는 것이냐?"

"세월이 너무 많이 흘렀으니까요."

청민이 에둘러 말했다.

겉모습이 약관처럼 보인다고 하나 벽우진의 나이는 그보다 많았다. 아무리 시간의 흐름을 느낄 수 없는 공간에 있다고 하더라도 흐른 세월이 사라지는 건 아니었다.

물론 무공의 성취가 엄청날 것이라고 짐작이 가기는 하지만 문파 재건은, 더구나 구대문파 중 한 곳이었던 곤륜파를 재건하는 건 두 사람만으로는 너무나 힘겨운 일이었다.

"나 역시 같은 생각이다. 쉬운 일은 아니지. 하고 싶다고 당장 이뤄지는 일도 아니고. 하지만 적어도 나는 불가능하다고 생각하지 않는다. 왜냐? 나이기 때문이지. 다른 이들에게는 불가능하지만, 난 예외야. 물론 너는 감이 잡히지 않겠지만."

"아닙니다. 믿습니다. 다른 사람도 아니고 사형께서 하시는 말인데요."

"너무 진심이 담겨 있지 않은 말투인데? 어쩔 수 없이 비위를 맞춰준다는 느낌이야."

"그럴 리가요."

청민이 황급히 고개를 저었다. 그러나 벽우진은 여전히 의심 가득한 눈빛으로 사제를 쳐다봤다.

"뭐, 쉽게 믿으면 그게 더 이상하겠지. 아직은 본 게 없으니까. 일단 재건에 대한 문제는 뒤로 미뤄놓자. 지금 중요한 건 그게 아니니까."

"아침 식사가 중요하다는 말씀이시죠?"

"그것도 물론 중요하고. 하지만 그전에 짚고 넘어가야 할 일이 두 가지 있다."

"두 가지나요?"

청민이 의아한 표정을 지었다. 사문을 재건하는 것보다 더 중요한 일이 있다고 하자 무엇인지 궁금했던 것이다.

"첫 번째는 너다."

"저, 저요?"

"정확하게는 네 무공이지. 물론 그전에 몸부터 회복하는 게 우선이겠지. 너무 오랫동안 혹사시켰어. 나이도 있는데 말이지."

"이미 늦었습니다. 전 그저 건강하게 살다 가면 됩니다. 저보다는 사형을 더 챙기셔야죠."

청민이 겸연쩍게 웃으며 말했다. 자신을 신경 써주는 건 너무나 고마웠지만 냉정하게 볼 필요가 있었다. 이미 그는 망가질 대로 망가진 상태였기에 제대로 된 곤륜파의 절학을 익힌다고 해도 성과는 미비할 게 뻔했다. 제대로 소화하지도 못할 테고 말이다.

"나는 이미 충분히 강해. 하지만 넌 아니지. 그리고 이런 말도 있잖느냐. 늦었다고 생각할 때가 가장 빠른 때이다."

"제 나이가 일흔인데요, 사형."

청민이 허허거리며 웃었다.

하지만 평범한 촌부였다면 이 험한 곤륜산에 오르지도 못했을 터였다. 그저 시전에 마실이라도 나가면 다행이었지.

"나이는 단순히 숫자일 뿐이야. 그렇게 생각하면 뭐든지 할수 있어. 그리고 난 내 하나뿐인 사제가 빌빌거리는 꼴은 못본다."

"하고 싶어도 이제는 몸이 따라주지 않는데요."

"그건 걱정하지 마. 내가 다 생각해 둔 게 있으니까. 넌 그저 내가 하라는 대로 따라오기만 하면 돼. 설마 하니 네 몸이 그런데 내가 무식한 방법으로 수련을 시키겠어?"

"……."

청민은 대답하지 않았다. 과거 벽우진의 성격을 생각하면 충분히 그러고도 남아서였다.

"진짜 걱정하지 말라니까? 오로지 너만을 위한 방식으로 수련을 짜놓았어. 진짜 이대로만 하면 넌 천하십대고수가 될 수있다!"

"요즘은 삼제오왕칠성(三帝五王七星)이 강호무림을 대표합니다. 물론 마도와 사도를 제외하고요."

"그 안에 들어갈 수 있게 해주마."

벽우진이 호기롭게 말했다. 계획대로만 된다면 진짜 그렇게 만들 자신이 있어서였다.

하지만 청민은 농담으로 들었다.

"그렇게 되면 진짜 좋겠네요."

"못 믿는 눈치네?"

"아닙니다. 믿어요. 사형께서 하시는 말인데요."

벽우진이 미간을 좁혔다. 멍한 얼굴로 혼자만의 상상에 빠진 청민을 보니 자신의 말을 전혀 믿지 않는 것 같아서였다.

하지만 한편으로는 이해가 가기도 했다. 아직 보여준 게 전혀 없으니까.

'뭐, 그건 차차 보여주면 될 일이고. 중요한 건 스스로의 의지니까.'

벽우진이 어깨를 으쓱거렸다. 적어도 지레 포기하는 것보다는 훨씬 나아서였다.

"두 번째는 무엇인가요?"

"유람을 하자. 일단은 청해성부터."

"유람이요?"

"응, 강호 유람. 너도 솔직히 청해성을 전부 다 둘러본 것은 아니잖아? 이참에 유람이나 다녀보자. 언제 또 우리가 같이 돌아다녀 보겠어?"

청민이 두 눈을 끔뻑거렸다. 확실히 청해성에서 나고 자랐지만 크게 돌아다닌 적은 없어서였다. 그나마 했던 외출도 사문의 일과 관련이 있었고. 마음 편히 돌아다녀 본 적은 지금껏 단 한 번도 없었다.

"그리고 궁금하기도 해. 곤륜파가 진짜 잊힌 것인지. 아니면 누군가가 잊게 만든 것인지. 또한 기억하고 있는 사람들이 있는지. 난 우선 그것부터 알고 싶어."

"알겠습니다."

"뭐, 그렇다고 단순히 유람만 할 생각은 없어. 수련은 계속 이어질 거야. 하지만 그 수행이 어느 정도 궤도에 오르면 넌 나에게 엄청나게 고마워하겠지. 이건 장담할 수 있어."

"정말 그렇게 되었으면 좋겠습니다. 허허."

진짜 늙은이처럼 웃는 청민의 모습에 벽우진이 안쓰러운 표정을 지었다. 하지만 그건 창졸간에 사라졌다.

이내 그는 순진하게 웃음 짓고는, 청민과 잡담을 하면서 사슴구이를 뜯어먹었다.

··· 제2장 ···
# 청하상단(靑廈商團)

벽우진은 곤륜산을 내려와 청민과 청해성을 돌아다녔다.

그 역시 아주 어린 시절 곤륜산에 올라가 제자가 되었기에 사실 청해성에 대해 잘 몰랐다. 곤륜산 인근만 조금 알았을 뿐. 그렇기에 벽우진은 청민과 함께 진짜 유람을 하듯 청해성 곳곳을 쏘다녔다.

"천검문(千劍門)이라."

곤륜산을 내려와 청해성을 크게 한 바퀴 돌던 벽우진은 발길 닿는 곳에 머물렀다. 굳이 명소를 찾아다니지 않고 그냥 막 돌아다녔던 것이다. 그리고 오늘도 그렇게 이동하다가 눈에 띄는 객잔에 들어갔다.

"본파가 사라지고 청해성의 패권을 차지한 문파입니다."

"얘기를 들어보니 정사 중간인 것 같은데? 역시 세외에 가까운 지역이라서 그런가. 아니면 중원무림의 영향력이 닿지 않는 건가?"

"제가 생각하기에는 둘 다인 것 같습니다."

"호랑이가 죽으니 늑대가 우두머리 행세를 하는 모양새네."

벽우진이 혀를 차며 죽엽청을 따랐다. 도인(道人)이지만 고기 며 술이며 가리지 않고 먹는 그의 모습에 청민이 어색하게 웃 었다. 이제는 도복도 벗어 던졌기에 가만히 보면 절대 명문도 가(名門道家)의 사람으로 보이지 않았다.

"그렇긴 합니다만 그렇다고 만만하게 봐서는 안 됩니다. 천 검문주의 무위는 청해성에서 세 손가락 안에 들어가니까요."

"그래 봤자 늑대 새끼일 뿐이지. 호랑이의 자리를 차지한."

"근데 그렇게 드셔도 괜찮습니까?"

"언제 내가 취한 거 봤어?"

죽엽청을 물처럼 마시는 벽우진의 모습에 청민이 살짝 걱정 스러운 어조로 물었다. 그가 고수라는 걸 알지만 그래도 매일 마시는 건 좀 심하다는 생각이 들어서였다. 불가(佛家)에서도 곡주라 하면서 술을 마시기는 하지만 그래도 매일 마시는 건 과했다.

"그건 아니지만요."

"혹시 돈이 걱정돼서 그래? 에이. 왜 그래? 우리 돈 많잖아? 약초 판 돈만 해도 밥값, 술값, 방값 치르고도 남아."

"아는데 조금 낭비하는 것 같아서요. 저만 해도 그렇게 많 이 먹지 않는데……."

청민의 시선이 식탁을 훑었다. 단 두 사람이 먹는 저녁 식사 인데 양은 대여섯 명이 먹어도 충분할 정도로 많았다. 그렇기에 청민의 머릿속에는 아깝다는 생각만 들었다.

"안 남기잖아? 그럼 된 거지. 낭비라는 건 남기고 버렸을 때 하는 이야기야. 그리고 네가 58년 동안 벽곡단만 먹어봐. 풀떼기가 눈에 들어오나."

"이해가 안 가는 건 아니지만요."

"그리고 막말로 가장 돈을 많이 쓰는 건 너야. 알지?"

"……."

유구무언(有口無言). 청민은 아무런 대답도 할 수 없었다.

벽우진은 지금껏 청해성을 돌면서 영약이라 할 수 있는 것들을 신기하게도 귀신같이 찾아냈다. 물론 전설처럼 회자되는 아주 비싸고 영험한 영약은 아니고 오십 년에서 백 년 정도 묵은 영초들이었는데, 그중 대부분이 그의 내상을 치료하는 목적으로 사용되었기에 청민은 더 이상 입을 열 수가 없었다.

"그렇다고 빚내서 먹는 것도 아닌데 뭐 어때. 내가 평생 이렇게 먹겠다는 것도 아니고. 이것도 다 한때야, 한때."

"죄송합니다."

"그런 말은 더 이상 하지 말고. 넌 그냥 떡고물이나 잘 받아먹으면 돼."

벽우진이 히죽 웃으며 말했다. 그러자 청민이 멋쩍게 마주 웃었다.

"사형, 근데 검은 장만하지 않으실 겁니까? 밖으로 나온 김에 하나 장만하시지요."

"필요 없어."

"예?"

"검을 들 일이 있을까 모르겠다."

벽우진이 장난스럽게 말했다. 그런데 그 말이 청민은 이상하게도 농담처럼 들리지 않았다.

왜냐하면 지금까지 고치지 못한 그의 내상을 불과 이틀 만에 치료한 사람이 벽우진이었기 때문이다. 심지어 제대로 전수받지 못했던 무공 구결들도 알려주고 가르쳐 주고 있었기에 청민은 벽우진의 말이 허투루 들리지 않았다.

"그래도 한 자루 정도는 가지고 계셔야 하지 않겠습니까?"

"당장은 필요 없어. 튼튼하고 멀쩡한 몸뚱이도 있고."

"흉기인 것은 인정합니다."

"뭘 봤다고 인정이야."

"다른 성도 둘러보실 생각이십니까?"

곤륜산을 내려온 지 어느덧 한 달이 흘렀다. 그리고 한 달 동안 정말 많은 일이 있었다. 생각해 보면 지금처럼 좋았던 때가 있었을까 싶었을 정도로 말이다.

동시에 묘한 기대감이 생기기도 했다.

"다른 성이라. 이참에 중원에 놀러 가고 싶기도 하긴 한데."

벽우진이 턱을 쓰다듬었다.

청해성을 돌아다니면서 사실 벽우진은 실망을 참 많이 했다. 나름 청해성의 역사이자 정신적 지주 역할을 했던 것이 사문이라고 했는데 불과 몇십 년 만에 곤륜파를 까맣게 잊은 것 같아서였다. 그래서 이제는 중원무림의 생각이 궁금해졌다.

"……아마 청해성과 크게 다르지는 않을 겁니다."

"그럴 테지. 이미 기대도 없어."

벽우진이 어깨를 으쓱거렸다.

화나 짜증도 처음에만 치솟았지 지금은 무감각했다. 어차피 인간은 망각의 동물이었고, 강자존의 세계에서 잊힌다는 말은 곧 약자라는 뜻이었으니까. 그리고 애초에 받은 이들은 기억을 잘 못 하는 법이었다.

'배려가 계속되면 권리인 줄 아는 게 인간이니까.'

이제는 기대가 없었기에 분노도 없었다. 다만 묻고 싶을 뿐이었다. 정말 기억하지 못하느냐고 말이다.

"자네 들었나? 청하상단 소식."

"이번에 크게 당했다지? 허어. 화무십일홍이라지만 그래도 천하의 청하상단이 이렇게까지 몰락할 줄이야."

"어쩌겠어. 줄을 잘못 잡은 탓이지. 만약 천검문 소문주와의 혼사를 받아들였다면 일이 이렇게까지는 되지 않았겠지."

"쉿! 그런 말은 함부로 하는 게 아닐세!"

벽우진과 청민이 앉아 있는 자리와 제법 떨어진 곳에 있던 장한이 친구의 말에 대경하며 소리쳤다. 그러면서 은근슬쩍 벽우진 쪽을 훔쳐봤다. 자신들을 제외하면 유일한 손님이 바로 두 사람이었기에 혹시라도 들었을까 싶어 몰래 살펴보는 것이었다. 하지만 벽우진도 그렇고 청민도 못 들은 척했다.

'청하상단?'

그러나 그것은 겉으로만 보이는 모습이었다. 둘 다 장한들의 말에 귀를 기울었다.

특히 벽우진은 아예 귀를 쫑긋거렸다. 왜냐하면 청하상단은 유일하게 곤륜파를 지원하는 곳이었기 때문이다.

'적은 금액이지만 매달 계속 후원금을 보내오는 곳이라 했었지.'

대부분의 속가제자들이 곤륜파라는 그늘을 버리고 떠날 때 오직 청하상단만이 자리를 지키고 있었다고 청민에게서 들었다. 만약 청하상단의 지원이 없었다면 자신 역시 아직까지 살아있지 못했을 거라는 그 말을 벽우진은 똑똑히 기억하고 있었다.

"뭐 어때? 듣는 사람도 없고. 막말로 모두가 알고 있지 않나. 천검문이 청하상단을 집어삼키려고 그런다는 걸."

"심증뿐이지 않나. 증거가 없어."

"증거야 당연히 없겠지. 청해성의 패권을 놓치기 싫으니까. 가뜩이나 정사 중간적인 성향으로 인해 구파일방과 오대세가의 눈치를 보는데 마구잡이로 일을 처리할 수는 없지."

"이 친구가."

장한이 엄한 표정을 지었다. 그러면서 친구의 손을 붙잡았다. 더 이상 말하지 말라는 무언의 강요였다.

"후우. 세상이 어찌 되려고 이러는지."

"이러는 게 하루 이틀인가? 결국 강자가 독식하게 되어 있어. 괜히 강자존, 약육강식의 세계라 하는 게 아니지."

"그건 천산마교가 늘 부르짖는 단어인데. 허 참."

"더 이상 도의니 인의니 하는 것은 없지. 그나마 명분을 신경 쓰는 걸 다행으로 여겨야 해."

두 사람이 씁쓸한 표정을 지었다. 친구를 만류하기는 했지만, 그 역시 속마음은 똑같았다. 예전 부친에게 들었던 시절과 비교하면 지금은 너무나 살기가 팍팍했다.

"곤륜파가 있었다면 어찌 되었을까?"

"천검문이 지금처럼 막 나가지는 못했겠지. 곤륜파가 어떤 문파였나? 구대문파의 일좌를 차지한 무문(武門)이며 정통도맥이지 않나. 아마 곤륜파가 건재했다면 지금과는 상황이 많이 달랐겠지."

"하지만 멸문했지. 더 이상 곤륜파는 없어. 곤륜산만 남았을 뿐이지."

두 친구가 말없이 술잔을 들어 올렸다. 그리고 더 이상 곤륜파니 천검문이니 하는 말은 들려오지 않았다.

"사형."

"걱정이 되느냐?"

"사실 한 번 정도는 찾아가 보고 싶었습니다. 마지막까지 신의를 지킨 곳이니까요."

"청하상단이라."

청민이 벽우진의 표정을 살폈다.

평생을 괴롭혔던 내상이 완치되었다고 하나 냉정하게 따져 그는 일류고수 한 명도 감당하기 벅찬 수준이었다. 하지만 벽우진은 달랐다.

실제로 그가 싸우는 것이나 제대로 된 무경을 보지는 못했지만, 안목마저 없는 것은 아니었다. 때문에 청민은 살짝 기대하는 눈빛으로 벽우진을 바라봤다.

'사형이라면……'

청민이 침을 꿀꺽 삼켰다.

그리고 그때 벽우진이 청민을 쳐다봤다.

"가자."

"예?"

"찾아가고 싶었다며? 그럼 가야지. 사람은 하고 싶은 걸 하며 살아야 해."

"꽤, 괜찮을까요?"

마치 뒷산에 올라가자는 듯이 너무나 쉽게 말하는 벽우진의 모습에 오히려 청민이 당황했다.

다른 곳도 아니고 현재 청해성의 패자인 천검문이 엮여 있는 만큼 아주 조금은 고민할 줄 알았다. 그런데 벽우진은 마치 놀러 가는 듯이 너무나 가볍게 일정을 결정했다.

"뭐가? 내가? 아님 천검문이?"

"어, 그러니까……"

청민은 순간 말문이 막혔다. 어떻게 말을 해야 할지 감이 잡히지 않아서였다.

그런 청민의 모습에 벽우진은 웃었다.

"당연히 가야 하지 않겠느냐. 마지막까지 신의를 지킨 곳인데. 단주가 궁금하기도 하고."

"제가 모시겠습니다."

"길은 알고 있지?"

"예, 성도인 서녕에 자리 잡고 있습니다."

벽우진이 고개를 주억거렸다. 청해성 유람의 마지막이 성도라면 나쁘지 않다고 생각해서였다.

"내일 바로 가자꾸나."

"예."

청민의 얼굴이 밝아졌다.

아직은 아무것도 해결된 것이 없지만, 이상하게 마음이 편해졌다. 청민은 그것이 신기하면서도 웃겼다. 의지할 사람이 있다는 게 이토록 든든하다는 걸 새삼 느낄 수 있어서였다.

"물론 가는 길에도 수련은 계속된다. 몸이 좋아졌는데 놀릴 순 없잖아? 곤륜산에서 했던 말은 농담으로 한 게 아냐."

"가, 가능할까요?"

"안 될 건 또 뭐야?"

청민이 자신 없다는 투로 말했지만 벽우진은 오히려 뭐가 걱정이냐는 듯이 말했다. 당연히 그리될 것처럼 말이다.

청민은 살짝 부담스러웠다. 사형이 자신에게 너무 과한 기대를 가지고 있는 것 같아서였다.

"저는 나이도 많고, 몸도 이미 늙었고……."

"대신 기초가 튼실하게 잡혀 있지. 의지 역시 젊은 애들과 비교해도 떨어지지 않고. 게다가 넌 전쟁을 직접 겪은 경험도 있는데 뭐가 그렇게 걱정이야? 그런 거에 신경 쓰지 말고 오직 한 가지만 생각해. 곤륜의 적전제자는 이제 너와 나밖에 없다는 사실 하나만. 곤륜파라는 이름에 먹칠할 생각은 없겠지?"

"물론입니다."

청민의 표정이 달라졌다. 잠시 잊고 있었던 것을 벽우진이 일깨워 주었던 것이다.

"아주 좋은 얼굴이야."

"죽을힘을 다해 노력하겠습니다."

"그렇다고 죽지는 말고. 너마저 없으면 난 어떡하니?"

"허허허."

농담 반 진담 반인 벽우진의 말에 청민은 어색하게 웃었다.

그리고 그 광경을 객잔 주인이 이상한 눈으로 쳐다봤다. 허름한 옷차림의 어린놈은 반말을 찍찍하고 나이 지긋한 노인은 꼬박꼬박 존댓말을 하니 이상했던 것이다. 하지만 청민의 허리에 매달린 검을 보았었기에 따로 물어보거나 오래 쳐다보지는 않았다.

"넌 아무 걱정 말고 내가 짠 계획대로 따라오면 돼. 그럼 어느새 고수가 되어 있을 거야."

"알겠습니다."

"이제는 좀 믿네?"

"사형께서 하시는 말씀이시니까요."

"그래, 그렇게 날 믿어. 이 대단한 사형을 말이지. 후후."

벽우진이 어깨를 으쓱거리며 거만하게 말했다.

그 모습에 청민은 옅게 웃었다.

청하상단의 단주인 서일국은 딱딱하게 굳은 얼굴로 집무실
에 앉아 있었다. 벌써 며칠째 고민에 고민을 거듭했지만 역시
나 해답은 찾을 수가 없었다. 아니, 답은 있었으나 그는 받아
들일 수 없었다.

 "하아."

 자기도 모르게 나오는 한숨에 서일국이 두 눈을 감았다. 그러
자 오래전 세상을 떠난 아내의 웃는 모습이 머릿속에 떠올랐다.

 "절대 그리 보낼 수는 없지. 암. 당신을 생각해서라도 그럴
수는 없지."

 아내의 마지막 유언이 딸을 부탁한다는 말이었다. 이상하게
도 마치 지금의 상황을 예견하고 한 말인 것 같았다.

 똑똑똑.

 깊어지는 밤처럼 그의 고민 역시 깊어져 갈 때 누군가가 집무
실을 두드렸다. 그리고 익숙한 음성이 집무실에 울려 퍼졌다.

 "저예요, 단주님."

 "들어오너라."

 "역시 아직 안 주무시고 계실 줄 알았어요."

 "너야말로 이 늦은 시간까지 왜 안 자고 있느냐?"

 "단주님과 같은 이유죠."

 눈에 넣어도 전혀 아프지 않을 딸의 말에 서일국이 피식 웃
었다. 그러면서 그는 딸에게 자리를 권했다.

 "편하게 말해. 업무도 다 끝났는데. 더구나 우리 둘밖에 없
지 않느냐."

"그럴까요?"

"사실 난 네가 사무적일 때 좀 서운하단다. 마냥 작고 귀여웠던 딸이 너무 훌쩍 큰 거 같아서."

"열여덟이면 충분히 다 컸죠. 엄마는 제 나이 때 시집오셨다고 들었는걸요?"

서예지가 옅게 웃으며 자리에 앉았다.

그 모습에 서일국은 헛기침을 할 수밖에 없었다. 틀린 말이 아니어서였다. 게다가 자신을 바라보는 딸의 눈빛이 '아빠는 그런 말을 할 자격이 없다'는 듯했기에 더더욱 입을 열 수 없었다.

"흠흠!"

"할아버지는 여전히 안 들어오셨나요?"

"그게 말이다……."

연이어 들어오는 딸의 난감한 말에 서일국이 한숨을 쉬었다. 그 모습에 서예지는 얼굴을 굳혔다.

"방법은 없는 거죠?"

"왜 없니? 있다. 다만 아직 찾지 못했을 뿐."

"빈객 분들도 대부분 나가셨다고 들었어요."

"모두가 나간 건 아니다. 그리고 어차피 그들은 외인일 뿐이다."

서일국이 단호하게 말했다.

명망 높은 빈객들이 청하상단에 머물면 이점이 상당히 많았지만, 그들이 없다고 청하상단이 무너지는 것도 아니었다. 그런 만큼 빈객들의 유무는 이번 일과 크게 상관없었다.

"제가 가면……."

"허튼소리!"

서일국의 목소리가 높아졌다. 절대 듣고 싶지 않은 말이 딸의 입에서 나왔기 때문이다.

하지만 부친의 고성에서 서예지는 놀라지 않았다. 대신 처연한 표정을 지었다.

"아빠도 아시잖아요. 이대로 고집을 부리면 우리 상단은 망해요."

"다시 일어서면 된다. 빚을 지면 다 갚고 다시 시작하면 돼. 우리 상단의 별명이 무엇이더냐? 오뚝이 아니더냐? 너는 아무 걱정할 필요 없다."

"……."

다부진 부친의 말에도 서예지의 표정은 풀어질 기미를 보이지 않았다. 그녀도 알고 있었기 때문이다. 청하상단이 문을 닫아도 천검문의 그 호색한이 자신을 포기하지 않을 것임을 말이다. 그리고 이 모든 것은 어떻게 보면 자신의 외모 때문이었다.

'힘없는 여자의 미모는 독이라고 했던가.'

적당히 예뻤다면 제법 괜찮은 혼처를 골라 결혼을 했을지도 몰랐다. 그런데 문제는 그녀의 미모가 너무 대단하다는 점이었다. 중원무림의 다섯 꽃들과 비교해도 뒤떨어지지 않을 정도로 말이다.

'정작 나는 만나본 적도 없는데 말이지.'

중원무림에 있어 세외나 별다를 바가 없는 지역이 바로 청해성이었다. 그런 만큼 서예지는 중원에, 심지어 강북에 가본 적도 없었다. 끽해야 청해성과 인접해 있는 사천성 외곽과 감숙성에 가본 게 다였다.

"아비를 믿어라. 또한 할아버지를 믿어라. 우리는 널 결코 그딴 놈팡이에게 보낼 생각이 절대 없다. 내 눈에 흙이 들어가도 안 된다."

"아빠……."

"이건 네 엄마도, 할머니도 같은 생각이니까 너무 걱정하지 말고. 장인어른께서도 마지막까지 함께 해주시기로 했으니까."

부친의 말에도 서예지의 표정은 여전히 어두웠다. 청해성에서 나름 어깨에 힘 좀 주고 다니는 추열문(推熱門)이 그녀의 외가라고 하나 천검문하고는 감히 비교할 수 없는 규모였기 때문이다. 냉정하게 따져 문주들의 실력 차이 역시 현격했고.

"……알았어요."

"혹여 이상한 생각은 하지 말고."

"예, 그런데 아빠."

"왜?"

"죄송해요."

서일국이 입술을 깨물었다. 정말 듣고 싶지 않은 말이 딸내미에게서 흘러나와서다. 그는 사랑한다는 말이나 고맙다는 말이 듣고 싶지 이런 말은 듣고 싶지 않았다.

하지만 그는 애써 그런 티를 내지 않고 억지로나마 미소를 지었다.

"밤이 늦었다. 방으로 돌아가거라."

"네."

서예지 역시 마찬가지로 억지로 미소를 지으며 집무실을 나섰다.

잠시 후 딸이 문을 조심스럽게 닫고서 나가자 서일국이 깊은 한숨을 내쉬었다. 딸의 죄송하다는 말이 마치 화인처럼 그의 가슴에 박혀 들어서였다. 동시에 그가 너무나 못나고 부족한 아비인 거 같아서 가슴이 답답했다.

으드득!

하지만 우울함은 잠시였다. 이내 그는 천검문을 생각하며 이를 갈았다. 생각하는 것만으로도 이가 갈리고 분노가 치솟았다. 그러나 그것 말고 그가 할 수 있는 건 아무것도 없었다.

청해성의 성도인 서녕에 도착한 벽우진은 청민의 안내에 따라 곧장 청하상단으로 향했다. 상황이 꽤나 안 좋게 흘러가고 있었기에 성도 구경은 나중으로 미루고 바로 찾아갔던 것이다.

"흐음. 규모에 비해 인원이 딱히 많은 것 같지 않은데?"

"그럴 수밖에 없습니다. 상주 인원은 그리 많지 않을 테니까요. 상단인데 상행을 떠나야 하지 않겠습니까."

"그런 말이 아니라. 상단이라고 빈객들은 좀 받지 않나? 손님이라도. 그런데 딱히 고수라고 할 법한 이들의 기운은 느껴지지 않는데?"

"그게 느껴지십니까?"

벽우진과 나란히 걸음을 옮기던 청민이 황당하다는 표정을 지었다. 도대체 어느 정도의 무위가 되면 이런 걸 느낄 수 있는지 궁금했던 것이다.

"당연하지. 나 정도 되면 그냥 슥 훑어보는 것만으로도 웬만한 것들은 알아낼 수 있어. 나보다 강하다면야 내가 느끼지 못하겠지만, 그 정도 되는 위인은 없는 것 같은데?"

"다행스럽기도 하고, 씁쓸하기도 하네요."

"앞으로는 달라지겠지. 물론 우리에게 어떻게 하느냐에 따라서. 손을 잡아주려고 해도 내팽개치면 답이 없는 거 알고 있지?"

"어, 그러지는 않을 겁니다. 아마 한 손이라도 아쉽지 않을까요?"

청민이 조심스럽게 의견을 제시했다. 그가 생각하기로 벽우진이 염려하는 일이 벌어질 가능성은 희박해서였다.

"이 세상에 절대라는 일은 없어. 하지만 예외, 변수, 어처구니없는 일들은 수도 없이 일어나지. 그러니까 너무 순진하게 생각하지 마."

"예, 사형."

청민은 휘적휘적 걸어가는 벽우진의 뒤를 황급히 따랐다.

이윽고 두 사람은 청하상단의 입구를 지키고 있던 문지기들과 마주쳤다.

"어디서 오셨습니까?"

"곤륜산에서 왔네. 청민이 왔다고 단주나 부단주께 말을 전해주시면 아실 걸세."

"약속이 되어 있으신 겁니까?"

문지기가 조심스럽게 청민과 벽우진의 행색을 살폈다. 워낙
에 뜨내기들이나 잡놈들이 단주와 부단주를 거론하며 어떻게
든 만나보려고 갖은 방법을 다 썼기에 자연스럽게 두 사람을
살펴볼 수밖에 없어서였다.

"미리 약속은 되어 있지 않지만 곤륜에서 왔다고 하면 알아
들을 걸세."

"아!"

곤륜이라는 말에 문지기 중 한 명이 고개를 주억거렸다. 뒤
늦게 자신이 곤륜산에서 왔다는 청민의 말을 놓쳤다는 것을
깨달은 것이었다.

그는 곧 공손한 자세로 두 사람에게 허리를 숙였다.

"따라오시죠."

정중한 문지기의 태도에 청민은 빙그레 웃으며 따라나섰다.

반면에 벽우진은 마치 구경꾼처럼 주변을 두리번거렸다. 곤
륜파를 제외하면 이렇게 큰 장원을 처음 보는 것이기에 신기해
하는 것이었다. 유람을 하기는 했지만 명소라기보다는 그냥
발 가는 대로 돌아다니기도 했고.

"여기서 기다리시면 됩니다."

"알겠네."

"하인들이 간단하게 마실 차를 가져다 드릴 겁니다. 그럼."

안내했던 문지기가 다시 한번 정중히 머리 숙여 인사하고는

몸을 돌렸다. 그런 그를 향해 고개를 한 번 주억거려 준 청민은 몸을 돌려 사형을 찾았다.

"어떠십니까?"

"깔끔하네."

"성세가 대단했던 시절에는 청해성 제일가는 상단이라고 들었습니다."

"곤륜파가 건재했을 때 이야기겠군."

청민이 무겁게 고개를 주억거렸다.

확실히 청하상단의 성세는 곤륜파와 밀접한 관계가 있어서였다. 동시에 아직도 곤륜파의 제자임을 표명하고 있는 청하상단이 고마웠다.

"앞으로는 달라지지 않겠습니까?"

"글쎄."

벽우진이 알 수 없는 표정을 지어 보였다. 사실 그는 아직도 결정을 내리지 않은 상태였기 때문이다.

장문제자가 아니었기에 그는 곤륜파를 반드시 재건해야 한다는 의무가 없었다. 하지만 그렇다고 책임이 아예 없는 건 아니었기에 벽우진은 고민 중이었다.

'이 녀석은 은근히 바라는 것 같지만.'

벽우진의 시선이 청민에게로 향했다.

처음 만났을 때 사제는 단순히 그가 돌아왔다는 사실에 기뻐했었다. 어느 날 갑자기 행방불명되었기에 죽은 줄로만 생각해서였다. 그런데 자신의 무위가 보통이 아니라는 걸 알게 된

최근, 청민은 은근슬쩍 속을 떠보고 있었다.

똑똑똑.

잠시 후 문지기가 말한 대로 하녀 한 명이 나무 쟁반에 차를 가져왔다. 선선한 날씨인 만큼이나 시원하게 준비된 냉차였다.

"분위기가 썩 좋지는 않네요."

"그럴 수밖에. 천검문이 치사하게 압박하는데 좋을 리가 있나. 약자의 설움 같은 거지."

"사문이 건재했더라면 천검문 따위가 날뛰는 일은 없었을 텐데 말이죠."

"그랬을 테지."

벽우진은 순순히 인정했다.

오랜 전통과 역사를 가진 대문파가 곤륜파였다. 아마 곤륜파가 건재했다면 천검문주는 아무리 소문주가 청하상단의 금지옥엽을 탐내더라도 절대 이런 식으로 압박하지는 않았을 터였다. 오히려 정식으로 제안을 보냈으면 보냈지.

"얼굴만 보고 가시지는 않으실 거죠?"

"하는 거 봐서? 말했잖아. 여기서 거절하면 별수 없다고. 판단을 존중해 줘야지."

"빨리 와야 할 텐데."

청민이 조마조마한 얼굴로 중얼거렸다.

사형은 나이가 일흔다섯이나 되었지만 하는 행동은 약관의 청년과 별다를 바가 없었다. 어디로 튀어 나갈지 종잡을 수 없는 성격을 가졌기에 청민은 내심 단주가 빨리 왔으면 싶었다.

그래도 단주는 그와 안면이 있었기 때문이다.

"때가 되면 오겠지."

"반시진(1시간) 정도는 기다려 주실 거죠?"

"그래도 오후에 도착했는데 나가지 말라고 하면 하룻밤 정도는 보내야 하지 않겠느냐? 설마 찾아온 손님한테 숙박비를 받겠어?"

"……."

뜬금없는 숙박비 타령에 청민이 멍한 표정을 지었다. 돈이 궁한 것도 아닌데 숙박비 운운하자 어이가 없었던 것이다. 오히려 지금까지 흥청망청 썼던 게 벽우진이었다.

똑똑.

넋을 놓은 듯 멍하니 있던 청민의 귓가로 접객당의 문을 두드리는 소리가 들렸다. 그러자 청민은 물론이고 벽우진의 시선 역시 출입문으로 향했다.

"접니다, 사형."

"어?"

"들어가겠습니다."

청민만큼이나 늙수그레한 음성과 함께 접객당의 문이 열렸다. 그리고 낡은 경장 차림의 노인이 안으로 들어왔다.

"청범(淸範)아."

"오랜만입니다, 청민 사형. 허허허."

부드러운 인상의 청민과는 다르게 깐깐하기 짝이 없는 얼굴을 가진 청범이 환하게 웃으며 다가왔다. 그러고는 망설이지 않고 청민의 두 손을 맞잡았다.

"네가 어쩐 일이냐? 일선에서 물러났다는 말은 들었는데."

"저도 이제는 나이가 적지 않지 않습니까. 아들놈이 일을 못하는 것도 아닌데 당연히 물러나야지요. 그동안 너무 열심히 일을 하기도 했고요. 근데 너무 잘 쉬었던 것 같습니다. 다시 움직이려니까 너무 힘들더라고요."

"으음."

청민이 침음을 흘렸다. 마지막에 힘들다는 말이 농담처럼 들리지 않아서였다.

"헌데 다른 분과 함께 오셨다고 들었습니다. 꽤나 젊은 청년이라고 하던데 혹시 제자를 들이신 건지요?"

"그럴 리가. 허허."

농이 섞인 청범의 말에 청민이 웃으며 고개를 저었다. 그러고는 의미심장한 표정을 지으며 벽우진을 쳐다봤다.

"그럼 누구입……."

정겹게 청민과 인사를 나눈 청범, 달리 청하상단의 전대 단주인 서진후가 이제야 벽우진을 바라봤다.

벽우진을 본 순간 서진후는 마치 벼락이라도 맞은 것처럼 몸을 떨었다.

"날 기억하는 모양인데?"

"58년이라는 긴 세월이 흘렀지만 그렇다고 사형이 쉽게 잊힐 사람은 아니죠. 얼마나 유명하셨는데요."

"성격 좋은 거로?"

"진심으로 하시는 말씀 아니죠?"

마치 어린 시절처럼 티격태격하는 두 사람이었지만 정작 서진후는 그 말이 들리지 않았다. 그저 넋을 잃은 얼굴로 벽우진을 멍하니 바라보기만 했다.

"저, 정말 청류 사형이십니까?"

"아니면 청민이 나보고 사형이라고 하겠느냐?"

"어, 어떻게……."

"설명하자면 길어. 그냥 갇혔다가 탈출했는데 58년이 흘러 있었어. 꼬맹이였던 너희들이 늙은이가 될 정도의 시간이 말이지."

서진후가 어리둥절한 표정을 지었다. 요약을 해도 너무 무식하게 요약을 해서였다.

결국 청민이 다시 한번 설명을 시작했다.

"허어. 어떻게 그런 일이……."

"나도 설명 못 해. 지금도 이해가 가지 않는데. 그냥 이렇게 되었다고 납득할 뿐이지."

"제 눈으로 보고도 신기하네요."

"난 노인네가 된 너희들이 더 신기해."

"허허허!"

세월이 흘렀음에도 기억 속의 청류 사형과 완전히 똑같은 모습에 서진후는 자기도 모르게 웃음을 흘렸다. 겉모습뿐만 아니라 말투며 표정이며 전부 다 똑같았기 때문이다. 게다가 망해 버린 곤륜파의 제자를 누가 사칭할 이유도 없었고.

한때는 중원을 호령했다지만, 그 많은 상승절학 대부분이 소실된 상태인데 누가 곤륜파를 탐낼까. 남아 있는 건 청하상단과 청민뿐이었다.

"얘기는 오는 길에 대충 들었다. 하지만 역시 당사자에게 듣는 게 가장 정확하겠지."

"어떤 일을 말씀이십니까?"

청범은 벽우진을 의심하지 않았다. 칠십 가까이 살아오면서 세상에는 별의별 일들이 넘쳐난다는 사실을 너무나 잘 알아서였다.

그렇다고 죽었던 사람이 되살아난 것도 아니기에 서진후는 그저 있는 그대로를 받아들였다. 하물며 반로환동의 경지도 있는데 늙지 않는 것쯤이야.

"시치미 떼지 말고. 설마하니 나에게 귀가 없다고 생각하는 건 아닐 테지?"

"그럴 리가요."

벽우진의 눈빛이 무거워지자 서진후가 황급히 손사래를 쳤다. 저런 표정일 때의 벽우진에게 반항하면 안 된다는 걸 그는 잘 알고 있어서였다.

말썽꾸러기이자 천덕꾸러기로 불린 벽우진이었지만 그렇다고 만만한 인물은 절대 아니었다. 성격이 엉뚱해서 그렇지 실력만으로 따지자면 동년배 중에서도 세 손가락 안에 들던 기재가 바로 벽우진이었다.

"설명해 봐."

"옙."

거만하게 탁자 위에 팔을 괴고서 하는 명령에 서진후는 마치 58년 전으로 돌아간 것처럼 작금의 상황을 보고하기 시작했다.

그리고 그럴수록 청민은 물론이고 벽우진의 표정 역시 심상 찮게 변해갔다.

"허어. 들었던 것보다 더 치졸하구나."

"뭐, 그렇겠지. 천검문의 눈치를 보는 이들이 제대로 떠벌릴 리가 있나."

자세한 서진후의 설명에 청민이 장탄식을 흘렸다.

반면에 벽우진은 어느 정도 예상했다는 투였다. 만약 진짜 정도(正道)를 걷는 이들이라면 사태가 이렇게까지 오지는 않았 을 터였기 때문이다. 강압적으로 청하상단을 압박하지도 않 았을 테고.

"일단 가장 큰 문제는 백귀채(白鬼寨)에 강탈당한 물건들이겠 구나."

"예, 그게 현재는 가장 시급한 문제입니다. 돈이 문제가 아니 라 신용이 걸려 있어서요."

"하지만 쉽지 않겠지. 정황을 보아하니 백귀채 뒤에는 천검 문이 있는 것 같은데."

"심중은 있지만, 물증은 없는 상태입니다. 그래서 일단 강탈 당한 물건이라도 되찾으려고 무사들을 모집하고 있는데, 천검문이 손을 쓴 것인지 낭인들 모으기도 쉽지 않습니다."

서진후가 다시 한번 한숨을 내쉬었다.

주야장천 서녕 곳곳은 물론이고 청해성이 좁다 하고 돌아다녔다. 고양이 손이라도 빌려볼 요량으로 말이다. 하지만 천검문과 엮여 있어서 그런지 그 어느 곳 하나 청하상단의 손을 잡아주지 않았다.

'심지어 친우들이라고 생각했던 이들 역시 말이지.'

혈연으로 맺어져 있는 추열문을 제외하면 청하상단의 손을 잡아준 곳이 단 하나도 없자 서진후는 쓴웃음만 흘릴 수밖에 없었다.

하지만 한편으로는 이해가 가기도 했다. 단순히 친분 때문에 가문과 가족을 걸 수는 없었기 때문이다. 역지사지라는 말처럼 만약 반대의 경우였다면 서진후 역시 선뜻 도움을 주지 못했을 터였다.

# 제3장

# 네놈들이 우리 애들 건드렸냐?

"천검문의 반응은 어때?"

"아무런 반응을 보이지 않고 있습니다. 그렇다고 혼사에 대한 얘기를 거둔 것도 아니고요."

"느긋하게 기다리겠다는 심보로군."

"……그런 것 같습니다."

서진후가 답답한 얼굴로 힘겹게 대답했다.

하지만 어디에서도 벽우진과 청민에 대해 아쉬워하는 기색을 보이지는 않았다. 무언가를 바라는 기색을 띠지 않았던 것이다. 스스로 곤륜의 속가제자라는 걸 공공연히 말하고 다녔음에도 불구하고 말이다.

"청민의 말마따나 치졸하고 옹졸한 녀석들이네."

"그런 놈들이 백도를 운운한다는 게 참 어이가 없습니다."

"말했잖아. 힘이 장땡인 세상이 강호라고. 힘세고 정의롭고

도덕적인 애들도 있지만 그건 말 그대로 소수. 그런 문파를 괜히 명문이라고 올려 부르는 게 아니야. 아, 물론 명문대파라고 해서 꼭 좋은 놈들만 모여 있는 것도 아니지. 사람들 모여 사는 곳이 개판 아닌 데가 얼마나 있다고."

"개판까지는……."

잘 가다가 삼천포로 빠져 버리는 벽우진의 말에 청민이 손바닥으로 이마를 짚었다. 하지만 벽우진은 당당했다.

"사실인데, 뭐. 내가 틀린 말 했어?"

"그건 아니지만요."

"어쨌든 문제는 산적 놈들에게 강탈당한 물건이랑 천검문이랑 짝짜꿍했다는 증거잖아?"

"그렇죠."

청민이 고개를 주억거렸다. 말이 길어져서 그렇지 본론은 저렇게 딱 두 가지뿐이었다. 해결책도 간단했고. 다만 그 해결책을 실행하기가 어려워서 문제인 것뿐이었다.

"쉽네."

"예?"

"다시 빼앗고 천검문이랑 입이 닿아 있는 녀석 잡아 오면 되는 거 아냐?"

"말은 쉽습니다만."

서진후가 어색하게 웃었다. 말처럼 쉬웠다면 그가 이 나이 먹고 발바닥에 땀 나도록 뛰어다니지 않았을 것이기 때문이다. 동시에 세월이 흘렀을 뿐 벽우진은 여전히 약관의 청년이라는 생각이 들었다.

"말뿐만 아니라 행동하기에도 쉬워. 물론 너희들에게는 아니겠지만. 이 녀석이 얼른 컸다면 내가 직접 움직일 필요가 없었을 텐데. 쯧! 얼른 영약을 구해서 먹여야지."

"예?"

"네 선에서 해결될 일이었으면 나한테까지 안 왔을 거 아냐?"

"허허허……."

이번에는 청민이 어색하게 웃었다. 어떻게 대답해야 할지 모르겠어서였다.

"너도 꼬장꼬장한 기색은 여전하다만 몸이 예전 같지 않고."

"촌부가 다 되었죠. 허허. 아마 무공을 익히지 않았다면 이렇게 돌아다니지도 못했을 겁니다."

"나를 다시 만나지도 못했겠지."

"맞습니다."

서진후가 순순히 고개를 끄덕였다. 69세는 무인에게도 적지 않은 나이였다. 평범한 촌부였다면 아마 진즉에 관에 들어갔을 터.

"지도나 좀 가져와 봐."

"지도요?"

"응, 백귀채가 있는 주변 지도. 녹림 녀석들이니까 산속에 꼭꼭 숨어 있겠지만 그래도 어느 산에 있는지 대충은 알 거 아냐?"

"알고는 있습니다만. 혹시 다른 분도 계시는 겁니까?"

지금껏 큰 기대를 하지 않고 있던 서진후가 눈을 빛냈다. 벽우진이 시간을 뛰어넘어 돌아온 마당에 다른 제자가 있는 것도 이상하지 않아서였다.

하지만 벽우진은 단호하게 고개를 저었다.

"곤륜파의 제자는 우리 셋뿐이다."

"으음!"

"장사꾼이라는 놈이 속내를 너무 쉽게 보이는 거 아니냐? 그것도 하늘 같은 사형들 앞에서."

"죄, 죄송합니다."

"뭐 이해는 해. 내가 너였어도 답답하고 짜증 나며 실망스러웠을 것이니. 그런데 그거 아느냐?"

벽우진의 표정이 달라졌다. 순식간에 장난기가 사라지며 한없이 차가운 표정이 되었다.

그 서슬 퍼런 눈빛에 서진후는 갑자기 등골이 시렸다.

"나는 그깟 산적 놈들에게 곤륜파의 제자가, 가깝게는 내 사제가 핍박받고 있다는 게 정말 마음에 들지 않는다는 거야."

"사, 사형."

"얼른 가져와. 바로 갔다 올 거니까."

"예, 예!"

서진후가 황급히 자리에서 일어났다. 사형의 냉엄한 눈빛에 반사적으로 노구를 움직일 수밖에 없었던 것이다.

서진후가 접객당을 나가자 청민이 빙그레 웃으며 벽우진을 쳐다봤다.

"청범이 마음에 드셨나 봅니다."

"예의가 있더라고. 직접 움직인 것도 그렇고."

"그래서 그렇게 화를 내신 겁니까? 사제니까?"

"그런 것도 있고, 갑자기 짜증이 솟구친 것도 있고. 청범을 보니 왠지 모르게 곤륜산이 떠올라서 말이지."

폐허가 되어버린 곤륜파의 터를 떠올리며 벽우진이 중얼거렸다. 그러면서 그는 새삼 깨달았다. 자신은 외모만 젊은 게 아니라는 것을 말이다.

'아니지. 애초에 시간이 어마어마하게 늦게 흐른 걸 수도 있지. 안과 바깥의 시간이 다르게 흘렀다면 모든 게 이해가 되니까. 다만 이게 말이 안 되는 일이라서 그렇지.'

벽우진이 입맛을 다시며 내심 중얼거렸다.

하지만 믿지 않을 수가 없는 게 곤륜파의 시조가 살아가던 시절에는 온갖 기기묘묘한 일들이 벌어졌었다. 지금이라면 소설이라는 둥 말도 안 된다는 둥 떠들어댈 정도로 말이다. 하지만 개중에는 진짜 있었던 일들도 있었다.

"만약에요. 아무도 찾아오지 않거나 직급이 낮은 아이가 왔다면 어떻게 하셨을 겁니까?"

"뭘 어떻게 해? 그냥 인사하고 가는 거지. 인연이 여기까지인가 보다 하고 말이야."

"……정말요?"

청민이 믿기 힘든 표정을 지었다. 사형의 성깔을 생각하면 그렇게 조용조용히 지나갈 것 같지 않아서였다. 아마 길길이 날뛰지 않았을까 하고 그는 생각했다.

"설마 내가 청하상단을 뒤집겠어? 내 마음에 들지 않는다고? 에이. 그래도 속가제자가 일으킨, 우리 사문과는 연이 깊은 곳인데 내가 어떻게 그래. 더구나 난 장문인도 아닌데."

"사형은 그런 거 신경 안 쓰시잖아요."

"써. 다만 그전에 내가 엎는 걸 감당할 수 있나, 없나를 잠시 고민할 뿐."

"……역시."

"눈빛이 심히 불경하다?"

벽우진이 눈살을 찌푸렸다. 존경심으로 가득 찬 눈빛을 보내도 모자랄 판에 아주 불순한 표정으로 그를 쳐다봤기 때문이다. 그러자 청민히 황급히 표정을 가다듬었다.

"흠흠!"

"이미 다 봤다."

"그런 거 아닙니다."

"갑자기 훌쩍 떠나고 싶어지네. 중원으로."

"허허. 왜 그러십니까?"

토라진 듯이 팔짱을 끼고서 고개를 돌리는 벽우진의 모습에 청민이 살살 달래며 입을 열었다.

하지만 벽우진은 청민을 쳐다보지 않았다. 대신 어떻게 해야 더 빨리, 아니, 더 힘들게 수련을 시킬 수 있을까를 고민했다.

"사형, 진짜 그런 뜻이 아니라니까요. 전 단지 너무나 고마운 마음에……."

"고마움은 무슨. 완전 쓰레기를 쳐다보는 눈빛이었는데."

"아닙니다. 정말 아니에요."

"순진했던 청민은 이제 없구나. 역시 세월은 무상해."

벽우진이 고개를 저었다. 그런 그의 표정과 음성에는 진심으로 씁쓸하다는 기색이 서려 있었다.

"진짜 아니에요."

"강한 부정은 강한 긍정과도 같다는 말이 있지."

"허 참."

"저 왔습니다, 사형들!"

그때 청민에게 구세주가 찾아왔다. 서진후가 지도를 가지고 다시 접객당으로 돌아온 것이었다. 얼마나 급하게 다녀왔는지 서진후의 긴 수염이 양 갈래로 갈라져 있었다.

"수련을 허투루 하지는 않은 모양이구나."

"배운 것만큼은 확실하게, 꾸준히 했습니다."

"좋아. 아주 마음에 들어. 내 다녀와서 네 무공도 한번 봐주마."

벽우진이 언제 토라졌냐는 듯이 흡족한 표정을 지었다. 육체야 노쇠화를 피하지 못했지만 그래도 나름 열심히 수련한 티가 나서였다.

"감사합니다. 그런데 사형."

"왜?"

"진짜 가시려는 겁니까?"

"어. 보니까 거리도 얼마 안 먼데?"

벽우진이 마치 집 근처 마실이라도 간다는 투로 말했다. 긴장감이나 각오는 눈곱만큼도 찾아볼 수 없는 모습이었다.

"말을 타고도 하루 종일은 가야 하는 거리입니다."

"그건 보통 사람들 얘기고."

"더구나 혼자서 가시는 거 아닙니까?"

"나 혼자로도 넘치지, 아니, 과분하지."

진심으로 귀찮다는 듯이 벽우진이 어깨를 으쓱거렸다. 그러곤 다시 한번 청민을 쳐다보며 입맛을 다셨다. 만약 청민이 그가 생각하는 수준의 무위를 갖추었다면 직접 갈 필요가 없었기 때문이다. 하지만 안타깝게도 현재 움직일 수 있는 사람은 그뿐이었다.

"진짜 혼자 가시게요?"

"왜? 산적 놈들에게 뒈질 것 같냐?"

"그런 뜻이 아니오라……."

서진후가 말끝을 흐렸다. 말은 아니라고 했지만, 표정이나 어조에는 걱정이 묻어 있었다. 아무리 그가 곤륜파의 마지막 남은 고수라고 하나 백귀채는 결코 만만한 산채가 아니었기 때문이다.

녹림칠십이채에는 속하지 않지만 그건 따로 연관이 없어서 그렇지 채주인 백면귀(白面鬼)는 청해성에서 날고 기는 고수 중 한 명이었다. 천검방주에게는 밀리겠지만 적어도 청해성의 최고수 다섯 명을 뽑으면 말석에는 들어갈 실력자였다.

"죽으면 어때? 어차피 방법도 없는데. 게다가 방문하는 사람들도 없으니 문지기랑 하녀들만 입단속시키면 내가 여기 왔는지 아는 사람도 없을 테고."

"제 말은 그런 뜻이 아닙니다, 사형. 저는 단지 사형이 걱정

되어서 그렇습니다."

"어디 가서 맞고 다닐 실력 아니다. 그 정도 실력이었으면 탈출도 못 했어. 그분께서 얼마나 철두철미하게 준비해 놓으셨는데. 내가 갇혀 있던 때만 생각하면 아직도 이가 갈리고 잠이 안 와."

벽우진이 진짜로 이를 갈았다. 농담이 아니라 진짜 시공간의 진에 갇혀 있던 때는 그에게 있어 지옥이나 마찬가지였다.

하지만 한편으로는 아련하기도 했다. 이제는 들어가고 싶어도 들어갈 수가 없는 곳이니까.

"사형, 차라리 다 같이 방법을 찾아보는 게 어떻겠습니까?"

"늦어. 적들이 생각하지 못했을 때가 가장 좋은 기회야. 아마 경계도 제대로 하지 않고 있을걸? 나름 청해성에서 제일 큰 산채라며?"

"그렇긴 합니다만."

"기다리고 있어. 빠르면 저녁, 늦어도 내일 아침에는 올 테니까."

벽우진이 지도를 품속에 넣으며 몸을 일으켰다. 방향을 얼추 확인했으니 이제는 직접 움직여서 찾을 생각이었다.

물론 정확한 위치는 나와 있지 않았지만, 곤륜산에 비하면 백귀채의 산채가 있는 산은 동네 뒷산이나 마찬가지였다. 뒤지다 보면 결국 나오게 되어 있었다.

"저도 같이 가겠습니다."

"네 몸뚱이로 어딜 같이 가? 청범이랑 해후나 제대로 하고 있어. 정 몸이 근질근질거리면 연무장에서 둘이 비무라도 하든가."

"아닙니다. 그래도 사형을 보필하겠습니다."

"여기에 가만히 있어주는 게 도와주는 거야."

칼같이 거절하고서 창문 밖으로 나가 버리는 벽우진의 모습에 청민은 물론이고 서진후 역시 득달같이 일어나 창가로 달려갔다.

하지만 두 사람은 아무것도 볼 수 없었다. 분명 방금 전에 나갔건만 벽우진의 모습은 감쪽같이 사라졌던 것이다. 접객당이 장원에서 외곽에 위치해 있는 것도 아니었는데.

"허어."

"아니, 어느 틈에 사라지신 거지? 그보다 청민 사형. 청류 사형은 괜찮을까요?"

벽우진이 호언장담을 했지만 서진후는 걱정이 되었다. 괜히 혈기를 참지 못해 부나방처럼 달려드는 건 아닌가 싶었던 것이다.

그런데 의외로 청민의 표정은 담담했다.

"나도 잘은 모르지만 한 가지만은 확실하게 알아. 사형이 옛날의 말썽꾸러기가 아니라는 것. 그리고 내가 감히 가늠하지 못할 경지라는 것도."

"그 정도입니까?"

"내 내상을 이틀 만에 치료했어. 게다가 무공도 직접 가르쳐 주고 계시지. 사문의 진신절학을 말이야. 그게 무슨 말인지 알지?"

"허어."

서진후의 눈빛이 달라졌다. 단순히 알고 있는 것과 가르치는 것이 얼마나 다른지 그 역시 너무나 잘 알아서였다. 더불어 청민이 보는 것보다 더 벽우진을 믿고 있다는 것도 느낄 수 있었다.

"막말로 우리가 당장 할 수 있는 일도 없잖아? 일단은 기다려 볼 수밖에."

"일이 잘 풀렸으면 좋겠습니다."

"그러길 기도해야지."

벽우진은 뒷짐을 진 채로 땅을 박찼다. 발을 한 번 내지를 때마다 그의 신형이 앞으로 쭉쭉 나아가 십여 장은 가뿐히 날아갔다.

"이 근처인 거 같은데."

성도인 서녕의 동남쪽, 황중현의 중간 정도쯤에 자리 잡은 흑악산을 돌아다니며 벽우진이 중얼거렸다. 백귀채의 산채가 자리 잡은 곳이 바로 이곳이었기 때문이다.

동시에 벽우진은 감각을 확장했다. 공력을 이용해 자신을 중심으로 사방팔방을 훑어 내려갔다.

"가장 좋은 건 나를 잡아먹겠다고 달려드는 건데 혼자라서 그럴 가능성은 희박하고."

옷이라도 비싸 보이거나 화려했다면, 부잣집 자제처럼 보이기라도 했으면 옳다구나 하고 달려들었겠지만, 현재는 낡은 무복 차림이었다.

즉 돈이 전혀 없어 보이는, 거지와 다름없는 행색이었기에 산적들이 노릴 가능성은 전무했다.

"생각을 잘못했어. 저잣거리 포목점에서 옷이라도 좀 샀어야 했는데."

무작정 뛰쳐나온 자신의 잘못을 곱씹으며 벽우진이 고개를 저었다. 물론 그러면서도 기감을 이용해 인기척을 찾는 것을 잊지는 않았다. 보이지 않으니 결국에는 일일이 찾아다닐 수밖에 없었기 때문이다.

"찾았다."

해가 서산에 걸려 구름이 붉게 물들어가기 시작했을 때 벽우진이 눈을 빛냈다. 산속을 샅샅이 뒤지고 다닌 끝에 드디어 인기척을 발견했던 것이다.

동시에 벽우진의 신형이 귀신처럼 사라졌다.

"아오. 오는 놈들도 없는데 경계는 왜 서라고 하는 건지."

"그러니까. 이제는 좀 쉬엄쉬엄해도 되는데. 영업을 뛰는 것도 아니고."

"처들어올 거였으면 진즉에 처들어왔겠지."

"내 말이. 아마 이대로 시간만 하염없이 흐르다가 천검문에 팔려가겠지."

"야야, 말조심해. 두령이 가급적이면 천검문은 입 밖에 꺼내지 말라고 그랬잖아."

시시껄렁한 자세로 목책에 기대 하품을 하던 장정이 퍼뜩 놀라 소리쳤다. 지금이야 자신들만 있다지만 납치한 여자들이 들어서 좋을 것은 없어서였다.

"뭐 어때? 계집년들이야 안에 있는데. 우리 목청이 아무리 좋아도 저 안쪽까지는 안 들려."

"그래도 혹시 모르잖아. 가뜩이나 산속에서는 소리가 멀리까지 퍼지는데."

"들리겠어? 즐기느라 바쁠 텐데. 아오. 나도 얼른 일 끝내고 가서 한 잔 거나하게 들이켜야 하는데. 너도 봤지? 이번에 데리고 온 년들 얼굴이 제법 반반한 거?"

"호흐흐!"

털북숭이 장정이 대답 대신 음흉하게 웃었다. 이번에 납치한 여자들의 미색은 확실히 상급이라 해도 될 정도였기 때문이다.

"그리고 제깟 것들이 들으면 또 어때? 싹 다 죽여서 살인멸구하면 되지. 그런 적이 한두 번인가?"

"가장 확실하긴 하지."

"역시나 쓰레기 놈들이었구나."

"누구냐!"

난데없이 위에서 들려오는 음성에 두 장정이 화들짝 놀리며 고개를 들었다.

그러면서 그중 한 명은 종이 있는 우측을 향해 손을 뻗었다. 침입자가 나타났다는 것을 알리기 위해서였다.

퉷!

하지만 남자는 종에 매달린 줄을 잡지 못했다. 왠지 모르게 익숙한 소리와 함께 강력한 충격이 손등을 강타해서였다.

뒤이어 끈적끈적하고 기분 나쁜 감촉이 손등에서 느껴졌다.

"으억! 뭐, 뭐야?"

"뭐긴? 벌레한테 뱉은 내 고귀한 침이지."

"이 병신은 뭐야!"

"병신은 너고."

동료가 손등을 부여잡으며 주저앉자 함께 경계를 서던 장정이 창을 내질렀다. 산적 나부랭이라고 하기에는 제법 깔끔한 기습 공격이었다.

다만 상대가 나빴다.

스윽.

가까운 거리에서, 그것도 기습과도 같은 찌르기였으나 벽우진은 조금도 당황하지 않았다. 오히려 뒷짐 진 자세에서 고개만 옆으로 살짝 꺾는 것으로 공격을 피해내고는 그대로 입을 오물거렸다.

"죽어!"

첫 번째 공격이 실패하자 장정이 재차 창을 휘둘렀다.

그리고 손등에 침을 맞았던 남자 역시 종을 향해 슬금슬금 움직였다. 믿기지는 않지만 침 뱉기 공격으로 손이 부어 주먹이 쥐어지지 않기에 반대편 손으로 줄을 잡아 종을 치기 위해서였다.

그런데 또다시 익숙한 소리와 함께 머리가 새하얘졌다.

"끄륵!"

"무진장 허약하네. 이런 애들이 도대체 왜 악명이 높은 거지?"

목에서 피를 뿜어내며 간질 환자처럼 몸을 떨어대는 장정과 발로 찬 돌멩이에 이마가 깨져 절명한 남자를 번갈아 보며 벽우진이 혀를 찼다. 이렇게나 허약한 녀석들이 청해성에서 가장 악명 높은 산적들이라고 하자 이해가 되지 않았던 것이다.

"두목만 강한 건가. 뭐, 우두머리만 강해도 산채가 유지는 될 테니까."

혀를 차며 둘을 번갈아 보던 벽우진이 이내 안으로 들어갔다. 더 이상 생각할 가치가 없기에 이동한 것이었다.

"침입자다!"

"종을 쳐!"

뎅뎅뎅뎅!

산채 내부로 들어간 벽우진은 이내 침입한 것을 들켰다. 아니, 들켰다기보다는 그냥 휘적휘적 중심부를 향해 걸어가다가 산적들과 마주쳤다는 말이 맞았다. 애초에 벽우진은 숨어서 움직일 생각이 없었기 때문이다.

"누구냐!"

"어떻게 들어왔느냐!"

"말이 참 많아."

퍼퍽!

더 이상의 전진을 허락하지 않겠다는 듯이 앞을 가로막았던 산적들이 죄다 허물어졌다. 바닥에 널리고 널린 돌멩이들을 벽우진이 발로 차서 머리통을 죄다 터뜨려 버린 것이다.

그 모습에 종소리를 듣고 우르르 몰려오던 산적들이 주춤거렸다. 자신들이 모여들었음에도 전혀 주눅 든 기색이 보이지 않자 왠지 모를 위화감이 느껴졌다.

"누, 누구냐? 여기는 왜 왔지?"

"왜 오긴. 볼 일이 있어서 왔지. 여기 두목 어디 있어? 백면귀라고 그랬나? 맞지?"

"젊은 놈의 새끼가 입이 상당히 짧구나."

혼자임에도 이상할 정도로 당당한 벽우진의 모습에 산적들이 오히려 당황할 때, 8척이 훌쩍 넘는 거한이 모습을 드러냈다. 누가 봐도 범상치 않은 분위기를 뿌리며 산적들을 가르고서 나타난 거한은 일부러 그러는 건지 습관인지 웬만한 어린아이 크기의 도끼를 장난감처럼 돌리고 있었다.

"젊게 봐줘서 고맙긴 한데, 안타깝게도 네놈들이 생각하는 것보다 나이가 많단다. 지금 보이는 것에 딱 58만 더하거라, 아가들아."

"큭큭큭!"

마치 노인인 것처럼 꼰대질을 하는 벽우진의 모습에 거한이 흥소를 흘렸다. 하지만 두 눈만큼은 절대 웃지 않았다. 오히려 스산한 살기를 흘렸다.

"짜증 나면 참지 말고 덤벼. 인내심도 없어 보이는 녀석이 어디서 사람 행세야?"

"맞아. 어차피 죽일 놈인데 대화는 필요 없겠지."

쐐애액!

거한이 그대로 도끼를 휘둘렀다. 태산도 갈라 버릴 듯이 위에서 아래로 내려찍은 도끼날이 향하는 곳에는 벽우진이 있었다.

콰앙!

거침없이 휘둘러진 거한의 도끼가 벼락처럼 떨어졌다. 하지만 어디에서도 혈흔은 보이지 않았다. 놀랍게도 기습처럼 휘두른 참격을 벽우진이 피해냈던 것이다.

"넌 좀 낫네."

"……어떻게?"

"뭘 어떻게 피해? 눈깔 삐었어? 옆으로 한 걸음 움직였잖아?"

벽우진이 코웃음을 치며 말했다. 마치 보고도 모르냐고 타박하는 말투였다.

하지만 그 말에도 거한은 대답하지 못했다. 대신 흔들리는 눈으로 벽우진을 쳐다봤다.

"근데 그래 봤자 오십보백보야."

심드렁한 표정으로 중얼거리던 벽우진이 입을 오물거렸다. 그러고는 번개같이 침을 뱉었다.

"켁!"

그 공격에 장한은 말 그대로 눈 뜨고 당했다. 뜬금없이 입을 오물거리는 모습에 멍하니 보다가 공력이 실려 있는 침 뱉기 공격에 속수무책으로 당한 것이다.

하지만 단순히 침 뱉기라고 무시할 수 없는 게 그 침을 뱉은 게 벽우진이었고, 그 안에는 상청무상신공(上淸無上神功)의 정수가 담겨 있었다.

쿵!

눈을 뚫고 들어가 단숨에 뇌를 헤집어 버리는 잔혹한 침 뱉기 공격에 거한이 단말마와 함께 뒤로 넘어갔다.

그러자 무거운 정적이 내려앉았다. 심지어 침조차 삼키는 이가 없었다. 절륜한 무공을 보인 것도, 그렇다고 신출귀몰한 움직임을 보인 것도 아닌 그저 단순한 침 뱉기로 백귀채 서열 10위를 쓰러뜨리자 산적들은 본능적으로 얼어붙을 수밖에 없었다.

"이놈의 서열이 제법 높았나 봐? 그렇게나 얼어 있는 걸 보면."

"누, 누구십니까?"

"이제야 존장에 대한 예우가 나오는구만? 역시 이곳도 무림이야. 크크!"

한순간에 달라진 말투에 벽우진이 키득거렸다. 그러나 누구 하나 그 말에 대답을 하지 못했다. 얼굴은 웃고 있는데 두 눈에서는 살벌한 살기가 줄기줄기 흘러나오고 있었기 때문이다.

"어, 어디서 오신 겁니까?"

"그게 중요해? 난 아닌데. 나한테 중요한 건 네놈들 두목이야. 백면귀 어디 있어? 아니, 가기도 귀찮으니까 불러와. 내가 하루 종일 움직였더니 삭신이 좀 쑤셔서."

산적들이 하나같이 답답한 표정을 지었다. 어디를 봐도 힘들어하는 기색이 보이지 않아서였다. 더구나 이마에 피도 안마른 듯한 젊은 놈이 계속 늙은이처럼 말하는 것도 이해가 되지 않았다.

"혹시 반로환동?"

그때 산적들 중 한 명이 자기도 모르게 중얼거렸다. 젊은데 늙은이처럼 행동하고 또 무공이 고강해 보이자 한 단어가 절로 떠오른 것이었다.

"미안하지만 반로환동은 아니다. 내 몸은 아직 파릇파릇한 이십 대거든."

'근데 왜 늙은이인 척이야!'

모여 있던 산적들이 눈빛으로 똑같은 말을 했다. 하지만 그것을 보고도 벽우진은 조금도 신경 쓰지 않았다. 아니, 산적들이 무슨 생각을 하는지 눈곱만큼도 생각하지 않았다.

"근데 확실히 무식한 놈들이긴 한 거 같아. 내 분명 네놈들 두목을 대령하라고 그렇게 말했는데 움직이는 이들이 없는 걸 보면."

씨이이잉!

그때 날카로운 파공성이 들렸다. 제법 멀리서 예리한 소성과 함께 무언가가 벼락같이 날아들었던 것이다.

스윽.

그러나 이번에도 벽우진은 고개만 까딱이는 것으로 피해냈다. 기습과도 같은 화살 공격을 마치 알고 있었다는 듯이 흘려보낸 것이다.

"말도 안 돼……."

그 광경에 산적들이 다시 한번 입을 쩍 벌렸다. 누가 쏜 화살인지 알고 있어서였다.

"궁귀 형님께서 쏜 화살을 어찌 저리 쉽게……."

"지, 진짜 고수다. 진짜 고수가 온 거야!"

"내가 이래서 청민을 빨리 키우려고 했던 건데. 에휴."

산적들이 웅성거리거나 말거나 벽우진은 자신이 하고 싶은 말만 했다. 애초에 같은 사람이라고 생각하지 않았기에 산적들이 떠들든 말든 신경 쓰지 않았던 것이다.

씨이잉! 씨잉!

그러는 사이 화살이 연거푸 날아왔다. 상대는 벽우진의 앞쪽에 수십 명의 산적이 있음에도 전혀 거리낌 없이 화살을 날려댔다. 물론 포물선을 그리며 날아왔기에 산적들이 맞을 가능성은 낮았지만 그럼에도 위험한 건 마찬가지였다.

푹푹푹!

정확히 벽우진을 겨냥하고서 날아온 화살들이 덧없이 바닥에 꽂혔다. 놀랍게도 벽우진은 단 하나의 화살도 몸에 닿는 걸 허락하지 않았다. 대신 날카로운 눈빛으로 화살을 날린 산적을 노려봤다.

"참으로 얍삽하게 생긴 놈이로다."

"여기까지 침을 뱉어보시지?"

미꾸라지처럼 피해내는 벽우진을 도발하려는 듯이 거의 자신의 키만 한 대궁을 들고 있는 중년의 남자가 히죽 웃으며 말했다. 어떻게든 벽우진의 평정심을 흐트러뜨려 화살을 박아버릴 속셈이었던 것.

하지만 그는 벽우진을 너무 과소평가했다.

퉷!

궁귀의 말이 끝나기 무섭게 벽우진이 침을 뱉었다. 그것도 허리의 반동을 이용한 게 아니라 빳빳하게 선 자세에서.

한데 그 침이 마치 암기처럼 순식간에 10장(약 30m)이 넘는 거리를 단숨에 관통하며 궁귀의 이마를 꿰뚫었다.

"구, 궁귀 형님!"

두 눈을 뜬 상태 그대로 절명한 궁귀의 모습에 다시 한번 장내에 무거운 침묵이 내려앉았다.

하지만 누구 하나 도망치지 못했다. 무공을 펼친 것도 아니고 단순한 침 뱉기로 서열 3위의 궁귀를 죽여 버리는 광경을 보자 도망칠 엄두가 나지 않았던 것이다. 뒤돌아서는 순간 뒤통수로 침이 날아올 것 같았기에 어느 누구 하나 움직이지 않았다.

"머저리 같은 놈들!"

"그러게 내가 뭐라고 했소? 숫자만 채워봤자 아무 소용없다니까요. 실력자를 모아야 한다고 하지 않았소!"

그때 안쪽에서 두 명의 중년인이 걸어 나왔다. 딱히 특별한 게 없어 보이는, 얼굴에 가득한 흉터만 빼면 평범해 보이는 장한들이었다.

그런데 두 사람이 나타나기 무섭게 산적들의 분위기가 다시 한번 달라졌다. 왜냐하면 지금 나타난 두 명이 바로 백귀채의 두령과 부두령이었기 때문이다.

"엉덩이가 참으로 무거운 아해로구만."

"젊은 놈의 새끼가 누구보고 아해라는 거야?"

"마, 내 나이가 올해로 일흔다섯이야, 일흔다섯! 물론 나는 인정하기 싫지만 어쩌겠어. 하나 남은 사제가 일흔 살이니 나도 어쩔 수 없이 일흔다섯이지."

"이거 정신 나간 새끼 아냐?"

백면귀가 어처구니없다는 표정을 지었다.

아무리 많이 쳐줘야 스물다섯을 넘을까 말까 한 외견을 가진 놈이 일흔다섯 살이라고 하자 어이가 없었던 것이다.

하지만 그러면서도 백면귀는 날카로운 눈빛으로 벽우진을 살폈다. 헛소리나 지껄이는 미친놈 같지만 그런 놈에게 실력이 있다면 얘기는 달랐다. 또한 혼자서 백귀채를 찾는다는 것도 웬만한 배짱으로는 힘든 일이었다.

'궁귀 놈까지 죽었고 말이지.'

부두령인 동생과 건들거리며 다가왔지만, 그는 오면서 궁귀의 시체부터 확인했다. 무관심한 척하면서도 궁귀가 어떻게 죽었는지 파악하려 한 것인데, 알아낼 수 있는 건 아무것도 없었다. 이마에는 걸쭉한 핏자국밖에는 남아 있지 않았기 때문이다.

"정신 나간 새끼는 네놈이고. 감히 겁도 없이 청하상단을 건드려?"

"청하상단에서 보냈구나?"

"아니, 내가 빡쳐서 온 건데. 벌레 새끼들이 물건을 훔쳐갔다고 해서."

"훔치긴. 빼앗은 거지. 크크!"

백면귀가 조소했다. 하지만 그런 그의 도발에도 벽우진은 코웃음을 쳤다. 어째 하는 짓이 방금 전에 죽인 거한과 너무나 똑같아서였다.

"지금 상황이 어떤 상황인지 파악이 안 되는 모양인데⋯⋯."

"뭘 파악이 안 돼? 쳐들어와서 벌레들 좀 처리한 상황이지."

"실력이 있다는 건 알겠는데, 여기 백귀채야. 청해성 제일의 악명을 가진 산채지."

"백귀채는 무슨. 백겁채(白怯寨)가 더 잘 어울리는 것 같은데. 봐봐, 하나같이 겁에 질려 있잖아."

백면귀의 안면이 푸르르 떨렸다. 청해성에 자리 잡은 후로 이런 조롱은 받아본 적이 없었기 때문이다. 그렇기에 시퍼런 귀광을 토해내며 벽우진을 노려봤다.

"이 새끼가 보자 보자 하니까……."

"그만 보고 이제는 좀 본론으로 넘어가자. 나 시간 없어. 바쁜 남자라고."

"죽여!"

더 이상 벽우진이 나불거리는 걸 허락하지 않겠다는 듯이 백면귀가 소리쳤다.

그러나 그의 노성에도 움직이는 산적들은 없었다. 이미 벽우진의 기에 눌릴 대로 눌린 상태였기에 명령이 떨어졌음에도 선뜻 움직이지 않았던 것이다. 그들이 본 벽우진은 정말 위험한 존재였으니까.

"역시 산적들이란."

"이 새끼들이!"

"끄억!"

명령을 내렸음에도 머뭇거리는 부하들의 모습에 백면귀가 야차처럼 얼굴을 일그러뜨리며 박도를 휘둘렀다. 그러고는 앞에 있던 부하 한 명의 등짝을 조금의 망설임 없이 베어버렸다.

"안 싸워? 그럼 내가 죽여주마!"

백면귀는 부하들을 다루는 법을 잘 알았다. 애초에 충성심 없이 각자의 이득을 위해 모인 산적들. 때문에 무력과 공포로 다루는 게 가장 빠르고 효과적이었다.

"으아아악!"

그 사실을 증명하듯 머뭇거렸던 산적들이 일제히 벽우진에게 달려들었다. 이래도 죽고, 저래도 죽으니 이판사판으로 벽우진을 공격하는 것이었다. 어쩌면 운 좋게도 벽우진을 죽일 수 있을지도 모르니까. 숫자는 그들이 월등히 많았다.

"흥."

다만 문제는 벽우진이 산적들의 손에 맞아줄 마음이 벼룩 똥만큼도 없다는 사실이었다. 아니, 맞아주기가 더 힘들었다. 너무나 느리고 형편없는 공격이 닿기에는 그의 몸이 너무나 가볍고 날렵했다.

스슥. 슥.

여전히 뒷짐을 진 채로 벽우진은 춤을 추듯 너울너울 움직였다. 마치 검이나 도, 창이 일부러 피해 가는 것처럼 벽우진은 여유롭게 산적들의 공격을 피해냈다.

그 모습에 백면귀의 얼굴이 굳어졌다. 고수는 고수를 알아본다고, 단순한 움직임뿐이지만 벽우진의 경지를 조금이나마 엿볼 수 있었던 것이다.

'× 됐다.'

나름 강호 바닥에서 구르고 구른 백면귀였기에 움직임을 보는 순간 딱히 경신술을 펼치지 않았음에도 벽우진의 수준이 어느 정도인지 알아봤던 것이다. 그렇기에 백면귀는 흉신악살처럼 일그러진 얼굴과는 다르게 눈알을 굴렸다.

"형님."

"빠져나가야 해."

"가능하겠소?"

오랜 세월을 함께한 의동생이자 자신만큼이나 눈치가 빠른 황면귀가 나지막하게 말했다. 혹시라도 부하들이 들을까 싶어 작게 말한 것이었다. 물론 전음을 펼칠 수는 있지만, 지금은 공력을 최대한 아껴두어야 했다.

"셋을 세면 바로 뛰는 거다. 여기 지리는 우리가 더 잘 아니까 일단 거리만 벌리면 도망칠 수 있어."

황면귀가 고개를 주억거렸다. 확실히 초행길인 벽우진에 비하면 자신들은 눈 감고 돌아다닐 수 있을 정도로 길에 밝아서였다.

하지만 황면귀는 몰랐다. 백면귀가 한 가지 더 생각하는 게 있다는 것을 말이다.

'혼자보단 둘이 낫지. 갈라지면 둘 중 하나를 택해야 하니까.'

백면귀가 입술을 핥았다. 동생을 챙겨주는 척했지만 그가 노리는 건 따로 있었다. 황면귀를 미끼로 삼아 자신이 살아남으려고 했던 것이다.

"형님. 거리가 좁혀지고……."

퍼퍼퍼퍽!

황면귀는 말을 채 끝내지 못했다. 마실이라도 나온 것인 양 부하들 사이를 노닐던 벽우진이 바닥에 널려 있는 돌멩이들을 발끝으로 차기 시작하자 수십 명이 쓰러졌기 때문이다. 그것도 정확히 머리통을 날려 버리는 광경에, 심지어 서서히 자신들과 가까워지는 모습에 황면귀는 재빨리 몸을 돌렸다.

"이 자식!"

백면귀를 무시하고 자신부터 살겠다는 듯이 몸을 돌리고서 전력 질주하는 황면귀의 모습에 백면귀가 역성을 토해냈다. 하지만 당장은 살아남는 게 먼저였기에 더 이상 화내지 않고 자신도 몸을 돌리고서 뛰었다.

"어딜 가시나. 다른 놈들도 안 되지만 네놈들은 더 안 돼."

빠박!

산적들을 도륙하던 벽우진이 뒷짐을 진 상태에서 손가락을 튕겼다. 그러자 절정에 달한 탄지공(彈指功)이 정확히 둘의 발목을 분질러 버렸다.

"끄억!"

"끅!"

"짜식들이 가만히 있지. 내 손가락 아깝게."

고꾸라졌음에도 어떻게든 살겠다고 바닥을 기는 둘의 모습에 벽우진이 혀를 찼다.

그가 침을 뱉고 돌멩이를 이용해 죽인 건 다른 이유가 있어서가 아니었다. 단지, 금수들에게는 손이나 발을 쓰기가 싫었기에, 만지면 오염될 거 같기에 직접적인 접촉을 피한 것뿐이었다.

"으으으……."

"그만 끝내자. 서로 피곤할 필요는 없잖아? 그치?"

"사, 살려주십시오."

"너희들은 살려달라는 청하상단 사람들 살려줬어? 혹시 감옥에 있어? 여자 말고."

산적들이 입을 다물었다. 살려달라던 상인들과 호위무사들을 낄낄거리며 죽인 게 바로 그들이었기 때문이다.

"아닌 거 같아도 죄업은 결국 다 돌아오게 되어 있다. 그러니까 순응하고 받아들여. 반항하고 싶으면 하고. 딱히 말릴 생각은 없어. 뭐, 그렇다고 살아남을 수 있다는 얘기는 아니지만."

"개새끼! 호로새끼!"

"음. 자주 들은 말이지."

말투에서 자신들을 살려둘 생각이 없다는 걸 깨달은 산적들이 악을 써댔다.

하지만 벽우진은 조금도 흔들리지 않았다. 그저 잡초를 뽑듯이 남아 있던 산적들을 모조리 쓸어버렸다. 가까운 놈들은 침으로, 거리가 제법 떨어진 녀석들은 돌멩이로 말이다.

"자, 잠깐만요! 잠시만 대화를……!"

"안 그래도 너희와는 할 말이 참 많아. 그래서 살려둔 거고. 알고 있지?"

"무, 물론입죠!"

아까 전의 기세등등하던 모습은 어디로 사라졌는지 백면귀가 바짝 엎드렸다.

그리고 벽우진이 백면귀와 대화를 나누는 사이 황면귀는 조용히 움직였다. 벽우진의 관심이 백면귀에게 쏠려 있을 때 몰래 도망치려는 것이었다.

"거기까지."

하나 그의 탈출은 아쉽게도 성공하지 못했다. 벽우진이 지풍을 날려 그의 혼혈을 짚었던 것이다.

꿀꺽!

보지도 않고 지풍으로 황면귀를 재워 버리는 모습에 백면귀는 다시 한번 깨달았다. 오늘 자신에게 사신이 찾아왔음을 말이다.

동시에 그는 엄청난 두려움을 느꼈다. 황면귀를 살려둔 이유를 본능적으로 알아차렸던 것이다.

"사, 살려주십시오! 저는 그냥 산적질한 것밖에는 죄가 없습니다!"

"걱정하지 마. 아직은 안 죽일 테니까. 그건 너도 잘 알고 있잖아?"

"아, 앞으로도 살려주시면……."

"글쎄. 그건 너 하기 나름이겠지?"

벽우진이 사악하게 웃었다.

백도인이라고는 보기 힘든, 마치 마도나 사도의 거두와도 같은 모습에 백면귀는 마른침을 삼켰다.

"정말 살려주시는 겁니까?"

"말했잖아. 너 하는 거 보고 결정한다고. 그러니까 선택을 잘해야 할 거야. 물론 똥배짱을 부려도 좋아. 저 녀석이 2인자

같은데 네가 말하지 않으면 저놈에게 들으면 되니까. 대신 지금과는 비교도 안 되는 힘든 시간을 보내게 되겠지."

벽우진의 시선이 너무나 깔끔하게 분질러진 오른쪽 발목으로 향했다. 그 시선에 백면귀의 동공이 격렬하게 흔들렸다.

"처, 청하상단의 물건을 되찾으러 오신 거죠?"

"그건 2순위. 1순위는 따로 있어."

"말하겠습니다. 모든 걸 말하겠습니다!"

"아주 바람직한 자세야."

공포에 삼켜진 백면귀가 다급하게 소리쳤다.

그러나 벽우진은 그 말을 순순히 믿지 않았다. 이런 놈들이 연기에도 일가견이 있다는 사실을 잘 알고 있어서였다. 지금이야 공포로 인해 단순하게 생각하지만, 잠깐이라도 틈이 생기면 머리를 굴릴 위인이었다.

"최대한 협조하겠습니다. 그러니 목숨만은……."

"협조라는 말이 거슬리는데. 우리는 동등한 입장이 아냐. 알면서 왜 그래? 아는 사람끼리."

"으어어어!"

벽우진이 백면귀의 어깨를 지르밟았다.

천진난만하게 웃으며 사정없이 짓밟는 그의 모습에 백면귀는 섬뜩함을 느꼈다.

"내가 가장 궁금한 건 하나야. 천검문과의 연결 고리. 따로 남겨놓은 증거가 있겠지?"

"……."

백면귀의 얼굴이 굳어졌다. 역시나 예상했던 대로의 질문이었다. 아니, 청하상단과 연관이 있는 인물이니만큼 천검문에 대해서 묻지 않으면 그게 더 이상할 터였다.

"어라? 입을 다무네?"

"새, 생각을 정리했습니다. 절대 입을 다물려는 것은 아니었습니다."

"그럼 말해봐."

벽우진이 여전히 어깨를 지르밟은 채로 물었다. 대답이 마음에 들지 않을 경우 아예 어깨를 박살 내버리겠다는 말투였다.

"죄송한 말인데 증거는 따로 없습니다. 복면을 쓴 자가 거래를 하자며 저를 찾아왔고, 내민 것은 금와전장(金蛙錢莊)의 전표였습니다. 그게 다입니다."

"출처를 알 수 없는?"

"그, 그렇습니다."

"있는데 숨기는 거 아냐?"

벽우진이 장난기 가득한 표정을 지었다. 하지만 그 미소가 백면귀에게는 사신이 웃는 것처럼 보였다.

"목숨을 담보로 헛소리를 하지는 않습니다!"

"아닌데. 고작 전표 하나로 네가 움직였다고? 청해성에서 난다 긴다 하는 백면귀가?"

벽우진이 가당찮다는 듯이 코웃음을 쳤다. 다른 이도 아니고 나름 방귀 좀 뀌는 백면귀가 고작 돈 하나로 움직였다고 보기 힘들었기 때문이다. 아니, 정확하게는 돈으로 움직일 수도 있겠지만, 단순히 그러한 이유만으로는 석연치 않다고 생각했다. 백면귀처럼 영악한 놈이 달랑 돈 좀 쥐여줬다고 움직일 리가 없었으니까.

"진짜입니다!"

"누구인지도 모를 사람과 거래를 했다고? 그걸 나보고 믿으라는 거냐? 내가 그렇게 단순해 보여? 응?"

"끄윽!"

벽우진이 인정사정없이 백면귀의 어깨를 짓눌렀다.

그의 입에서 억눌린 신음이 흘러나왔다. 반항하고 싶어도 이상하게 움직일 수가 없었다. 따로 마혈을 점혈당한 것도 아닌데 말이다.

"내가 좋게 좋게 말해주니까 만만해 보였나 봐. 금세 잔머리를 굴리는 것을 보면."

'언제 좋게 좋게 말했는데!'

백면귀가 속으로 부르짖었다. 벽우진은 처음부터 적이었다. 그가 찬 돌멩이에 죽어나간 부하들만 200이 넘었다.

딱!

백면귀가 마음속으로 울부짖을 때 벽우진이 손가락을 튕겼다. 그러자 거짓말처럼 잠들어 있던 황면귀가 깨어났다. 물론 마혈을 점혈 당한 상태라 움직이는 건 불가능했다.

"넌 좀 입을 다물고 있고. 물론 눈빛 교환도 안 돼."

"으어으어……."

발끝으로 아혈을 짚은 벽우진이 머리를 툭 찼다. 황면귀와 마주치지 않게 몸을 돌려 버린 것이다.

그런 다음에 벽우진은 황면귀를 향해 손을 뻗었다.

"어어?"

"너에게 내 긴히 물어볼 게 있어서 말이지."

"무, 무엇을 말씀이십니까?"

자신의 몸이 두둥실 떠오르더니 순식간에 벽우진 앞으로 날아가자 황면귀가 질린 표정을 지었다. 방금 전의 한 수가 허공섭물이라는 것을 알 수 있어서였다. 그것도 말도 안 되는 수준이었기에 황면귀는 자기도 모르게 공손해졌다.

"천검문."

"어……."

벽우진은 길게 말하지 않았다. 하지만 의미를 전달하기에는 충분했다. 그 증거로 황면귀의 눈알이 뒤룩뒤룩 굴러가고 있었으니까.

"알고 있는 거 다 내뱉어봐."

"그, 그럼 살려주시는 겁니까?"

"누가 두령, 부두령 아니랄까 봐 하는 말도 똑같구나."

"아직 살아 있는 거죠?"

"당연하지."

황면귀의 시선이 백면귀의 뒤통수로 향하자 벽우진이 웃으며 고개를 끄덕였다.

그 미소는 황면귀에게 참으로 섬뜩하게 다가왔다. 마치 지금은 살아 있지만 나중에는 어떻게 할지 모른다는 표정이라고

나 할까. 그런 느낌이 들었기에 황면귀는 마른침을 삼켰다.

"사, 살려주신다고 확실하게 말씀해 주시면 제가 알고 있는 걸 다 말하겠습니다."

"이놈이나 저놈이나 주제 파악을 참 못 해. 내가 왜 둘을 살려 놓았는지 모르겠어? 응? 설마 그렇게 머리가 안 굴러가는 거야?"

벽우진이 발끝으로 황면귀의 이마를 툭툭 건드렸다. 그러자 황면귀의 얼굴에서 식은땀이 흐르기 시작했다. 무슨 말인지 알아듣지 못할 리가 없어서였다. 동시에 머릿속에서 자신의 머리통이 산산 조각나는 광경이 떠올랐다.

"으으!"

"입이 두 개인 이유를 알면 이렇게 뻗대지 못할 텐데. 역시 교육을 덜 해서 그런가?"

콰아앙!

벽우진의 가벼운 발 구름에 땅이 진동했다. 진각도 아닌 그냥 가볍게 내려찍은 발을 중심으로 반경 1장이 푹 주저앉았다. 그러자 황면귀는 물론이고 굳어 있던 백면귀의 얼굴 역시 해쓱하게 변했다.

"우리 좋게 좋게 가자? 응? 너도 아픈 건 싫을 거 아냐? 아니면 혹시 취향이 그쪽이야? 맞는 게 좋아? 행복해? 짜릿해?"

도리도리!

황면귀가 격렬하게 고개를 저었다.

물론 마혈을 짚었기에 움직일 수 있는 궤적은 극히 좁았지만, 그 부족한 부분은 눈알로 대신했다. 마음 같아서는 우렁

차게 대답하고 싶은데 두려움 때문에 목소리가 목구멍에서 좀 처럼 나오지가 않았다.

"이제 좀 말할 생각이 든 것 같네."

"한 달 전 복면을 쓴 남자가 산채를 찾아왔습니다. 물론 저도 들은 내용입니다. 복면인이 찾아간 건 형님이었으니까요."

"계속해."

"복면인이 금와전장의 전표를 주며 한 가지 제안을 했다고 들었습니다. 이레 후 여기를 지나가는 청하상단의 상행을 공격하라고요. 그러면서 싹 다 죽여 버리라고 했답니다. 대신 물건들은 손대지 말라고요. 말이나 여자는 가져도 되지만, 물건은 가급적 원래 상태 그대로 보관하라고 했답니다. 나중에 천검문에서 오면 그대로 전달해 주라고 하면서요."

이제야 원했던 내용이 나오자 벽우진이 눈을 빛냈다. 하지만 아직 가장 중요한 게 나오지 않았다.

"그 말은 그때 복면인이 천검문의 사람이다?"

"제가 생각하기에는 그럴 가능성이 크다고 생각합니다. 그렇지 않다면 군이 천검문 사람들이 찾아올 때 물건을 돌려주라고 하지 않을 테니까요."

"하지만 증거가 없어. 얼굴이라도 알면 모를까 복면을 썼다며? 목소리 역시 변조했을 테고."

"예에."

황면귀가 눈치를 살폈다. 벽우진의 말마따나 명확한 증거가 없었기 때문이다. 물론 그나 백면귀가 나서면 논란은 일으킬 수 있었다. 하지만 천검문 쪽에서 잡아뗄 게 분명했다.

"고작 돈 때문에 백귀채가 움직였다고는 생각하기 힘든데."

"금액이 엄청났습니다. 또한 청하상단은 더 이상 뒷배가 없기에 작업을 쳐도 후환이 없을 거라고 생각했고요. 그 정도로 큰 금액을 제시했습니다. 아마 천검문 말고는 그 정도 금액을 융통하기 힘들 겁니다. 누가 뭐래도 청해제일문은 천검문이니까요."

"부족해."

벽우진은 고개를 저었다.

이 정도로는 천검문을 압박할 수는 있어도 사태를 해결하기는 힘들었다. 때문에 벽우진은 좀 더 확실한 증거를 원했다.

"제, 제가 아는 건 여기까지입니다."

"그럼 잠시 쉬고 있어. 다음은 백면귀한테 물어볼 테니."

벽우진이 손가락을 튕겼다. 그러자 너무나 자연스럽게 황면귀의 아혈이 짚어졌고 대신 백면귀의 아혈이 풀렸다.

"으음!"

"다 들었지? 이번에는 네 차례야. 혹시 생각나는 게 있으면 빨리 말해. 연락책을 불러낼 방법이라든지 말이야."

"어……."

백면귀가 정신없이 머리를 굴렸다. 복면인을 만났던 때를, 그와 나눴던 대화를 최대한 상세하게 떠올리기 위해서였다.

그런 백면귀를 벽우진은 가만히 내려다봤다.

○

야심한 시각. 서예지는 오빠인 서현기와 함께 부친의 집무실로 향했다. 저녁 식사 때 정말 생각지도 못한 말을 전해 들어서였다.

똑똑똑.

"들어오너라."

문을 두드리기 무섭게 누구냐고 묻지도 않고 들어오라는 부친의 목소리가 들렸다. 그 말에 서예지는 옷매무시를 가다듬고는 오빠와 함께 집무실 안으로 들어왔다.

"늦은 시간에 죄송합니다, 단주님."

"사적인 자리니 편히 말하거라."

"예, 아버지."

서예지와는 전혀 다른, 시전에 나가면 흔하게 볼 수 있는 외모를 가진 서현기가 곧바로 호칭을 바꾸며 자리에 앉았다. 그리고 그 옆에 서예지가 앉았다.

"이 늦은 시각에 날 찾아온 건 역시 곤륜파에서 온 손님들 때문이겠지?"

"예, 할아버지의 사형께서 오셨다고 들었어요."

"나도 그리 들었다."

"그리고 그중 한 분께서 백귀채로 가셨다는 말도요."

다짜고짜 본론부터 꺼내는 딸의 말에 서일국이 묵묵히 고개를 주억거렸다. 안 그래도 그 말을 듣고 그 역시 대경했기 때문이다. 더구나 떠난 인물이 청민도 아닌 젊은이라고 하자 더욱 놀랐다.

"불필요한 희생이에요, 아빠."

"나 역시 그렇게 생각한다. 하지만 이미 늦었어. 지금쯤이면 결과가 나왔을 거다."

서일국이 무거운 어조로 말했다. 청년이 떠났을 때가 오후라고 들었다. 그렇기에 지금쯤이면 어떤 식으로든 결판이 났을 터였다.

"아직 늦지 않았을 수도 있어요."

"그랬을 수도 있지. 하지만 따라잡기에는 격차가 너무 커. 이미 상황이 종료되었을 수도 있고."

"어째서 할아버지께서는 말리지 않으셨을까요?"

서예지가 얼굴 가득 안타까운 표정을 지었다.

청년의 의기는 높이 사지만 솔직히 말하면 만용이었다. 만약 무력으로 해결이 될 일이었다면 이렇게 가만히 있지 않았을 터였다. 당장에 강탈당한 물건을 되찾기 위해 백귀채로 향했을 것이다.

그렇게 하지 않은 이유는 명확했다. 백귀채와의 싸움에서 이길 자신이 없어서였다.

"나도 그게 궁금하다. 아무리 여쭈어봐도 일단은 기다려 보라고만 하시니."

"사태가 더 악화될 수도 있어요. 저희를 도와주러 떠난 분께는 죄송하지만."

서예지가 냉정하게 말했다.

좋은 결과를 기대하기에는 백귀채의 백면귀가 지닌 실력이 너무 뛰어났다. 아마 청해성에서 일대일로 백면귀를 잡을 수 있는 무인은 한 손을 넘지 않을 터였다. 거기다 백귀채에는 절정고수로 알려진 백면귀의 의동생 황면귀도 있었다.

"너무 극단적으로 생각하는 거 아닐까? 희박하기는 하지만 만약에 그 남자가 엄청난 실력자라면? 곤륜파의 제자일 가능성은 없지만 곤륜파와 인연이 있는, 그러니까 은거고수의 제자일 수도 있잖아?"

"소설 같은 이야기예요."

오빠의 말을 서예지는 단호하게 일축했다. 물론 진짜 서현기의 말대로 은거고수의 제자일 수도 있었다. 하지만 백귀채에는 백면귀와 황면귀만 있는 게 아니었다. 숫자 역시 알려진 것만 해도 200명이 훌쩍 넘었기에 혼자서는 뭘 해도 무리였다.

"예지 말이 맞다. 우리는 냉정하게 상황을 볼 필요가 있어."

"저는 아직도 이해가 되지 않아요. 어째서 할아버지께서 말리지를 않으셨는지가요."

"그 부분에 대해서는 명확하게 말을 해주지 않으니."

서일국도 답답한 표정을 지었다.

아무리 자신들의 상황이 좋지 않다고 하나 그렇다고 젊은이를 희생시키는 건 옳지 않았다. 더구나 생판 남이지 않던가. 차라리 청민이 나섰다면 적어도 이해는 되었을 것이다.

"일단은 달라질 상황에 대비를 해야 할 것 같아요."

"그럴 것 없다."

"어?"

서예지는 물론이고 서일국의 시선이 문으로 향했다. 문 너머에서 세 사람에게 아주 익숙한 음성이 들렸다.

달칵.

이윽고 문이 열리며 긴 수염이 인상적인, 더불어 깐깐한 눈매를 가진 서진후가 모습을 드러냈다. 그러자 세 사람이 동시에 자리에서 일어났다.

"아버지."

"앉아라. 너희들도."

"예."

갑작스러운 등장이었으나 누구 하나 놀라지 않았다. 전대 단주인 서진후가 청하상단에서 가지 못할 곳은 없기 때문이다. 게다가 서예지의 경우 조부와 허심탄회하게 대화하고 싶은 마음도 있었고.

"의구심이 많은 것 같구나."

"사실 무모한 행동이지 않습니까. 저만 해도 아버지의 말을 듣고 믿기지가 않았는데요."

"흠. 그럴 테지. 이해한다. 내가 너였어도 그랬을 테니."

"어째서 혼자 보내신 겁니까?"

서진후가 수염을 쓰다듬었다. 어디까지, 어떻게 설명해야 할지 고민하는 것이었다. 물론 다 말할 수도 있었지만 그러기에는 꺼림칙했다.

그리고 일단 그보다 윗사람이라고 할 수 있는 벽우진을 자신이 이러쿵저러쿵 말하는 게 예의가 아닌 것 같아서였다.

"아직은 시원하게 말해줄 수 없지만 한 가지만 말해주자면 나로서는 믿을 수밖에 없었다. 너희들에게는 믿기 힘든 이야기이겠지만 말이다."

"그 정도로 고수입니까?"

"내가 보기에는. 그리고 청민 사형께서 장담하시기도 했고."

"으음!"

서일국과 서예지의 머리가 빠르게 회전했다. 만약 서진후의 말대로 청년이 정말 고수라면 상황을 반전시킬 수도 있었기 때문이다.

"하지만 백면귀는 강해요. 백귀채의 인원 역시 적지 않고요. 그런 곳에 혼자 가는 건 너무나 무모해요."

"그게 일반적인 생각이지."

서진후가 고개를 주억거렸다. 만약 벽우진을 만나지 못했다면 그 역시 같은 판단을 내렸을 터였다.

"저기 단주님! 오후에 나갔던 손님이 돌아왔습니다!"

그때 뜻밖의 소식이 집무실을 강타했다. 밖에서 하인이 다급한 목소리로 소리쳤던 것이다.

··· 제4장 ···

# 역시는 역시네

콰앙!

천검문주 공추가 잔뜩 일그러진 얼굴로 책상을 내려쳤다. 그러자 앞에 부복해 있던 심복이 몸을 떨었다. 지금 공추가 얼마나 분노하고 있는지 너무나 잘 알아서였다.

"어찌된 일이냐? 어떻게 백면귀랑 황면귀가 청하상단에 있는 거지?"

"그게, 그러니까……."

"사태가 이렇게 될 때까지 무얼 하고 있었느냔 말이다!"

공추의 노성에 남자가 몸을 떨었다. 하지만 할 수 있는 대답이 있을 리 없었다. 마른하늘에 날벼락처럼 갑자기 벌어진 일이었으니까.

"죄송합니다, 문주님!"

"후우!"

공추가 길게 심호흡을 했다. 그러고는 의자에 몸을 늘어뜨렸다.

"괜찮으시다면 제 생각을 말해도 되겠습니까?"

"해봐."

"예상 밖의 상황이 벌어지기는 했지만 그렇다고 심각한 상황은 아니라고 생각합니다. 문주님도 아시겠지만, 증거는 단 하나도 남기지 않았으니까요. 청하상단이 가지고 있는 건 그저 산적 나부랭이인 백면귀와 황면귀일 뿐입니다. 반면에 저희는 정도를 표방하는 천검문이지 않습니까. 사람들이 누구의 말을 믿겠습니까?"

"흐음."

공추가 고개를 주억거렸다. 안 그래도 그 역시 이렇게 생각하고 있었기 때문이다. 다만 짜증이 나는 걸 참을 수가 없었을 뿐.

"복면을 쓰고 갔고, 따로 연락할 방법을 남기지 않았습니다. 정황상 의심은 하겠지만 대놓고 묻지는 못할 겁니다."

"그럴 테지."

청해성에서 천검문이 가지는 위상은 압도적이었다. 과거 곤륜파가 지녔던 위상만큼이나 말이다. 그런 만큼 감히 그에게 대놓고 따지거나 묻는 이들은 없을 터였다.

"청하상단 역시 그 사실을 알기에 오늘처럼 공개적으로 일을 키웠다고 생각합니다."

"증거가 있었다면 아마 바로 나를 찾아왔겠지. 그 정도 배짱은 있는 작자이니까."

"맞습니다. 그러니 잠잠해질 때까지 기다리는 게 상책이라고 생각합니다. 시간이 흐르면 결국 무지렁이들은 잊고 말 테니까요."

"그게 가장 현실적인 대안이기는 하지. 하지만 기분이 상당히 더러워. 참고만 있어야 하니까."

공추가 이를 드러냈다. 이렇게 모욕을 당했는데 가만히 있어야 한다는 사실이 그의 심기를 아주 불편하게 만들었다.

하지만 천검문이 정도를 표방하는 만큼 기분 내키는 대로 움직이는 건 좋지 않았다. 가뜩이나 정마대전 이후 백도문파들이 과거의 성세를 대부분 회복해서 자신들의 영역 너머를 넘보고 있는 상황이었다. 때문에 그들에게 아주 작은 빌미도 내주어서는 안 되었다.

'여기까지 어떻게 올라왔는데.'

청해제일문이라는 이름을 얻기까지 무려 이십 년이 걸렸다. 그런 만큼 공추는 이 자리를 절대 놓치고 싶은 마음이 없었다.

"잠깐만 참으시면 됩니다. 청하상단은 그 후에 은밀히 손보면 됩니다."

"자식 놈 때문에 이게 무슨 일인지. 그놈이 욕심만 부리지 않았어도."

"한창 혈기가 왕성하실 때 아닙니까. 그리고 서예지라면 소문주의 짝으로 나쁘지 않다고 생각합니다."

"본첫감은 아니지."

공추가 피식 웃었다.

과거 한창 잘 나가던 청하상단이라면 모를까 이미 몰락할 대로 몰락한 청하상단은 청해제일문인 천검문과 어울리지 않았다. 하지만 서예지의 미모와 재색은 인정했다. 화용월태(花容月態), 단순호치(丹脣皓齒)라는 말이 절로 떠오를 정도로 서예지는 절세가인이었다.

그러나 딱 그뿐이었다. 미모 외에는 천검문의 소문주에게 어울리지 않았다.

"첩으로는 충분하지 않겠습니까. 개인적으로 과분하다고 생각합니다."

"암."

공추가 아주 흡족한 표정을 지었다. 마치 그의 간지러운 곳을 심복이 긁어주는 듯했기 때문이다.

"사실 청하상단에게는 기회를 준 것인데도 그것을 모르고 이런 일을 저지르다니. 저로서는 이해가 되지 않습니다."

"내 말이. 내 친히 손을 내밀어주었건만. 넙죽 엎드려서 받지는 못할망정."

공추가 혀를 찼다. 생각하면 생각할수록 어이가 없어서였다. 다 망해가는 상단을 일으켜 세울 방법이 있는데 그걸 거절하다니. 그로서는 도저히 이해가 가지 않았다.

"아직 주제를 몰라서 그런 것 같습니다."

"지들이 아직 청해제일상단인 줄 아는 모양이야. 일단 알았으니 나가봐. 가는 길에 휘준이도 좀 부르고. 마음에 들지는 않지만, 상황이 이러니 당분간은 조용히 있어야지. 잠잠해질 때까지."

"알겠습니다."

남자가 조심스럽게 몸을 일으키고는 대전을 나갔다. 그러자 넓은 대전에 혼자 남게 된 공추가 곰곰이 생각에 잠겼다.

"도대체 누구일까. 백면귀가 근본 없는 산적 놈팡이라고 하나 그렇다고 무위가 낮은 건 절대 아닌데. 그렇다고 망해 버린 곤륜파에서 도움을 주었을 리도 없고."

탁탁탁.

공추가 손가락으로 태사의를 두드렸다. 애초에 청하상단이 백귀채를 어찌하지 못할 것을 알고 일을 벌인 것이었다.

그런데 갑자기 일을 해결해 버리자 공추는 의아함을 감출 수가 없었다. 불과 얼마 전까지만 해도 백귀채를 어찌지 못해 전전긍긍하던 곳이 청하상단이었으니까.

"알아보라고 지시해야겠군. 뭔가 냄새가 나. 아주 더러운 냄새가."

"소자 왔습니다, 아버지!"

"공적인 자리에서는 문주님이라고 부르라 하지 않았느냐?"

"죄송합니다, 문주님."

화려한 적의무복을 입고서 뒷골목 왈패처럼 건들거리며 대전 안에 들어왔던 공휘준이 넉살 좋게 웃으며 호칭을 바로 했다. 하지만 여전히 자세는 자유분방했다.

"오전 수련은?"

"완벽하게 끝마쳤습니다."

"등 사범은 뭐라더냐?"

"나쁘지 않다고 말했습니다."

"흠."

공추가 눈살을 살짝 찌푸렸다. 늘 똑같은 말이 뜻하는 바는 하나였기 때문이다.

사실 물을 필요도 없었다. 공휘준 정도는 보는 순간 어느 정도인지 파악이 가능하니까.

"백면귀에 대한 이야기를 들었습니다. 어떻게 된 겁니까?"

"안 그래도 알아보는 중이다."

"밑에 애들에게 듣고 믿기지가 않았습니다. 산적이라고 하지만 그래도 백면귀의 무공 실력은 청해성에서 한 손 안에 들어가지 않습니까? 그런데도 제압을 당했다는 건 청하상단에 백면귀 이상 가는 고수가 있다는 뜻 아닙니까?"

"그렇겠지. 그래서 널 부른 것이다."

공휘준이 두 눈을 끔뻑거렸다. 백면귀가 붙잡힌 거하고 자신을 부른 게 무슨 상관인지 전혀 모르겠다는 표정이었다.

"당분간은 얌전히 있거라. 괜히 헛짓거리하지 말고."

"설마 참으실 생각이십니까?"

"그럼 참지 말고 싸그리 쓸어버릴까?"

"체면을 생각하면 당연히 그래야 하지 않겠습니까? 백면귀를 사로잡은 의문의 고수가 청하상단에 있다고 하나 저희의 전력이면 충분히 감당할 수 있습니다."

"그건 네 생각이고. 그리고 머리가 있으면 생각이란 것을 해라. 오로지 여자만 어떻게 해보려는 생각만 하지 말고!"

공휘준이 순간 움찔거렸다. 부친의 호통에 반사적으로 겁을 먹은 것이었다.

그 모습에 공추는 나지막하게 한숨을 내쉬었다. 하나뿐인 후계자가 부족해도 너무나 부족한 것 같아서였다.

"더, 더 기어오르지 못하게 바짝 눌러줘야 하지 않습니까? 문주님도 말씀하셨잖아요. 이를 드러낸 짐승은 확실하게 짓밟아야 한다고요. 그래야 다시는 개기지 않는다고."

"……그랬었지. 하지만 지금 상황을 봐라. 우리가 마도나 사도문파였다면 그렇게 해도 상관없다. 아니, 당연히 그렇게 해야지. 하지만 우리는 백도문파다. 그런데 백면귀가 헛소리를 지껄였다고 청하상단을 공격하면 청해성의 무인들이, 그리고 중원의 명문대파들이 우리를 어찌 생각하겠느냐?"

"어, 음."

공휘준이 눈알을 뒤룩뒤룩 굴렸다. 아무리 생각 없이 무대포로 살아가는 그이지만 세간의 시선을 아예 신경 쓰지 않는 건 아니었기 때문이다. 사고를 쳐도 아버지가 감당할 수 있을 정도인지 아닌지를 생각할 머리는 있었기에 공휘준은 빠르게 상황을 파악했다.

하지만 이해를 한 건 결코 아니었다.

"그러니 당분간은 사고 치지 말고 얌전히 있어. 정 여자가 생각나면 기녀들 끼고 놀고. 밖으로 싸돌아다니지 말고 장원에만 있으라는 얘기다."

"언제까지 참아야 합니까?"

"이 사태가 잠잠해질 때까지."

"만약 그 틈을 타 청하상단주가 딸내미를 다른 곳으로 시집을 보내 버리면요?"

공휘준이 다급하게 물었다. 그 정도로 서예지는 그에게 있어 아주 중요한 여인이었기 때문이다.

첫눈에 반했다거나 사랑하는 것은 아니었지만 그래도 그는 어떻게든 서예지를 품고 싶었다. 그래서 이 말도 안 되는 계획을 세웠던 것이고.

"낌해야 한두 달이다. 그사이에 일이 벌어지겠느냐? 그렇다고 청하상단주 성격에 정략결혼을 시킬 리도 없고. 그럴 마음이었다면 진즉에 혼처를 알아봤겠지."

"그래도 혹시 모르는 일입니다."

"서예지라는 계집이 그렇게나 마음에 들더냐?"

"한 번 정도는 데리고 놀고 싶습니다. 솔직히 중원의 미녀들과 비교해도 뒤떨어지지 않을 정도이지 않습니까?"

공휘준이 음심을 숨기지 않았다. 본능은 아주 당연한 것이라 생각해서였다.

물론 먹어서 탈이 날 것 같다면 적당히 숨겨야 하겠지만 청하상단은 어떻게 따져보아도 천검문보다 아래였다. 게다가 서예지를 품으면 청하상단 역시 집어삼킬 수 있고, 다시 한번 청해성에 천검문의 위세를 각인시킬 수 있었다. 때문에 공추 역시 이 계획에 반대하지 않은 것이었고.

"확실히 보기 드문 미색이긴 하지. 중원의 외곽인 여기에서는."

"그래서 걱정이 되는 겁니다. 사실 서예지를 노리는 놈들이 저뿐만 아니지 않습니까."

"그렇다 한들 제깟 놈들이 할 수 있는 건 없다. 이 청해성에서는 말이지. 그러니 너는 걱정 말고 잠자코 있어. 괜히 사달을 일으키지 말고. 알겠느냐?"

"……예."

공휘준이 살짝 못마땅한 표정으로 대답했다. 부친의 말이니 어쩔 수 없이 대답한다는 듯한 모습이었다.

"물러가거라."

"예."

얼굴 가득 불만스러운 표정으로 공휘준이 대전에서 물러났다.

그 모습에 공추가 작게 한숨을 내쉬었다. 나이가 어느새 스물다섯이나 되었는데 어째 하는 행동은 어릴 때와 크게 달라진 것 같지 않아서였다.

하지만 독하게 할 수도 없는 게 공휘준은 그에게 있어 하나뿐인 자식이자 후계자였다.

"일단은 원하는 대로 가만히 있어주지. 하지만 잠시뿐이다."

공휘준에 대한 생각을 털어낸 공추가 이내 살벌한 안광을 뿌렸다. 어쭙잖게 반항을 해오는 청하상단을 떠올리며 이를 갈았던 것이다.

동시에 대전에 싸늘한 침묵이 내려앉았다.

서진후는 아들과 손자들을 이끌고 별채로 향했다. 세 사람이 하도 사형을 만나고 싶다고 성화를 부렸기에 아예 따로 시간을 잡은 것이다.

그런데 악명 높은 백귀채를 혼자서 와해시켰다는 이야기를 들은 탓인지 서일국은 물론이고 손주들도 잔뜩 굳어 있었다.

"그렇게 얼어서 인사라도 제대로 하겠느냐?"

"저도 모르게 긴장이 되어서요."

"하긴. 이해는 한다. 근데 너무 긴장할 것 없다. 사형 성격이 좋지는 않지만 그렇다고 깐깐한 편은 아니니까."

"깐깐한 건 아버지 쪽이시죠."

아들의 직언에 서진후가 피식 웃었다. 그 역시 인정하는 부분이었기에 차마 아니라고 할 수가 없어서였다.

"갑자기 데려가기가 싫어지는구나."

"남아일언 중천금이라 했습니다, 아버지."

"입만 살아서는. 지천명에 가까워지는 나이를 생각하거라."

"하하하."

서일국이 어색하게 웃었다. 확실히 그의 나이 역시 적지 않아서였다.

똑똑똑.

아들과 두런두런 대화를 나누는 사이 어느새 별채에 도착한 서진후가 옷매무시를 한 번 가다듬고는 조심스럽게 문을 두드렸다. 처음에도 당연히 사형이었기에 예의를 다했었지만, 지금은 그때와 상황이 또 달랐다.

'혼자서 백귀채를 쓸어버릴 정도의 고수이니까.'

서진후는 마음 깊은 곳에서 존경심이 무럭무럭 샘솟았다. 더불어 가슴이 두근거렸다. 멸문을 당했던, 몰락했던 사문이 벽우진으로 인해 다시금 일어설 거라는 확신이 들어서였다. 물론 단번에 예전과 같은 위상을 되찾지는 못하겠지만 그래도 시작할 수 있다는 게 그는 너무나 행복했다.

"들어와."

방 안에서 들려오는 심드렁한 벽우진의 목소리에 서진후가 옅게 웃으며 문을 열었다. 동시에 잔뜩 긴장한 아들과 손주들의 기척 역시 느낄 수 있었다.

"문안 인사를 드리러 왔습니다."

"네 나이에 문안 인사는 무슨. 목적은 뒤에 있는 애들이겠지."

"허허. 하도 사형께 인사를 드리고 싶다고 해서요."

서진후가 넉살 좋게 웃으며 세 사람에게 눈짓했다. 하지만 그 신호에도 서일국과 서현기, 서예지는 바로 반응하지 못했다. 왜냐하면 고작해야 스물 남짓한 청년에게 서진후가 너무나 스스럼없이 사형이라 불렀기 때문이다.

"아닌 거 같은데? 애들 표정을 봐."

"사형의 모습 때문에 그렇습니다. 누가 지금 사형의 얼굴을 보고 일흔다섯 살 노인이라 생각하겠습니까?"

"이, 일흔다섯이요?"

서일국이 소스라치게 놀라며 소리쳤다. 그리고 그건 나란히 서 있던 두 남매도 마찬가지였다. 아무리 봐도 약관을 갓 넘어 보이는데 일흔다섯 살이라고 하자 믿기지가 않았던 것이다.

"일흔다섯이 아닐 수도 있어. 난 시간의 흐름을 아예 느끼지 못했으니까."

"하지만 현실은 저와 청민 사형이 이렇게 늙어버렸죠."

"내 탓은 아니지. 나도 끌려간 거라고. 내 의사와는 상관없이."

벽우진이 어깨를 으쓱거렸다. 차라리 선택을 받은 거라면 납득할 수 있었다. 자신의 높은 재능 때문이라고 이해라도 할 수 있었을 테니까. 그런데 안타깝게도 그가 시공간의 진에 갇힌 이유는 그게 아니었다.

"단체 수련 농땡이 피우려다가 간힌 거라면서요."

"그렇지. 그래서 억울해. 난 잠깐 쉬려고 숨을 장소를 찾은 것뿐인데 일이 그렇게 되어버렸으니까."

서예지가 멍한 얼굴로 조부와 벽우진을 은근슬쩍 쳐다봤다. 도대체 무슨 말을 하고 있는 건지 알 수가 없어서였다. 아니, 사실 명석한 그녀의 두뇌는 둘의 대화에서 많은 것을 알아냈다. 하지만 이해가 된 것은 아니었다.

"저는 다행이라고 생각합니다. 사형마저 안 계셨다면 사문의 맥은 정말 끊겼을 테니까요."

"그 얘기는 나중에 하고. 애들부터 소개해 봐. 네가 말하니까 애들이 입을 못 열잖아."

"처음 뵙겠습니다. 서일국이라고 합니다. 미흡하지만 청하상단을 이끌고 있습니다."

"서현기입니다."

"서예지라고 하옵니다."

서일국을 위시로 두 남매가 차례대로 벽우진에게 공손히 인사했다. 그러자 벽우진이 심드렁한 얼굴로 고개를 주억거렸다.

"그래, 만나서 반갑다."

"하하하."

단순하다 못해 깔끔하기 짝이 없는 인사에 서일국이 어색하게 웃었다. 그런데 신기한 건 그게 거만하게 느껴지지 않는다는 점이었다. 분명 얼굴은 아들인 서현기와 별로 차이가 나지 않았는데 말이다.

"덕담이라도 해주시죠. 사형을 뵙고 싶어서 이렇게 아침 일찍 찾아왔는데."

"내 입에서 덕담이 나올 것 같아?"

"사실 힘들죠."

조용히 앉아서 차를 들이켜던 청민이 피식 웃었다. 자신이 말했지만 정말 벽우진과는 어울리지 않아서였다.

"덕담을 듣는다고 달라지는 건 없어. 인생은 결국 자기 하기 나름이니까. 그보다 찾아온 이유나 말해. 단순히 인사를 하겠다고 애들을 주렁주렁 달고 오지는 않았을 거 아냐?"

"애들은 물론이고 저도 자세한 이야기를 듣고 싶어서요. 어제는 너무 정황이 없지 않았습니까."

"말해준 게 다야. 그냥 찾아가서 다 때려 부수고 두 놈 잡아왔지. 그게 다야. 아, 납치되어 있던 아녀자들을 마을까지 데려다준 거는 말 안 했네. 사실 그 일만 아니었으면 더 빨리 도착했을 텐데."

"그럼 나머지는 싹 다 죽이신 겁니까?"

"응, 살아 있을 가치가 없던 놈들이더라고. 그러니 강탈당한 물건 회수해 오는 김에 정리도 좀 하고 오라고 해. 그 정도 뒤처리는 할 수 있잖아?"

벽우진이 뻔뻔하게 말했다. 아주 당당한 뒤처리 지시였다. 하지만 빼앗겼던 물건은 물론이고 백귀채가 쌓아놓은 재물들까지 가져오는 것에 비하면 이 정도는 아무것도 아니었다.

"그리 전달하겠습니다. 그리고 사형. 백귀채가 축적한 재물들 있지 않습니까."

"꽤 많을 테지. 나도 슬쩍 둘러봤는데 애들이 물욕이 정말 많더라고. 쓰지도 않고 어찌 그리 쌓아두었는지. 하지만 가장 큰 건 바로 이거지."

벽우진이 씩 웃으며 품속에서 전표를 한 장 꺼냈다. 바로 백면귀가 가지고 있던, 천검문에서 준 게 분명한 금와전장의 전표였다.

그런데 그 액수가 상상 이상이었기에 서진후는 물론이고 서일국도 깜짝 놀란 표정을 지었다.

"이, 이건?"

"백면귀가 움직인 이유지. 또한 우리로서는 꽁돈이기도 하고. 출처를 알 수 없기에 우리도 사용할 수 있으니까."

스윽.

벽우진은 전표를 앞에 앉아 있는 서진후에게 밀었다.

그러자 서진후가 두 눈을 동그랗게 뜨고서 벽우진을 쳐다 봤다. 왜 자신에게 주느냐고 묻는 듯한 눈빛과 표정이었다.

"너 가져."

"예?"

"도사가 이런 큰돈이 있어서 뭐 해? 그리고 당장 필요하지도 않고. 게다가 백귀채로 인해 손해가 이만저만이 아닐 거 아냐? 이걸로 메워. 남으면 내일 백귀채에서 물건 가지고 오는 애들 고기 좀 사서 먹이고."

"아니, 그래도 이 돈은……."

서진후가 머뭇거렸다.

사실 말을 안 해서 그렇지 현재 청하상단의 자금 사정은 그리 좋지 못했다. 때문에 이 전표를 받는다면 정말 큰 도움이 될 터였다. 하지만 이미 큰 도움까지 받은 마당에 돈까지 받기 에는 그의 얼굴이 두껍지 못했다.

"왜? 그냥 받기에는 염치없어 보여?"

"솔직히 말씀드리면 그렇습니다."

"괜찮아. 너희는 받아도 돼. 다른 곳은 자격이 없지만, 너희 들은 있어. 그러니까 그냥 받아. 내 손 부끄럽게 만들지 말고. 그리고 말이야. 어른이 주면 감사합니다, 하고 받는 거야."

"감사합니다."

마치 명절에 조카에게 용돈을 주듯 말하는 벽우진의 모습에 서진후가 실소를 흘렸다. 일흔 살에 이렇게 아이 취급을 받을 줄은 몰라서였다.

　그 광경이 웃긴 건 다른 사람들도 마찬가지인지 다들 피식거리고 있었다.

　"천검문의 반응은 어때?"

　"예상했던 대로입니다. 아니라고 발뺌하고 있습니다. 더불어 백면귀와 저희가 짜고서 유언비어를 퍼뜨리는 게 아니냐고 오히려 역정을 내고 있습니다."

　"딱 예상했던 대로네."

　"증거가 없는 게 너무나 아쉽습니다."

　백면귀와 황면귀가 직접 입을 열었음에도 둘의 말을 믿는 이들은 의외로 많지 않았다. 정황상 천검문이 의심이 가기는 하지만 명확한 증거가 없어서였다. 게다가 사파라 할 수 있는 두 사람이었기에 세인들은 더더욱 믿지 않았다.

　"그래도 분위기를 반전시켰으니까 되었어. 적어도 당분간은 함부로 움직이지 못할 테니까."

　"다시 한번 감사하다는 말을 드리고 싶습니다. 정말 감사합니다."

　"감사합니다."

　서진후를 시작으로 서일국, 서현기, 서예지가 벽우진을 향해 머리를 숙였다. 진심을 담아 고마움을 전한 것이다.

　만약 벽우진이 나타나지 않았다면 상황은 계속 악화되었을 게 분명했다. 아니, 최악의 상황으로 치달았을 터였다.

"아직 감사 인사를 받기에는 일러. 상황이 해결된 것은 아니니까. 다만 조금 나아졌을 뿐이지."

"시간이 흘러 잠잠해지면 다시 야욕을 드러내겠지요."

"아니, 그전에 드러낼걸? 남자의 성욕은 정말 어마어마하거든. 특히나 아랫도리를 제대로 다루지 못하는 녀석들은 더더욱. 그리고 그때야말로 기회지."

"기회요?"

"응, 이 상황을 종료시킬 기회."

벽우진이 장난기 가득한 미소를 지었다. 그 미소는 백귀채에서 지었던 미소와 너무나 흡사했다.

"어떻게요?"

"너희들은 그냥 굿이나 보고 떡이나 먹으면 돼. 원래 하던 일 하면서."

"그래도 언질이라도 좀 주시면 저희가……."

"가만히 있는 게 도와주는 거야."

벽우진이 딱 잘라 말했다.

괜히 아는 사람들이 많아져서 천검문까지 흘러 들어가면 좋을 게 없어서였다. 그리고 예상대로 흘러갈 거라는 보장도 없고. 물론 가능성은 높다고 생각하지만 그래도 혹시 몰랐다.

"알겠습니다. 사형 말씀대로 하겠습니다."

"아주 좋은 자세야. 딱 그렇게만 해. 그럼 너희들 앞에 꽃길이 펼쳐질 거다."

벽우진이 호언장담했다. 농담이 아니라 정말 그렇게 만들어 줄 자신이 있어서였다. 그리고 청하상단은 이런 호의를 받을 자격이 있었다.

"한 가지 궁금한 게 있습니다."

"다른 거?"

"예, 사실 이렇게 받기만 해도 되나 하는 생각이 들어서요. 제가 사제이기는 하지만 사실 사형과 저는 얼굴만 아는 사이이지 않습니까?"

"그렇지."

"더구나 시간도 무려 58년이나 흘렀지 않습니까. 그래서 궁금합니다. 저희에게 이렇게까지 잘해주시는 이유가요."

서진후가 진지한 눈으로 벽우진을 바라봤다.

그뿐만이 아니었다. 서일국 역시 의문이 가득한 눈으로 벽우진을 바라보고 있었다. 아무리 사형제 간이라지만 벽우진의 호의는 분명 도를 넘은 수준이었기 때문이다.

"간단하게 말하자면, 너희는 그럴 자격이 있어서다. 내가 이곳에 온 것도, 백귀채를 쓸어버린 것도 다 그만한 자격이 청하상단에 있어서이지. 왜냐하면 난 사부님께 그리 배웠거든. 고리타분하고 재미없는 사부님이셨지만 그렇기에 난 사부님을 존경한다. 신의를 지킨다는 게 얼마나 어려운지 나는 알고 있으니까."

"……"

"과분하다고 여기느냐? 그렇게 생각하지 마라. 너희들 덕분에 청민이 이렇게 살아 있고, 곤륜이 남아 있는 것이다. 그 맥을 네가 지켜주었지. 난 그저 그 보답을 하고 있는 것뿐이다. 그러니 고마워할 것 없다. 당연히 받아야 할 것을 받는 것뿐이니."

주르륵.

서진후의 노안에서 눈물이 흘러나왔다. 이제야 벽우진이 왜 그토록 자신들을 신경 써주는지 알 수 있어서였다. 그리고 그가 어떤 마음으로 청하상단을 보고 있는 지도.

"사형……."

"뭐, 천검문이 마음에 안 드는 것도 있고. 감히 누굴 괴롭혀? 너희들을 괴롭힐 수 있는 건 나뿐이다. 그 외는 누구도 허락하지 않아."

삽시간에 무거워지는 분위기가 마음에 들지 않는지 벽우진이 농담을 했지만 이미 감격한 서진후와 서일국에게는 그 말이 들리지 않았다. 그리고 청민은 뿌듯하게 웃고만 있었고.

때문에 벽우진은 보지 못했다. 서예지가 묘한 눈으로 자신을 바라보고 있다는 사실을 말이다.

벽우진은 휘영청 떠 있는 보름달을 올려다봤다. 하지만 그의 시선은 달을 향해 있지 않았다.

"재건이라."

백면귀의 고백으로 서녕은 하루가 멀다 하고 시끄러웠다.

더불어 청하상단을 도와준 빈객에 대한 관심도 덩달아 커지고 있었다. 하늘에서 뚝 떨어진 것 같은 고수의 등장에 청해정의 모든 무인들이 이목을 집중했던 것이다.

하지만 정작 그 주인공은 다른 생각에 빠져 있었다.

"저는 아직도 모르겠습니다. 제가 어떻게 해야 할지를요. 차라리 시공간의 진을 설치할 때 편지라도 남겨놓으셨으면 제가 이리 고민하지는 않았을 것 아닙니까? 설마 천기를 보시는 분이 제 성격은 못 본 겁니까?"

벽우진이 하늘을 향해 따지듯이 말했다. 여전히 답을 내릴 수가 없기에 답답한 마음에 쏟아붙인 것이었다. 하지만 그렇다고 답이 들려올 리가 만무했다.

그리고 벽우진 역시 어느 정도는 답을 알고 있었다.

··· 제5장 ···

# 발정 난 개새끼에게는 매가 약이지

"후우."

뒷짐을 지고 있던 벽우진이 깊은 한숨을 내쉬었다. 오만가지 생각이 머릿속을 휘저었기에 나오는 것은 한숨뿐이었다.

하지만 어느 정도는 결정을 내린 상태였다. 시조가 어째서 자신에게 그 많은 무공을 익히도록 안배했는지 그 이유를 모를 수가 없었으니까.

다만 문제는 자신에게 자격이 있느냐 하는 것이었다. 또한 재건한다는 결심에는 각오가 필요했다. 어중간한 마음으로 할 수 있는 것이 아니었기 때문이다.

"고민거리가 많으신 것 같아요."

"이 늦은 시각에 웬일이더냐."

"대화를 좀 나누고 싶어서요."

"나와 말이더냐."

"예."

활동하기 편한 경장 차림의 서예지가 곱게 웃으며 대답했다. 하지만 정작 벽우진은 그녀를 바라보지도 않았다.

"대화를 나누기에는 시간이 너무 늦었다. 오늘은 이만 돌아가서 자고, 내일 하자꾸나."

"그리 긴 시간이 걸리지는 않을 거예요."

"꼭 지금 대화를 해야겠다는 말로 들리는구나."

"맞아요."

하염없이 밤하늘에 떠 있던 달을 보고 있던 벽우진이 몸을 돌렸다. 그러고는 담담한 신색으로 서 있는 서예지를 지그시 쳐다봤다.

"해보거라."

"저를 곤륜파의 제자로 받아주세요."

"대화를 나누고 싶다고 들은 것 같은데."

"곤륜파의 제자가 되고 싶습니다."

벽우진이 헛웃음을 흘렸다. 다짜고짜 제자로 받아달라고 하니 어이가 없었던 것이다. 하지만 표정을 봤을 때 농담하는 것은 아니었다.

"청하상단과의 연을 위해서라면 굳이 제자가 되지 않아도 된다. 곤륜과 청하상단의 인연은 그리 가볍지 않으니."

"그런 의미로 말한 게 아니에요. 진심으로 곤륜의 제자가 되고 싶어서, 곤륜파의 무공을 배우고 싶어서 말한 거예요."

"좋지 않은 생각이다. 차라리 다른 문파의 제자로 들어가는 게 더 낫다."

벽우진이 단호하게 고개를 저었다.

물론 이렇게 말하는 서예지가 기껍기는 했다. 하지만 냉정하게 말하면 현재의 곤륜은 청하상단에게 큰 도움이 되지 않았다. 지금이야 자신 때문에 대단하게 느껴지겠지만 벽우진 혼자서 할 수 있는 일에는 한계가 있었고, 그럴 바에는 차라리 거대문파의 제자로 들어가는 게 훨씬 나았다.

"당장을 생각하면 그 말이 맞습니다. 하지만 저는 코앞이 아닌 더 먼 미래를 생각해서 결정을 내렸습니다."

"내가 곤륜파를 재건할 거라고 생각했구나?"

"아니신, 가요?"

서예지가 순간 당황한 표정을 지으며 물었다. 말하는 투가 어째 반드시 곤륜파를 재건하겠다는 느낌이 아니어서였다. 분명 아침까지만 해도 곤륜파에 대한 자부심이 대단하다고 느꼈었는데 말이다.

"아직 결정을 내리진 않았지. 나 혼자서 가능한 일도 아닐뿐더러 자신이 없거든. 때려 부수고 박살 내는 거야 누구보다 잘할 자신이 있지만, 멸문한 문파를 다시 일으켜 세우는 건 다른 문제니까. 나 혼자서 하고 싶다고 되는 일도 아니고."

"그렇다면 제가 도움이 될 수 있을 것 같습니다, 아니, 청하상단이요."

"사문을 위해서 너희들을 희생시킬 마음은 없다."

벽우진이 단호하게 말했다. 혹시라도 이런 말을 할까 봐 일부러 사문의 재건에 대해서 한마디도 꺼내지 않았으나, 소용없었다.

"희생이 아닙니다. 투자입니다. 저는 상가(商家)에서 태어났습니다. 그리고 상재가 제법 있는 편이지요. 그런 제가 생각하기에 곤륜파는 반드시 부활할 겁니다. 군이 제가 없더라도 말이죠. 하지만 제가 제자가 된다면 그 시기를 좀 더 앞당길 자신이 있습니다."

"무얼 보고 그리 생각했는지 궁금하구나."

"어, 어르신이요."

서예지가 힘겹게 대답했다. 겉으로 보기에는 몇 살 차이 나지 않았기에 어르신이라는 말이 좀처럼 나오지 않았던 것이다. 그렇다고 아직 곤륜파의 장문인인 것도 아니었기에 어르신 말고는 따로 떠오르는 호칭이 없었다.

"내 가치가 좀 높기는 하지."

"저는 이 모든 흐름을 만든 이유가 어르신께서 천검문을 감당할 자신이 있기에 상황을 이렇게 만들었다고 생각합니다. 단순히 명분만으로는 강호에서 살아남을 수 없으니까요."

"아닐 수도 있지."

"맞습니다. 제가 할 수 있는 건 추측뿐이니까요. 하지만 아무 대책 없이 무모하게 일을 벌였다고는 생각하지 않습니다."

벽우진은 별다른 말을 하지 않았다. 대신 의미심장한 미소만을 지어 보였다.

"청범의 말대로 똑똑하구나. 손녀 자랑을 할 만해."

"가, 감사합니다."

"하지만 제자를 받아들이는 것에 대해서는 고민을 좀 더 해 보자꾸나. 날 위해서가 아니라 널 위해서 말이지. 아직 시간이 좀 남아 있기도 하고."

"제가 올해 열여덟입니다. 무공에 입문하기에는 많이 늦은 나이입니다만."

고민해 보겠다는 말에 서예지가 조심스럽게 입을 열었다. 귀동냥으로 들은 바에 의하면 열여덟이라는 나이는 한참 늦은 나이였기 때문이다.

"기본적인 운기토납법은 익히고 있지 않으냐, 그것도 본파의. 그러니 늦은 건 아니지. 다른 문파의 내공심법을 배워도 상관없고. 어차피 기본적인 운기토납법이니까."

"알겠습니다."

단호한 벽우진의 태도에 서예지는 일단 한발 물러났다. 계속 부탁하면 조르는 것으로밖에는 보이지 않아서였다. 게다가 일단 완전히 거절한 것은 아니었기에 서예지는 그 점에 의의를 두었다.

"시간이 늦었다. 어서 들어가라."

"안녕히 주무세요."

"그래."

공손히 허리 숙여 인사하며 몸을 돌리는 서예지의 모습을 보자 벽우진은 화용월태(花容月態)라는 말이 절로 떠올랐다. 그 정도로 서예지의 미모는 대단했다.

하지만 괜히 나이가 일흔다섯이 아닌지 아름다운 서예지를 대면하고도 심중에 별다른 파문은 일어나지 않았다.

"두 사람이 참으로 잘 어울립니다."

"청범이 손녀라는 사실을 잊었더냐?"

"겉으로 보기에는 그렇다는 말입니다."

서예지가 물러나자 이번에는 청민이 모습을 드러냈다. 늘 그렇듯이 낡은 도복 차림이었다.

"그 말을 들었으면 청범이 네 멱살을 잡았을 것이야."

"그럴 리가요. 청범이는 착합니다."

청민이 옅게 웃으며 대꾸했다. 그가 아는 청범이라면 당연히 농담으로 알아들을 것이라 생각해서였다. 하지만 벽우진의 생각은 달랐다.

"아닐걸? 다른 이도 아니고 금지옥엽이나 마찬가지인 혈육인데? 나는 멱살을 잡는다는데 내 손모가지를 거마."

"아, 안 그럴 겁니다. 암요."

"너도 지금 흔들렸잖아. 스스로도 확신하지 못한다는 소리지. 그리고 자식도 없는 네가 청범을 어찌 이해하겠어?"

"……."

청민은 말문이 막혔다. 변명의 여지가 없는, 아니, 할 수 없는 공격이어서였다.

"농담은 이쯤하고. 여태 안 자고 왜 나왔어? 회춘한 게 느껴지니 잠이 안 오나? 아니면 나랑 한판 뜨려고?"

"전 오래오래, 건강히 살고 싶습니다."

청민이 다급하게 손사래를 쳤다. 비무는 무공 수련을 할 때 하는 것만으로도 충분하다.

"그럼 왜?"

"사형께 고민거리가 있는 것 같아서요."

"나이 먹고 눈치만 늘었다니까."

"재건 때문에 그러시죠?"

벽우진이 고개를 들어 다시 밤하늘을 바라봤다. 그러자 어느새 구름이 제법 몰려와 있었다.

"나도 아직 멀었나 보다. 표정 관리가 잘 안 되는 걸 보면."

"조금만 생각하면 누구라도 짐작할 수 있었을 겁니다."

"솔직히 말해 난 자신이 없다. 너도 알다시피 난 장문인의 재목은 아니지 않느냐. 괜히 어쭙잖게 나섰다가 곤륜파라는 이름에 먹칠을 할 것 같기도 싫고."

"사형은 잘하실 겁니다. 또한 적임자이기도 하고요. 과거의 곤륜파는 선대들의 곤륜파였지요. 앞으로는 사형의 곤륜파로 만드는 것도 나쁘지 않다고 생각합니다. 어쩌면 변화를 두려워했기에 한 번 무너진 것일지도 모른다고 생각합니다."

진심이 담긴 걱정과 우려에 청민 역시 자신의 생각을 솔직하게 말했다. 어떤 부분에서 벽우진이 고민하고 있는지 모르지 않았기 때문이다. 제멋대로에 이기적인 벽우진이었지만 그 역시 곤륜파의 제자였고, 또한 누구보다 곤륜파와 곤륜산을 사랑하는 사람이었다.

"내가 말아먹으면 어떡하려고 그리 말하느냐?"

"더 이상 말아먹을 것도 없지 않습니까? 그리고 저는 이왕이면 강한 곤륜파를 만들고 싶습니다. 그 어떤 풍파와 역경에도 천년만년 굳건히 자리를 지키는 곤륜파를요."

"강한 곤륜이라······."

"현실적으로 쉽지 않은 일이라는 거 잘 알고 있습니다. 일이 년 만에 이룰 수 있는 것도 아니고요. 하지만 하나씩 천천히 하다 보면 언젠가는 과거의 곤륜파를 재현할 수 있지 않겠습니까."

청민이 진지한 눈으로 벽우진을 바라보며 말했다. 그의 두눈에는 뜨거운 열의가 가득 담겨 있었다. 하루하루를 절망에 빠져 보내던 과거와는 완전히 다른 눈빛이었다.

"이왕 할 거면 과거보다 더 나은 곤륜파를 만들어야지. 여전히 야망이 크지 못하구나."

"허허. 제 그릇인 모양입니다."

"뭐, 어쨌든 본론은 이거 아냐? 더 놀지 말고 얼른 일하라고."

"흠흠!"

심유한 벽우진의 눈빛이 청민에게 닿았다. 그러자 그가 슬그머니 고개를 돌렸다. 차마 벽우진의 눈을 정면으로 직시할 수가 없어서였다.

"전에는 눈치를 좀 보더니 이제는 그냥 대놓고 말하는구나."

"얼마 전까지는 반신반의했었습니다. 사형이 되돌아온 것만 해도 감지덕지인데 너무 부담을 주면 안 된다고 생각했거든요. 그런데 생각이 바뀌었습니다."

"백귀채를 때려 부순 걸 보고?"

"예, 거기에 더해 천검문을 딱히 안중에도 두지 않는 걸 보고요. 사형은 어릴 적에도 질 싸움은 애초에 시작을 하지 않으셨죠. 만약 지더라도 나중에는 어떻게든 승리를 쟁취하셨고요."

"어릴 때 이야기야. 너나, 나나 이제는 더 이상 어리지 않지."

벽우진이 실소를 흘리며 고개를 저었다. 이제는 너무나 먼 과거의 이야기였기 때문이다. 하지만 청민이 무엇을 말하고자 하는지에 대해서는 확실하게 알았다.

"미력하게나마 저 역시 전력을 다해 사형을 돕겠습니다."

"짜샤. 그건 당연한 거야. 늙었어도 넌 내 사제야. 당연히 날 보필해야지. 물론 그전에 얼른 강해지는 게 먼저지만. 천검문주 따위는 네 선에서 해결해야지. 안 그래? 나이 일흔이 넘은 녀석들 뒤치다꺼리하기에는 내 나이가 너무 많다고 생각하지 않느냐?"

"더욱더 노력하겠습니다."

투덜거리는 듯한 벽우진의 말에 청민은 웃음이 나왔다. 지금 이 순간 벽우진이 결정을 내렸다는 걸 느낄 수 있어서였다. 그렇기에 청민은 그 어느 때보다 환하게 웃었다.

"내 분명히 기억해 둘 거야. 지금 네 말."

"실망시키는 일 없을 겁니다."

"음. 결의를 다지는 건 좋은데, 다치거나 죽지는 말자. 이왕이면 오래오래 날 보좌해 줬으면 해."

너무 과하게 진지한 모습에 벽우진이 슬쩍 말을 바꿨다.

"그것도 노력하겠습니다."

이제는 단둘밖에 남지 않은 사제였기에, 그리고 나이가 적지 않기에 살짝 걱정이 된 것이다. 어느 날 갑자기 떠나는 건 아닐까 하고.

○

어둠이 짙게 내린 야밤에 십여 개의 인영이 청하상단의 담벼락을 넘었다. 하나같이 검은색 야행복에 복면을 한 정체불명의 인영들은 담을 넘은 후 순식간에 내원으로 질주했다. 장원에 짙게 내린 어둠을 이용한 은밀하면서도 빠른 이동이었다.

'드디어 손에 넣는구나! 흐흐흐!'

열두 개의 인영 중 가장 앞장서서 달려가던 남자의 눈매가 귀에 닿을 것처럼 쭉 찢어졌다. 잠시 후에 벌어질 일을 상상하는 것만으로도 아랫도리가 뻐근해졌던 것이다. 동시에 얼굴이 터질 것처럼 붉어졌다.

-너무 흥분하는 것은 좋지 않습니다, 소문주. 지금은 흥분을 가라앉히고 일부터 확실하게 끝냅시다.

-알겠습니다.

귓전으로 파고드는 장로의 전음에 공휘준은 조용히 심호흡을 했다. 청하상단에 있다는 정체를 알 수 없는 고수를 상대할 요량으로 어렵게 데려온 장로인 만큼 그의 말을 허투루 넘길 수는 없었다. 적어도 납치가 끝나기 전까지는 그의 지시에 확실하게 따라야 했다.

'고년을 나눠야 한다는 게 아깝기는 하지만 어쩔 수 없지. 일단은 품는 게 먼저니까. 그리고 확실하게 비밀을 지킬 수 있는 방법은 공범으로 만드는 것이니까.'

공휘준이 히죽 웃었다.

아버지는 사태가 조용해질 때까지 잠자코 있으라고 했지만, 그의 성격상 얌전히 있는 건 불가능했다. 오히려 거의 손에 들어왔다가 놓쳤기에 더욱 안달이 났다. 그래서 오늘의 일을 몰래 계획했다.

'들키지만 않으면 되니까. 의심은 하겠지만, 제깟 놈들이 뭘 할 수 있겠어? 증거가 없으니 따지는 게 고작이겠지. 아니면 이 판사판으로 달려들거나. 킥킥!'

공휘준은 세간의 시선 따위는 조금도 신경 쓰지 않았다. 어차피 성토밖에 못 하는 버러지 같은 것들이기 때문이다. 그리고 세상은 결국 강자의 뜻대로 흘러가게 마련이었다.

스슥!

그렇게 생각하는 사이 어느새 서예지의 처소에 도착했다.

하지만 섣불리 움직이지는 않았다. 백귀채를 몰살시킨 고수가 존재하는 만큼 조심해서 나쁠 것은 없었기 때문이다.

-느껴지시는 게 있으십니까?

-아직은 없군.

-그럼 바로 작업하겠습니다.

-서두르게.

공휘준이 두 손을 비볐다. 아무것도 모른 채 자고 있을 서예지의 모습을 상상하자 벌써부터 몸이 뜨거워지는 것 같았다.

'드디어 청해제일미가 내 손 안에 들어오는구나!'

장로와 수하들이 처소를 포위하듯 서 있는 것을 확인한 후 공휘준이 창문에 손바닥을 댔다.

내공을 이용해 조용히 창문을 열어서 방 안으로 들어갈 작정이었다. 그런 다음 마혈과 아혈을 짚고 납치해 빠져나오는 게 오늘의 계획이었다.

"거기까지."

"흡!"

창문을 반쯤 열었을 때 한 줄기 서늘한 음성이 밤공기를 갈랐다.

공휘준을 따라온 천검문의 무인들은 발 빠르게 움직여, 목소리가 들려온 곳을 향해 순식간에 포위망을 구축했다.

"납치범들이 참으로 당당해. 도망치지도 않는 걸 보면."

벽우진이 기막히다는 표정을 지었다. 남의 집 담벼락을 넘었음에도 당당하게 달려드는 게 어이가 없어서였다.

파아앗!

한편 벽우진을 발견한 복면인들은 살기를 감추지 않고서 박도를 휘둘렀다.

들키긴 했지만 일단 죽여놓으면 시간을 어느 정도는 벌 수 있다. 게다가 혼자였기에 아직까지는 문제가 그리 크지 않다고 생각했다.

"철두철미한데. 검이 아니라 박도를 들고 온 걸 보면."

스스슥!

열 개의 박도가 순식간에 벽우진을 갈랐다.

하지만 그들이 가른 건 잔영이었다. 얼마나 빨리 움직인 것인지 벽우진은 잔상만 남긴 채 공휘준의 옆에 서 있었다.

-물러나게!

"크흡!"

문도들과는 다르게 유일하게 벽우진의 움직임을 놓치지 않았던 장로가 전음으로 소리쳤다. 지금 이 시점에서 공휘준이 잡히면 안 되었기 때문이다.

그는 전음을 보냄과 동시에 벽우진을 향해 달려들었다.

"늦었어."

"켁!"

장로가 전력을 다해 경신술을 펼쳤지만 이미 공휘준은 벽우진의 손에 잡힌 뒤였다. 그것도 뒷목을 잡힌 채 바닥에 그대로 처박혔다.

"이놈!"

"얻다 대고 이놈이래? 나이도 어린 것이."

순식간에 공휘준을 제압한 벽우진이 인상을 쓰며 소리쳤다. 한참 어린놈이 자신에게 놈, 놈 거리니 심기가 심히 불편해졌던 것이다.

하지만 장로는 벽우진이 그러거나 말거나 주먹을 크게 내질렀다. 강맹한 공력이 실린 일권이 그의 안면을 향해 내뻗어졌다.

후우우웅!

뻗어오는 주먹과 함께 묵직한 소성이 울려 퍼졌다. 하지만 안타깝게도 장로의 주먹은 벽우진의 얼굴에 닿지 못했다. 전력으로 달려와서 날린 일격을 그저 고개만 까딱이는 것으로 피해냈던 것이다.

'고수다!'

그 모습에 장로의 눈빛이 달라졌다. 청하상단에 왔다는 정체 모를 고수가 이 남자가 아닐까 하는 의심이 확신이 되었던 것이다. 동시에 그는 천검문도들에게 전음을 보냈다.

-소문주부터 구해!

몰래 움직인 만큼 절대 흔적을 남겨서는 안 되었다. 만약 어쩔 수 없이 사로잡힌다면 차라리 문도들을 넘기는 게 나았다. 그래야 수습의 여지가 있었기 때문이다. 공휘준이 사로잡힌다면 문제가 커졌기에 장로는 어떻게든 그부터 빼내라고 지시했다.

"어딜."

장로의 폭풍 같은 공세를 종이 한 장 차이로 피해내던 벽우진이 손가락을 튕겼다. 예의 탄지공으로 공휘준을 데려가려던 천검문도들을 공격했던 것이다.

그러자 장로의 얼굴이 딱딱하게 굳어졌다. 자신을 상대하면서도 문도들까지 신경 쓴다는 것은 최소 그와 동등, 혹은 그이상이라는 걸 뜻했기 때문이다.

'젠장!'

거기까지 생각이 닿자 장로는 욕이 절로 나왔다. 살인멸구를 하는 게 아니라 자신이 당할지도 모른다는 생각이 들어서였다. 거기까지 생각이 미친 그는 주변을 빠르게 훑었다.

"도망칠 궁리를 하나 봐? 눈깔이 정신없이 굴러다니는데?"

"이익!"

양손으로 탄지공을 펼치면서도 여전히 여유로운 벽우진의 모습에 장로가 단전에서 공력을 가일층 끌어 올렸다. 시간을 끌어봤자 자신이 불리하다는 걸 알기에 속전속결로 끝낼 생각이었다.

'죽이진 못하더라도 최소한 틈은 만들 수 있겠지!'

장로가 이를 악물었다. 방심하고 있는 지금이 처음이자 마지막 기회일지도 모른다.

웅웅웅!

이윽고 그의 주먹에서 황색의 기운이 아지랑이처럼 피어오르더니 이내 주먹을 휘감았다. 완연한 강기의 형상. 장로는 그 주먹을 그대로 벽우진을 향해 내질렀다.

'제발 좀 죽어라!'

전심전력을 다한 일격이 벽우진을 향해 벼락처럼 쇄도했다. 모든 진기를 끌어모아서 펼친 회심의 일격이었다.

부웅!

그런데 안타깝게도 그의 혼신의 힘이 담긴 일권은 벽우진이 아닌 허공을 관통했다. 동시에 벽우진의 발끝이 휑하니 비어 있는 그의 옆구리로 향했다.

퍼억!

초식이랄 것도 없는, 파락호의 발길질과 크게 다를 바가 없는 발차기였으나 결과는 놀라웠다. 단 일격에 장로가 입을 쩍 벌리며 주저앉았던 것이다. 그뿐만 아니라 마치 얼어붙은 것처럼 몸만 부르르 떨 뿐 꼼짝도 하지 않았다.

"벌써 상황을 끝내셨군요."

"너희들이 늦은 거야."

"그러니까 미리 언질을 주셨으면 좋잖아요."

"뭐, 딱히 도움이 필요하지는 않았으니까."

야밤의 소란에 청민은 물론이고 서진후, 서일국, 서현기가 뛰쳐나왔다. 그리고 청하상단의 정예라고 할 수 있는 무사들이 우르르 달려 나왔는데 벽우진은 그들을 바로 물렸다. 지금은 보는 눈이 적은 게 여러모로 좋아서였다.

"왜 그러십니까?"

"저 아이들을 완벽히 믿을 수 있어?"

"음!"

"어차피 나르기만 하면 되니까 애들은 없어도 돼."

"알겠습니다."

벽우진의 지시에 서진후가 손짓했다. 그러자 서진후 일가를 제외한 무사들이 다시 제자리로 돌아갔다.

"사형은 이렇게 될 걸 예상하고 계셨군요."

"말했잖아. 남자의 성욕과 집착은 생각보다 대단하다고. 그리고 제 마음대로 살아온 천둥벌거숭이가 애비의 말을 곧이곧대로 들을 리가 없잖아?"

"읍읍!"

거기까지 말한 벽우진이 엎어진 상태로 굳어 있는 공휘준을 발로 뒤집었다. 그러자 얼굴은 물론이고 복면에 흙먼지가 잔뜩 묻은 공휘준이 눈알을 뒤룩뒤룩 굴리는 걸 볼 수 있었다.

"벗겨봐."

"예."

청민이 딱딱하게 굳은 얼굴로 공휘준의 복면을 벗겼다.

이윽고 공휘준의 얼굴이 달빛을 받아 만천하에 드러났다.

"이……! 이……!"

훤히 드러난 얼굴을 확인한 서진후가 치밀어 오르는 격정에 몸을 부르르 떨었다. 또한 서일국의 얼굴도 시뻘겋게 달아올랐다.

아무리 소문이 좋지 않다고 하나 그래도 정파를 표방하는 천검문의 소문주가 복면을 하고서 대놓고 납치를 계획할 줄은 꿈에도 예상하지 못해서였다.

더구나 그 상대가 자신들의 하나뿐인 손녀이자 딸이라는 사실에 두 부자는 씹어 죽일 듯한 눈빛으로 그를 노려봤다.

"밟아. 죽이지만 않으면 돼."

콰득!

벽우진의 허락이 떨어지기 무섭게 서진후의 발바닥이 공휘준의 허벅지를 짓밟았다. 가장 단단한 뼈이기도 하지만 벽우진이나 청민이 보기에는 일부러 사타구니를 빗겨 밟은 것 같았다.

"끄으으으!"

그 사실을 공휘준 역시 모르지 않는지 식겁한 표정으로 신음을 흘렸다.

하지만 그러면서도 그는 눈동자를 쉴 새 없이 굴렸다. 믿을 구석인 장로가 어떻게 되었는지 확인하고자 했던 것이다. 그러나 점혈당한 상태에서 그가 볼 수 있는 건 극히 좁은 공간뿐이었다.

"서현기."

"예, 옙!"

"여기에 지하석실이나 감옥 같은 곳 있어?"

"있습니다. 감옥까지는 아니지만, 따로 취조를 할 때 쓰는 공간이 지하에 있습니다."

조부나 부친만큼은 아니지만 서예지의 오빠로서 극도로 흥분하던 서현기가 벽우진의 말에 기합이 바짝 든 목소리로 대답했다.

처음 만났을 때부터 신비로운 웃어른이었지만 지금은 감히 똑바로 마주 보기가 힘들었다. 만약 벽우진이 청하상단을 찾아오지 않았다면 어땠을지 상상하면 말 그대로 눈앞이 캄캄했기 때문이다.

"저 녀석들 데려가. 물론 다른 사람들 눈에 띄면 안 되겠지?"

"모두요?"

"열 명만. 저 늙은이랑 이 젊은 놈은 내가 직접 옮길 테니까."

"옙!"

서현기는 두 번 묻지 않았다. 대신 한 손에 한 명씩 옆구리에 끼고서 바람같이 달려갔다. 벽우진의 지시대로 하인들의 시선을 피해서 말이다.

"무슨 일이에요?"

"예, 예지야."

처소 밖의 시끄러움 때문에 깬 것인지 서예지가 얇은 모포를 몸에 두르고서 눈을 비비며 나왔다. 그러다가 처소 앞마당에 널브러져 있는 흑의복면인들을 발견하고는 화들짝 놀랐다.

"밤손님이 좀 찾아왔었어."

"……설마 천검문인가요?"

벽우진은 대답하지 않았다. 대신 묘하게 웃으며 검지를 입술에 댔다. 더 이상 말하지 말라는 무언의 행동이었다.

"죽어! 죽어, 이놈아!"

반면에 서진후는 분노에 몸을 맡긴 채 공휘준을 쉬지 않고 지르밟고 있었다. 벽우진의 말대로 죽지 않는 선에서 마음껏 짓밟는 그의 눈은 광기와 살기로 번들거리고 있었다.

"얼굴 보면 알잖아."

"제가 아는 얼굴이랑은 많이 달라서요."

"짧은 시간에 많이도 팼네."

아무리 개새끼에게는 매가 약이라지만 서진후는 정말 쉬지 않고 계속해서 때렸다. 나이가 무색할 정도로 말이다. 더 무서운 점은 서일국이 차례를 기다리고 있다는 점이었다.

"뭐, 어쨌든 상황은 종료했으니까 다시 들어가서 자. 자세한 설명은 내일 듣는 걸로."

"괜찮으신 거죠?"

"누굴 걱정하는 거야."

벽우진이 피식 웃으며 오로지 공휘준만 노려보며 춤을 추듯 발길질을 하는 서진후에게로 다가갔다. 1차 폭행은 이 정도면 충분하다고 생각해서였다. 그리고 야밤이기는 하나 소란이 너무 커져서는 좋지 않았다. 딱 적당한 수준이 좋았다.

"사형?"

"그쯤 해. 나머지는 조용한 곳에서 하자고. 한 놈이 더 있기도 하고. 일단 자리부터 옮기자."

"후욱! 예."

"그래도 다행이네. 난 사실 청민보다 네가 더 걱정이었는데 지금 보니까 육체 단련을 좀 더 빡시게 해도 되겠어."

흠칫!

서진후가 순간 몸을 움찔거렸다. 왠지 모르게 갑자기 오한처럼 한기가 느껴져서였다.

"제가 안내하겠습니다."

"당연히 네가 해야지. 나나 청범이 하리?"

그때 아들이 그를 구해주었다.

이윽고 벽우진은 양손에 장로와 공휘준을 하나씩 들고서 서일국을 따라 걸음을 옮겼다.

# 제6장

# 그 아들에 그 아버지

지하석실에 공휘준과 장로를 따로 가둔 후 벽우진은 별채로 돌아왔다. 조용히 대화를 나누기에는 별채만큼 좋은 곳이 없어서였다. 게다가 아직은 여명이 밝아오지 않은 시각이기도 했고.

  또르륵.

  여전히 분노를 지우지 못한 얼굴로 서진후와 서일국이 찻잔을 노려봤다. 생각하면 생각할수록 화가 나서였다.

  "일단 둘 다 흥분부터 가라앉히게."

  "후우. 못난 꼴을 보여서 죄송합니다, 청민 사형."

  "아냐. 오히려 난 잘 참았다고 생각해. 자식이 없어 전부 다 이해할 수는 없지만 그래도 어느 정도는 공감할 수 있으니까."

  "마음 같아서는 당장 죽이고 싶지만 그럴 수가 없다는 게 너무나 한탄스럽습니다."

  죽일 듯이 공휘준을 짓밟기는 했으나 서진후는 차마 그를 죽이지 못했다. 마지막 이성이 그를 붙잡아서였다. 벽우진의 지시가 있기는 했지만, 진짜 뒤를 생각하지 않았다면 서진후는 공휘준을 죽였을 터였다.

"자기 비하는 하지 말고. 세상도 살 만큼 산 녀석이 왜 그래?"

"죄송합니다."

"사과는 되었고. 네가 왜 사과를 해? 잘못한 것도 없는데."

청민이 따라주는 따뜻한 차를 한 모금 들이켜며 벽우진이 말했다. 그러나 틱틱대는 말투와 달리 두 부자가 감정을 추스를 때까지 기다려 주었다.

"늦었지만 손녀를 구해주셔서 감사합니다."

"암. 그건 고마워해야지. 내가 아니었으면 정말 큰일이 났을 테니까."

"그렇습니다."

서진후가 대답하면서 어금니를 악물었다. 상상만 해도 끔찍한 광경이 머릿속에 떠올라서였다. 동시에 천검문의 위선에 이가 갈렸다. 그렇게 정도인인 척 행세하더니 뒤로 이렇게 추잡한 짓을 할 줄은 몰랐다.

"앞으로 어떻게 하실 생각이십니까? 사람들을 물린 것을 보면 사형께 고견이 있을 것 같습니다만."

"고견까지는 아니고 다만 일을 확실하게 처리하려고 그랬지."

"확실하게요?"

청민이 고개를 갸웃거렸다. 그로서는 벽우진이 어떤 생각을 가지고 있는지 짐작이 가지 않았다.

벽우진은 청민에게 설명해 주는 대신 여전히 얼굴에 붉은 기가 남아 있는 서진후를 바라봤다.

"네가 나라면 어찌하겠느냐?"

"날이 밝자마자 저놈을 데리고 천검문에 가야 하지 않겠습니까. 천검문의 소문주가 예지를 야밤에 납치하려 했다는 사실을 세상에 알리기 위해서라도요."

"그런다고 해결이 될까?"

"예?"

서진후가 순간 당혹스러운 표정을 지었다. 묻는 말의 저의가 무엇인지 파악이 되지 않아서였다.

"그래, 공휘준을 데리고 가면 너를 선뜻 공격하지는 못하겠지. 마도나 사파가 아닌 한 지은 죄가 있는데 대놓고 싸우자고 하지는 못할 거야. 아마 명문정파들의 시선 때문이라도 사과하는 시늉을 하겠지. 그리고 뒤통수를 칠 준비를 하기 시작할 거야. 원래 저런 놈들이 자기가 한 일은 생각도 하지 않고 당한 것만 생각하거든. 그럼 결과적으로 너희는, 청하상단은 사과만 받고 끝이야. 돈 좀 몇 푼 받을 수는 있겠지. 하지만 그것으로는 해결이 되지 않아."

"으음!"

서진후가 침음을 흘렸다. 더불어 서일국 역시 얼굴이 심각해졌다. 이제야 벽우진이 말하는 바가 무엇인지 이해가 되던 것이다. 동시에 자신들이 얼마나 한쪽으로 치우쳐져 있는지도 깨달았다.

"그걸 바라는 거라면 나는 존중해. 선택은 너희들이 하는 거니까. 나는 도움을 줄 뿐이지. 당사자도 너희들이고."

"사형의 고견을 듣고 싶습니다. 제가 원하는 건 말뿐인 사과나 돈이 아닙니다."

"내 방식이 너희들에게는 맞지 않을 수도 있어. 사부님께서 말씀하셨다시피 내가 좀 과격한 성격이거든."

"망나니라고 하셨죠. 제게는요."

청민이 조심스럽게 입을 열었다. 그러자 서진후와 서일국이 순간적으로 실소를 흘렸다. 너무나 잘 어울리는 단어에 자기도 모르게 웃음이 터져 나왔던 것이다.

"그 말도 몇 번 들었었지."

"그것 때문에 고민하셨던 거잖아요."

"넌 쓸데없이 나에 대해 너무 잘 알아."

"제가 있어서 다행이죠, 허허."

넉살이 많이 는 청민이 씩 웃었다.

그 모습에 서진후와 서일국도 옅은 미소를 지었다. 참으로 잘 어울리는 사형제 간이라는 생각이 들었다.

"어쨌든 본론으로 돌아오자면 내 계획은 이래. 공휘준을 꼭꼭 숨겨두는 거야. 아니, 천검문의 소문주가 저지른 납치 미수 사건에 대해 아무런 말을 하지 않는 거지."

"애초부터 없었던 일처럼요?"

"그래, 그럼 천검문주는 무슨 생각을 할까?"

"이상하다 여기겠지요. 분명 아들놈이 삼 장로와 함께 청하상단에 갔을 텐데 행방불명되었으니까요. 그렇다고 먼저 물어볼 수도 없는 상황이고. 그렇다면 천검문주가 할 수 있는 선택지는……."

서진후가 입을 벌렸다. 이제야 벽우진이 어떤 생각을 하고 있는지 알아차린 것이었다.

그는 놀란 얼굴로 벽우진을 바라봤다.

"천검문주가 고를 수 있는 선택지는 몇 개 없지. 정면 돌파를 하느냐, 아니면 똑같은 짓을 하느냐. 하지만 지금까지 하는 행태를 보아 하면 후자를 선택할 가능성이 높지."

"그게 가장 깔끔하니까요. 죽은 자는 말이 없고요."

서진후의 얼굴이 굳어졌다. 만약 그도 같은 입장이었다면 똑같이 했을 것이기 때문이다. 물론 천검문주와 똑같은 성격이었다면.

"천검문주 입장에서는 일이 더 커지면 좋지 않으니까. 청하상단이야 솔직히 이제 역사만 있고 영향력은 별거 아닌 곳이니 하루아침에 사라진다고 한들 조금 이상하다 여길 뿐 진상조사를 하지는 않겠지. 어쩌면 백귀채와 엮어서 유언비어를 퍼뜨릴 수도 있고. 백귀채의 복수를 위해 다른 산채가 은밀히 나섰다는 쪽으로 몰아갈 수도 있으니까."

"확실히 그럴 역량이 천검문에게는 있죠. 소문을 조작하는 것 정도야 쉬울 테니까요."

"그러니 내 계획은 간단해. 가만히 있어서 저쪽이 먼저 움직이게 만드는 거지. 아니, 천검문이 움직일 수밖에 없게 만든다고나 할까."

"민감한 질문일 수도 있습니다만, 사형께서는 천검문주를 상대할 자신이 있으신 겁니까?"

벽우진의 작전은 좋았다. 서진후로서도 말뿐인 사과보다는 직접적인 복수가 훨씬 좋았으니까. 더구나 이 모든 일의 시작은 천검문이었다. 청하상단은 가만히 있다가 뺨도 맞고 배도 맞은 꼴이었기에 명분은 자신들에게 있었다.

다만 문제는 천검문주였다. 어쩌면 청해제일인일지도 모르는 그를 상대할 수 있느냐, 없느냐에 따라서 이 작전이 통할지 통하지 않을지가 결정되었다.

"상대할 자신이 없었으면 애초에 시작도 하지 않았어. 여기에 오지도 않았고."

"으음!"

"쫄리면 아침에 공휘준 데리고 천검문으로 가. 말했다시피 난 강요할 생각은 없어. 그냥 이런 생각을 가지고 있다고 말해주는 것뿐이지. 대신 공휘준을 데려가는 쪽을 택하면 빠른 시일 내에 청해성을 떠나야 할 거야. 왜 그래야 하는지에 대해서는 둘 다 알고 있겠지."

벽우진은 거기까지 말한 후 차를 들이켰다. 늘 그렇듯이 선택은 각자의 몫이었다. 그리고 책임 역시 각자가 감당해야 했고.

"사형의 뜻에 따르겠습니다. 더는 참고 싶지 않습니다. 참기도 힘들고요."

"저 역시 이 꼴을 당하고도 참기는 싫습니다."

"나 죽으면 너희도 다 죽어."

"안 죽으실 거잖습니까?"

서진후가 씩 웃으며 말했다.

사실 고민은 얼마 하지 않았다. 천검문의 장로를 상대하면서도 천검문도들을 제압한 게 바로 벽우진이었다. 그렇기에 서진후는 벽우진이 정말 천검문주를 상대할 수 있으리라고 생각했다.

"나는 안 죽고 싶은데 그건 모르지. 생사는 하늘의 뜻이니까. 갑자기 마른하늘에서 벼락이 떨어졌는데 내가 그거에 맞으면 가는 거지."

"벼락 맞고도 멀쩡하실 것 같은데요."

"이게."

벽우진이 눈을 부라렸다. 하지만 그 모습에도 서진후는 웃었다. 그러나 반대로 그의 머리는 빠르게 회전했다. 선택을 했으니 이제는 준비를 해야 했기 때문이다.

'패는 던져졌다.'

서진후의 두 눈이 스산하게 빛났다.

그건 서일국도 마찬가지였다.

"빨리 왔으면 좋겠다."

"삼 장로는 어떻게 할까요?"

"알아서 해. 어차피 천검문주가 관심 있는 건 아들놈일 텐데."

"알겠습니다."

서진후가 히죽 웃으며 자리에서 일어났다. 그 미소가 그렇게 섬뜩할 수가 없었다.

"경계도 더 철저히 하고. 눈 뒤집힌 채로 뛰쳐나올 수도 있으니까."

"예."

서진후가 서일국과 함께 방을 나섰다.

곧 두 사람이 나간 문틈 사이로 여명이 비추기 시작했다.

○

넓은 대전에 싸늘한 한기가 감돌았다. 태사의에 앉아 있는 공추에게서 흘러나오는 살기가 대전 전체를 뒤덮었던 것이다.

"그러니까…… 야밤에 나간 후 행방불명되었다? 삼 장로도 같이 사라졌고?"

"그, 그렇습니다."

심복이자 거의 부문주나 마찬가지인 감율이 머리를 조아렸다. 오랫동안 공추를 모셔왔지만, 이 정도로 분노하는 것은 처음 봤다.

"머저리 같은 녀석이 결국……."

으드득!

공추가 어금니를 악물었다. 자세히 설명하지 않아도 무슨 짓을 저질렀는지 충분히 짐작이 가서였다. 동시에 의문이 들었다. 삼 장로와 직속 부하들을 데리고 갔음에도 실종이 되었다는 것은 청하상단에 있는 의문의 고수가 생각보다 더한 강자라는 뜻이었다.

'둘이라고 했던가.'

젊은 놈 하나와 늙은이 하나가 별채에 머무르고 있다는 소식은 그도 파악해서 알고 있었다. 그런데 고작 둘이 삼 장로를 잡았다고 하자 공추의 두 눈이 깊게 가라앉았다.

"짐작하기로는 청하상단에 억류되어 있는 것이 아닐까 사료됩니다."

"청하상단 쪽의 반응은?"

"아무런 말이 없습니다. 평소와 똑같은 모습이라고 합니다."

"후후후!"

공추가 비소를 흘렸다. 청하상단이, 아니, 정확하게는 아들과 삼 장로를 잡은 놈이 무슨 생각을 하고 있는지 그는 단박에 파악해서였다.

그 도발 아닌 도발에 공추는 비웃음이 절로 나왔다. 감히 자신을 상대로 이런 도발을 한다는 것 자체가 기막혔다.

"어떻게 할까요?"

"어떻게 하긴. 원하는 대로 해줘야지. 나를 감당할 자신이 있다는데, 그 장단에 맞춰줘야지. 어쩌면 기회일 수도 있다. 이대로 지워 버리면 되는 일이니까."

공추의 두 눈이 스산하게 빛났다. 그로서도 이번 납치 미수를 공론화하는 것보다 오히려 이쪽이 훨씬 더 나았다. 논란이 되기 전에 먼저 수습할 수 있었기 때문이다.

그리고 어쩌면 이번이 마지막 기회일지도 몰랐다.

"준비시키겠습니다."

"자정에 칠 것이다. 그러니 그에 맞춰 준비하도록."

"알겠습니다."

감율이 물러났음에도 그의 살기는 전혀 옅어지지 않았다. 오히려 더욱 강렬해지며 허공을 응시했다.

"어떤 놈인지 궁금하군. 감히 나를 상대로 이런 맹랑한 도전을 하는 이가 누구인지 말이야."

공추는 진심으로 궁금했다. 모두가 두려워하는 자신을 이렇게 당당히 부르는 녀석이 말이다.

"곧 보자고."

공추가 두 눈을 감았다. 하지만 여전히 그에게서는 질식할 듯한 무시무시한 살기가 뿜어져 나오고 있었다.

아침 식사를 마치고 벽우진은 사제들과 서일국의 무공을 봐주었다.

지난밤에 있었던 일 때문인지 평소와 달리 열의가 대단한 세 사람의 모습에 벽우진은 아주 흡족한 미소를 머금었다. 매일 이런 마음가짐으로 세 사람이 무공을 수련했으면 싶어서였다.

"좋아, 좋아."

자신의 말에도 전혀 흔들리지 않고 운기행공에 열중하는 세 사람의 모습에 벽우진은 연신 고개를 주억거렸다.

그러면서 그는 셋을 한 명씩 뚫어져라 쳐다봤다.

'제일 수준이 높은 건 청민인가.'

내상을 완치시키기 무섭게 청민은 정말 무서운 속도로 성장했다. 그동안 내상이 성장을 정체시켰다는 듯이 벽우진도 깜짝 놀랄 정도로 무공의 화후가 깊어졌던 것이다.

'원래부터 자질이 훌륭했으니까.'

전쟁으로 얻은 내상과 사문의 멸문으로 인한 마음고생으로 청민은 제대로 된 수련을 하지 못했다. 사부의 죽음으로 곤륜파의 무공 역시 제대로 전수받지 못한 상태였었고.

하지만 벽우진의 등장으로 모든 게 달라졌다. 내상도 치료하고 완전한 무공 구결을 전수받자 눈부시게 성장했다.

'물론 내가 잘 가르치기도 했고.'

벽우진이 콧대를 세웠다.

지금의 성장에는 그의 눈높이 가르침이 큰 역할을 했다고 생각해서였다. 더구나 다른 이도 아니고 그 정도 되는 무인이 내려주는 가르침이었다. 이 정도 성장은 당연했다.

'하지만 아직 부족해. 곤륜파의 장로직을 맡기에는 말이지.'

두 눈을 감고서 무아지경에 빠져 있는 청민을 쳐다보며 벽우진이 입맛을 다셨다. 빠르게 성장하고는 있었지만 그렇다고 장로라는 직책에 앉기에는 아직 턱없이 부족해서였다.

'적어도 절정고수 정도는 되어야 하는데 말이지. 말 그대로 최소한은.'

청민을 일별한 벽우진이 서진후와 서일국 부자를 차례대로 살펴봤다.

둘 다 속가제자인 데다가, 서일국은 본산에서 무공을 사사한 게 아니라 서진후에게서 배운 것이기에 수준이 그리 높지 않았다. 게다가 서진후도 무공을 제대로 사사받지 못한 상태였다. 그래서 벽우진은 일단 기초를 제대로 잡아주는 데 대부분의 시간을 쓰고 있었다.

'당장은 큰 효과를 보기 힘들 나이지만, 그래도 곤륜파의 속가제자가 어디 가서 맞고 다니면 안 되니까.'

속가제자에게 허락된 내공심법 중 가장 뛰어난 내공심법이 소청신공(小淸神功)이었다.

하지만 벽우진은 본산의 적전제자에게 허락된 태청신공(太淸神功)을 둘에게 전수했다. 그동안 곤륜파에 보여준 신의에 대한 보답으로 태청신공을 내려주었던 것이다. 물론 다른 이에게 전수하지 않는 조건이 달린 것은 당연했다.

'죽기 전까지 꾸준히 노력하면 절정의 경지에는 닿을 수 있겠지.'

벽우진의 시선이 다시 청민에게로 돌아왔다. 그런데 그의 눈빛이 복잡했다.

마음 같아서는 환골탈태를 시켜주고 싶은데 이미 나이가 너무 많았다. 환골탈태를 하기에는 몸이 견디지 못할 가능성이 컸기에 벽우진은 아쉬운 마음에 입맛만 다셨다.

'스스로 하는 게 가장 좋긴 한데 그러기에는 너무나 늦었지.'

딱 10년 전이었으면 하는 생각이 계속해서 들었다.

"장문인."

"네가 여긴 어쩐 일이냐?"

"장문인께서 여기 계실 것 같아서요."

"대답을 듣고 싶은 모양이로구나?"

"예."

서예지가 곱게 웃으며 대답했다.

그 미소가 참으로 눈부셨다. 어젯밤 안 좋은 일을 겪었음에
도 불구하고 여전히 평온한 신색을 유지하는 모습에 벽우진은
살짝 놀란 표정을 지었다.

"의외로 멀쩡해 보이는구나."

"실질적으로 저에게 온 피해는 없었으니까요. 그리고 비슷
한 일들을 많이 겪기도 했고요."

"마냥 곱게 크지는 않은 모양이야."

"그러기에는 세상이 많이 험하니까요. 그 사실을 어젯밤에
다시 한번 느꼈고요. 때문에 저는 더 장문인께 무공을 사사받
고 싶어요."

서예지가 다부진 표정을 지었다. 결국 자기의 몸은 자신이
지켜야 한다는 사실을 어제 다시 한번 깨달아서였다.

게다가 가르치는 사람이 벽우진이라면 더욱더 좋았다. 무공
도 고강할뿐더러 그의 제자가 된다면 곤륜파의 일대제자이자
첫 번째 제자가 되는 것이기 때문이다.

'물론 속가제자인 만큼 장문제자가 되기는 힘들겠지만.'

여도사가 없는 것은 아니었지만, 그녀가 알기로 곤륜파의
역사에서 여인의 몸으로 장문인에 오른 적은 없었다. 그렇기

에 서예지는 자신이 벽우진에게 가르침을 받는다고 해도 장문제자가 되는 건 힘들 거라고 생각했다.

"여자의 미모는 강력한 무기이기도 하지만 벗어날 수 없는 족쇄이기도 하지."

"맞아요."

서예지가 처연한 표정을 지었다. 힘없는 여자가 미색이 뛰어나면 어떤 일이 벌어지는지 오늘 절절히 느꼈기 때문이다. 만약 벽우진이 없었다면 그녀는 공휘준에게 납치되어 지금쯤 온갖 치욕이란 치욕은 다 당하고 있었을 터였다.

부르르르!

그것을 상상하자 서예지는 온몸이 떨리며 손발에 피가 통하지 않는 느낌이 들었다.

하지만 이내 어깨에 올라온 손에, 그 손에서 전해지는 체온에 그녀의 떨림이 멎었다.

"마지막으로 물어보마. 후회하지 않겠느냐? 다른 선택지도 있다."

"후회하지 않아요. 그리고 앞으로도 후회하고 싶지 않고요."

"그렇다면야. 하지만 적전제자는 힘들어. 너 역시 도사가 될 생각은 없을 테고."

"본산제자는 아빠나 할아버지도 원하지 않으실 것 같아요."

서예지가 고개를 끄덕였다. 스스로 생각하기에도 자신은 도사와는 거리가 먼 성격이었기 때문이다. 도적에 이름을 올릴 생각도 없었고.

"미리 말해두는데 엄청 힘들 거다."

"각오하고 있어요. 쉽게 얻는 게 없다는 걸 이번에 깨닫기도 했고요."

"철이 너무 빨리 들면 그것도 별로 좋은 일은 아닌데."

벽우진이 살짝 안타까운 표정을 지었다. 아무리 어른스러운 척을 하고 조숙하다고 해도 이제 고작 열여덟에 불과했다. 그런데 벌써부터 철든 말을 하자 살짝 씁쓸해졌다.

"어쩔 수 없죠. 상황이 이러니까요. 이게 다 제가 약해서 그런 거니까요."

"알겠지만 힘에는 무력만 있는 게 아니다."

"하지만 마지막에 저를 지킬 수 있는 건 제 몸뿐이죠."

"그것도 틀린 말은 아니지. 그러니 일단은 뛰어라."

"예?"

서예지가 당혹스러운 얼굴로 반문했다. 뜬금없이 뛰라고 하니 당황한 것이었다.

"못 들었어? 뛰라고. 무공 수련의 가장 기본이 육체 단련이야. 내공 수련은 제법 꾸준히 한 것 같지만, 육체는 아냐. 그러니까 기초부터 다져야지. 기초 훈련에 달리기보다 좋은 건 없고."

"예!"

"우선 수련장 서른 바퀴. 다음은 네 상태를 보고 결정하마."

별채에 따로 딸려 있는 수련장은 제법 넓었다. 그런데 그곳을 서른 바퀴나 뛰라고 하자 서예지는 눈앞이 캄캄해졌다. 하지만 포기할 수도 없기에 다부진 표정을 지으며 땅을 박찼다.

"역시 제자로 받으셨군요."

어느새 다가온 청민이 넌지시 말했다.

"속가제자야. 진산제자가 아니라."

"그래도 첫 제자를 받으신 거잖습니까."

"도중에 포기할 수도 있지."

벽우진은 크게 기대하지 않는다는 투로 말했다. 기대가 크면 실망 역시 큰 법이었기 때문이다.

"근골이 훌륭한 아이이니 금세 두각을 드러내지 않을까 싶습니다. 외공이 부족하지만 그건 시간이 흐르면 해결이 될 문제니까요. 오히려 내공은 양이 적어도 아주 정순하고요."

"그걸 알기에 받았지. 무재가 썩 나쁘지 않으니까."

"제가 보기에는 아주 훌륭한 편인데요?"

청민이 빙그레 웃으며 말했다.

사실 자질로만 보면 청범이나 서일국은 비교도 되지 않았다. 어째서 지금까지 무공을 제대로 익히지 않았는지 이해가 가지 않을 정도로 말이다. 순수하게 자질로만 보면 구대문파에서도 욕심을 낼 정도라고 청민은 생각했다.

"무재가 좋다고 다 고수가 되는 건 아니니까. 단지 출발선이 유리할 뿐이지. 궁극에 닿는 건 재능만으로 가능한 게 아냐. 그보다 너는 예지를 품평할 때가 아닐 텐데? 장로면 장로다운 실력을 갖춰야 하지 않겠어?"

"더욱 분발하겠습니다!"

"올해가 가기 전에 절정에는 오르자?"

"예?"

청민이 얼굴 가득 당황한 표정을 지었다. 아무리 그가 가파른 성장세를 보인다고 하지만 절정의 경지는 단순히 노력한다고 해서 오를 수 있는 경지가 아니었다. 합당한 깨달음이 있어야 오를 수 있는 경지가 바로 절정지경이었다.

"절정에 오르는 깨달음, 별거 없어. 그냥 강기만 완성하면 돼. 넌 검을 다루니까 검강만 만들면 된다는 소리지."

"엄청 쉽게 말씀하시네요."

"나한테는 쉬웠으니까. 검기상인(劍氣傷人)이랑 비슷해. 크게 다르지도 않아."

별거 아니라는 듯이 말하는 벽우진의 모습에 청민이 쓴웃음을 지었다. 벽우진에게나 쉽지 다른 사람들에게는 아니라는 걸 너무나 잘 알아서였다.

그리고 그건 막 운기행공을 끝마친 서진후, 서일국 부자도 같은 생각이었다.

"너희는 쓸데없이 걱정이 많아. 해보기도 전에 포기하고 말이야. 안 되도 일단은 시도해 보고 그래야지! 도전 정신이라는 말도 있잖아? 일단 해보고 얘기를 해!"

"알겠습니다."

벽우진의 닦달에 세 사람이 어쩔 수 없이 대답했다. 그러고는 이내 육체 단련을 시작했다.

비록 육체가 노쇠했지만 그래도 안 하는 것보다는 일정 수준까지는 해주는 게 좋았다. 특히 청민의 경우 벽우진이 매일

같이 특별 추궁과혈을 해주고 있었기에 아주 조금씩이지만 회춘하고 있는 상태였다.

"후욱! 훅!"

"헉헉헉!"

이윽고 수련장에 격한 호흡 소리가 울려 퍼졌다. 늙은 청민, 서진후, 서일국에 이어 서예지 역시 붉게 달아오른 얼굴로 헐떡였다.

하지만 벽우진은 냉엄한 눈빛으로 네 사람을 지도했다. 힘들다고 자세가 흐트러지면 그건 수련이 아니었기 때문이다.

"다시!"

"예에!"

칼같은 벽우진의 호통과 함께 네 사람의 수련이 이어졌다.

그러나 누구 하나 포기하거나 주저앉는 이는 없었다. 지금은 비록 약자이지만 앞으로는 강자이고 싶었기 때문이다. 더구나 기회가 없었던 때를 생각하면 지금은 비교도 할 수 없이 좋은 상황이었다. 그렇기에 다들 이를 악물고 수련에 매진했다.

휘이이잉.

자정이 훌쩍 넘은 시간. 보통 사람들이라면 깊은 잠에 빠져 있을 야밤에 정체를 알 수 없는 검은 그림자들이 서녕을 가로질렀다.

그러더니 이내 어느 한 곳에 멈춰 섰는데 그곳은 바로 전날 공휘준이 서 있던 자리였다.

"천류검대 전원 도착했습니다."

"장로들은?"

"지금 도착했습니다."

전날 청하상단의 담벼락을 넘었던 공휘준과 삼 장로와 달리 공추는 복면을 쓰지 않았다. 그리고 그건 천검문의 정예 무인들도 마찬가지였다. 이미 늦은 시각이기도 하고 누군가 그들을 발견했다면 은밀히 처리할 생각이었기에 공추는 일부러 얼굴을 가리지 않았다.

"들어간다."

"예."

이윽고 전원 도착한 것을 확인한 공추가 농밀한 살기를 흩뿌리며 땅을 박찼다. 그리고 그 뒤로 삼백여 명의 천류검대가 따라서 담벼락을 넘었다.

툭.

한 번의 도약으로 청하상단의 담을 넘은 공추가 이내 피식 웃었다. 그의 기감에 마치 기다리고 있다는 듯이 모여 있는 기척들이 느껴져서였다.

"역시 예상했나."

"그런 모양입니다, 문주님."

천류검대에 이어 담을 넘은 장로들도 기척을 느낀 듯 피식 웃으며 대꾸했다. 그러나 누구 하나 긴장한 기색이 아니었다.

정체를 알 수 없는 고수가 청하상단에 있다지만 그래 봤자 두 명에 불과했다. 반면에 그들은 천검문의 전력을 모조리 이끌고 왔고.

"오히려 잘 됐어. 깔끔하게 한 번에 정리할 수 있으니까."

"그렇습니다."

일 장로의 맞장구에 공추가 다시 한번 땅을 박찼다. 그러자 그 뒤를 감율과 장로들, 천류검대가 뒤따랐다.

"오셨구려."

"그래."

"이 야밤에 도둑처럼 담을 넘은 걸 보면 역시나 사과할 뜻은 없으신가 보오?"

"내가 왜 사과를 해야 하지?"

청하상단주인 서일국의 말에 공추가 피식 웃었다. 잘못한 것이 있을 때 하는 게 사과였다. 하지만 그는 잘못한 것이 없었다.

"아들이 저지른 일이니 자신하고는 상관없다는 뜻이오?"

"그럴 리가. 내 말은 곧 시체가 될 놈들에게 사과할 필요가 없다는 뜻이다."

"허허허."

대놓고 살인멸구를 하겠다는 말에 서일국이 헛웃음을 흘렸다. 역시나 예상했던 대로의 반응이었기 때문이다.

"휘준이는?"

"아들이 내 손에 있는 걸 알면서도 살인멸구를 하겠다는 말이 나오나?"

서일국은 더 이상 예의를 차리지 않았다. 저쪽에서 자신들을 죽이겠다는데 예의를 지킬 필요는 없다고 생각해서였다.

"당연히. 원래 결정은 강자가 하는 것이니까. 그리고 살려두었다는 걸 아는데 확인 차 묻는 거다. 원래 너희 같은 놈들은 최후의 보루 하나 정도는 남겨놓으니까."

시종일관 자신을 무시하는 공추의 모습에 서일국의 얼굴이 터질 듯이 붉어졌다.

그리고 그건 옆에 서 있던 서진후와 서현기도 마찬가지였다. 공추가 청하상단을 어찌 생각하는지 너무나 적나라하게 알 수 있어서였다.

"만약 죽였다면?"

"어쩔 수 없지. 새로 낳을 수밖에. 그런데 이미 그렇게 말하는 것부터가 아직 살아 있다는 뜻이지."

"지금 사람을 보내 죽일 수도 있지."

"해봐. 어차피 뒤질 거 마지막 발악을 하겠다면 말리지는 않겠어. 다만 쉽게 죽지는 못하겠지. 내 분노를 고스란히 감당해야 할 테니까. 어쩌면 죽는 것보다 더 고통스러운 일을 겪게 될지도 모르고."

공추의 시선이 서예지에게로 향했다. 그뿐만 아니라 장로들과 감율의 시선 역시 그녀에게 집중되었다.

뒷말을 잇지 않아도 무슨 뜻인지 명백한 그들의 눈빛에 서일국은 주먹이 부서져라 움켜쥐었다.

"이 금수만도 못한 놈들······!"

"그 금수만도 못한 놈들에게 당하는 버러지가 바로 너희들이야. 그러기에 애초에 좋게 말했을 때 들었으면 여기까지 안 왔을 거 아냐? 아니, 내 그늘 아래서 탄탄대로를 걷고 있었겠지."

"딸을 팔아서 살고 싶은 마음 없다."

"그러니까 여기까지 온 거지. 어리석게도 말이지. 그보다, 누구냐? 백면귀와 삼 장로를 제압한 놈이. 늙은이인가?"

공추의 시선이 청민에게 향했다. 서진후와 서현기는 오다가다 마주친 적이 있지만 청민은 처음 보는 얼굴이었기 때문이다.

게다가 특이하게도 도복을 입고 있기에 가장 의심스러웠다. 다만 느껴지는 실력은 초일류에 턱걸이를 하는 수준이었기에 공추가 미심쩍은 표정을 지었다.

"어른을 공경할 줄 모르는 놈일세."

"어차피 죽일 건데 예의를 차려서 뭐 해? 그리고 강호는 약육강식의 세계지. 약한 건 그 자체로 죄악이다."

"그렇다면 오늘 이 자리에서 죽어도 할 말이 없겠군."

"그럴 일은 없다."

공추가 단호히 말했다.

백귀채를 몰살시킨 고수가 아무리 날고 긴다고 하더라도 전황을 뒤집는 건 불가능했다. 천검문은 어중이떠중이들이 모인 백귀채와는 질적으로 완전히 달랐기 때문이다.

"자신감이 대단해. 자식 농사를 잘못 지은 애비답게."

"뭐라고?"

휘적휘적 걸어 나온 젊은 놈이 그의 심기를 제대로 건드리자 공추가 으르렁거렸다.

동시에 천류검대가 무시무시한 살기를 내뿜었다. 애송이가 공추를 향해 반말을 찍찍 내뱉자 흥분한 것이었다.

"거기다 자신이 개라서 그런지 승냥이들도 잘 키웠고. 훈련을 제법 잘 시켜뒀는데?"

"어린놈의 새끼가 버르장머리가 없구나."

"네놈만 할까."

"저놈이!"

끝까지 반말을 찍찍 내뱉는 모습에 감율이 버럭 소리를 질렀다. 하지만 그 노성에도 벽우진은 새끼손가락으로 귀를 후볐다.

"아직 잘 들리니까 그렇게 소리 지를 것 없어. 아니면 그냥 덤비던가. 멍멍 짖지만 말고."

"청하상단 소속으로 보이지 않는데, 저 늙은이랑 같이 온 놈이 너로구나? 백귀채에 같이 간."

"그렇다고 볼 수 있지. 다 맞는 말은 아니지만 정정해 주기 귀찮으니까 그렇다고 할게."

"후후후!"

공추가 살소를 흘렸다. 동시에 그의 전신에서 싸늘한 살기가 줄기줄기 뿜어져 나왔다.

"이 천둥벌거숭이 같은 놈이!"

그때 하나의 인영이 벼락처럼 뛰쳐나갔다. 하늘 같은 공추의 앞에서 건방을 떠는 벽우진을 더 이상 좌시하지 못하겠다는 듯이 천류검대주가 벽우진을 향해 몸을 날렸던 것이다.

쒜애애액!

비호처럼 달려 나간 천류검대주가 이동하는 속도를 그대로 이용해서 발검술을 펼쳤다. 단숨에 벽우진의 목을 베어버리겠다는 듯이 처음부터 살초였다.

스윽.

하지만 섬광을 방불케 할 정도의 쾌검은 안타깝게도 빈 허공을 갈랐다. 벽우진이 너무나 여유롭게 고개만 까딱이는 것으로 그의 일검을 피해냈기 때문.

그 모습에 천류검대주는 물론이고 공추 역시 놀란 표정을 지었다. 완벽한 기습이었음에도 벽우진은 딱히 당황한 기색이 전혀 보이지 않아서였다.

"어, 어떻게!"

"느리니까."

따악.

경악하는 천류검대주에게 심드렁하게 대답해 준 벽우진이 손가락을 튕겼다. 그러자 전날 천검문도들을 제압했던 예의 탄지공이 펼쳐졌다.

그러나 놀랍게도 천류검대주가 그 공격을 막아냈다. 본능적으로 위기를 감지하고는 검신으로 지풍을 막았던 것이다.

"흡!"

그러나 기적은 한 번뿐이었다. 뒤이어진 지풍에 천류검대주는 별다른 반항을 하지 못한 채 전신을 난타당했다. 보이지도,

들리지도 않는 지풍에 속수무책으로 당했던 것.

"이익!"

하나 그렇다고 순순히 무너지지도 않았다. 그는 요혈만은 어떻게든 피해내면서 벽우진에게 접근했다.

'한 방만! 한 방만 맞추면!'

천류검대주가 이를 악물며 단전의 공력을 모조리 끌어 올렸다. 일단 일격만 제대로 맞추면 승산이 있다고 생각한 것이다.

"느린데 눈에 훤히 보이기까지 한 공격을 내가 맞겠어?"

"컥!"

천류검대주의 목이 뒤로 꺾이며 날아갔다. 은밀하게 날아온 강력한 지풍이 그의 이마를 강타했다.

일격에 정신을 잃은 모양인지 천류검대주는 몸만 부르르 떨 뿐 일어나지를 못했다.

"어, 어떻게 대주님이……!"

"무슨 수법이지?"

천류검대는 물론이고 장로들도 얼굴을 굳혔다. 마치 가지고 놀듯이 상대하는 모습에 다들 놀란 것이었다.

특히 장로들의 눈빛이 달라졌다. 그들이 가늠한 실력과는 전혀 다른 모습에 다들 당황한 것이다.

"실력을 숨기고 있었군."

"네놈들 눈깔이 삐어서 제대로 보지 못한 거지. 남 탓을 하면 쓰나."

"너였구나, 삼 장로를 제압한 놈이."

"맞아. 쓰레기들과 같이 있어서 그런지 실력도 형편없더라고."

벽우진이 진심으로 실망했다는 듯이 입맛을 다시며 어깨를 으쓱거렸다.

그런데 반응이 조금 전하고는 사뭇 달랐다. 방금 전만 하더라도 천둥벌거숭이처럼 바라보던 이들이 지금은 긴장한 얼굴로 벽우진을 바라보고 있었다. 심지어 장로들조차 얼굴을 굳힌 상태였다.

"삼 장로 하나 제압했다고 온갖 거들먹은 다 부리는구나."

"거들먹이라니. 난 사실을 말했을 뿐. 내가 자랑질 제대로 하면 너는 더 참지 못할걸?"

"언제까지 내 앞에서 그 촐싹대는 주둥이를 나불거릴지 궁금하구나. 과연 사지가 잘리고도 그런 말을 할 수 있을지 말이야."

"할 수나 있겠어? 고작 네놈 실력으로?"

벽우진이 코웃음을 쳤다. 하지만 그 도발에 공추는 넘어가지 않았다. 대신 손을 들어 올렸다.

천류검대주가 당했다고 하나 아직 부대주 두 명이 남아 있었고, 천류검대의 전력 역시 그대로 남아 있는 상태였다.

"쫄리나 봐. 부하들 뒤에 숨어 있는 걸 보면."

"싸움에도 격이라는 게 있는 거다. 네놈이 나이에 비해 실력이 제법 있다고 하나 나하고 어울릴 정도는 아니다, 애송이. 별호도 없는 무명소졸에게는 천류검대도 과분하지."

공추의 말에 천류검대에서 비웃음이 터져 나왔다. 혼자라면 천류검대주를 쓰러뜨린 벽우진을 상대하기가 껄끄럽고 두

려웠겠지만 지금 그들은 함께였다.

그렇기에 천류검대는 대놓고 조소를 흘렸다.

"하긴 내가 아직 별호가 없긴 하지. 강호에 출도한 지 얼마되지 않았거든. 그마저도 대부분은 유람으로 시간을 보냈고. 근데 말이지. 네놈이 하나 깜빡 잊고 있는 게 있는 거 같은데."

따악!

벽우진이 손가락을 튕겼다.

그러자 몇 명이 몸을 움찔거렸다. 혹시나 천류검대주를 날려 버린 지풍이 혹시나 자신에게 날아올까 싶었던 것이다.

그러다가 이내 단순한 손가락 튕김이라는 것을 깨닫고는 하나같이 계면쩍은 표정을 지었다.

"음!"

반면에 시종일관 여유로운 태도를 유지하던 공추의 표정이 삽시간에 변했다. 왜냐하면 서현기의 손에 공휘준과 삼 장로가 붙들려 나왔기 때문이다.

마혈을 점혈당한 것은 물론 양손과 양발이 완벽하게 포박되어 있는 둘의 모습에 다섯 명의 장로들과 천류검대 역시 얼굴을 굳혔다.

"잠시 잊은 것 같으니 다시 한번 말해주지. 칼자루는 내가 쥐고 있어. 네놈이 아니라. 그 사실을 잊지 말라고."

"……협박하는 거냐?"

"협박은 네놈들이 하고 있는 거고. 거기에 겁박까지 추가."

벽우진이 씩 웃으며 청하상단 사람들을 포위하듯 길게 서 있는 천류검대를 눈짓했다.

그 눈빛에 공추의 눈동자는 더욱 깊어졌다. 이 시점에서 벽우진이 아들과 삼 장로를 보인 의도는 너무나 명백했기 때문이다.

'어디서 나타난 놈이지?'

공추의 미간이 찌푸려졌다. 무공도 무공이지만 자신을 상대하는 배포 역시 보통이 아니었다. 스물 남짓한 나이로는 전혀 보이지 않을 정도로 말이다.

게다가 무공 역시 의문투성이였다. 절정의 초입이라고 하나 그래도 산전수전을 다 겪은 무인이 천류검대주였다. 그런데 벽우진은 그런 천류검대주를 상대하면서 별다른 무공을 사용하지 않았다.

'단순히 공력을 응집시킨 지풍이 다였지.'

경시하듯 말하고 있었지만 공추는 벽우진의 움직임을 단 하나도 놓치지 않고 주시했었다. 하지만 그럴수록 의문은 짙어져 갔다. 아무리 봐도 어느 문파 소속인지 알 수가 없어서였다.

"그래서 이번에 네놈들의 주제를 좀 알려줄까 해. 시작은 삼 장로가 낫겠지? 장유유서라는 말도 있잖아?"

서걱.

천류검대주가 떨어뜨린 검을 주워 든 벽우진이 히죽 웃으며 가볍게 휘둘렀다. 그러자 포박되어 있던 삼 장로의 오른팔이 너무나 깔끔하게 절단되며 바닥으로 떨어졌다.

부르르!

점혈당한 상태라고 하나 고통을 느끼지 못하는 것은 아니었다. 삼 장로는 오른팔이 잘리자 바람에 흔들리는 사시나무처럼 몸을 격정적으로 떨었다.

"저, 저!"

그리고 그 모습에 삼 장로와 친분이 있던 장로들이 두 눈을 부릅떴다. 설마하니 자신들의 앞에서 저렇게 망설임 없이 오른팔을 잘라 버릴 줄은 몰라서였다.

하지만 그런 그들의 시선에도 벽우진은 태연히 웃으며 검을 빙그르르 돌렸다.

"다음은 누구일까나?"

"뒤를 생각하지 않는 놈이로구나."

"어이, 어이. 말했잖아. 칼자루는 내가 쥐고 있다고. 그러니 을이면 을다운 자세를 취해주었으면 좋겠는데?"

"아까도 말했다시피 자식은 다시 낳으면 된다."

"그래?"

짐짓 아무렇지 않게 말하는 공추의 모습에 벽우진이 싱긋 웃으며 검을 공휘준의 오른팔에 가져다 대었다. 권사만큼이나 중요한 검사의 오른팔을 잘라 버릴지도 모른다는 위협이었다.

그러나 공추의 눈동자는 흔들리지 않았다. 단 하나뿐인 후계자이기에 아깝기는 했지만 그렇다고 자신의 자존심을 굽힐 생각은 없었다.

"이야. 진심인 모양이네? 야, 네 아빠가 너 버렸다. 너보다는 자기가 더 소중한가 봐. 금쪽같은 자식이라는 말도 이제는 옛말이 되어버린 모양이야. 역시 세월이 많이 흘러서 그런가, 세상이 변했네."

"으으! 으으읍!"

혀를 차는 벽우진의 말에 공휘준이 알 수 없는 신음을 흘렸다. 그러고는 정신없이 흔들리는 눈으로 부친을 쳐다봤다.

"죽어라. 대신 네 복수는 내가 확실하게 해주마. 손가락 하나하나, 팔다리를 얇게 포를 떠서 고통에 몸부림치며 죽게 만들어주겠다."

싸늘한 공추의 말에 공휘준의 흔들림이 멈췄다. 대신 두 눈에서 눈물이 주르륵 흘러나왔다. 부친의 말에서 자식보다 자존심이 중요하다는 것을 느낄 수 있었던 것이다.

"아이고 매정하셔라."

"내 자식을 가지고 논 죗값, 지금 받겠다. 또한 약속하마. 이 세상에서 가장 고통스러운 죽음을 네놈과 저 버러지들에게 내려주겠다고."

스윽.

공추의 수신호에 천류검대가 일제히 몸을 날려 청하상단의 사람들을 향해 달려들었다. 그리고 삼 장로를 향해서는 장로들이 짓쳐 들었다.

파아아앗!

삼백여 명이 넘는 숫자가 일제히 달려들자 청하상단에 소속되어 있는 무사들은 물론이고 하인들도 검을 꼬나 쥐었다.

비록 실력은 삼류무사도 되지 못했지만, 이곳은 그들에게 있어 집이며 고향이었다. 그렇기에 성세가 기울어감에도 하인들은 청하상단을 떠나지 않았다. 아무리 형편이 힘들어도 집을 떠나는 가족은 없었기 때문이다. 더구나 가만히 있는 그들을 핍박하고 공격한 건 천검문이었다.

'절대 물러나지 않아!'

'단주님과 아가씨는 반드시 지키겠어!'

무사들이며 하인이며 할 거 없이 오직 한 가지 목표로 똘똘 뭉친 그들은 천검문의 천류검대가 짓쳐 듦에도 물러나지 않았다. 오히려 죽음을 각오한 얼굴로 칼을 들었다.

"미안하지만 네놈들은 그 사람들의 털끝 하나 건드릴 수 없어."

쑤아아앙!

나지막한 소리와 함께 무시무시한 파공성이 울려 퍼졌다. 그리고 그 소리가 향하는 곳에서 피 분수가 솟구쳤다. 득달같이 달려들던 천류검대의 대원들이 느닷없이 날아오는 한줄기 지강(指罡)에 속수무책으로 꿰뚫리며 절명한 것이다. 그들은 심지어 자신이 죽은 줄도 모른 채 바닥으로 쓰러졌다.

"저, 저런!"

그 말도 안 되는 광경에 삼 장로와 공휘준을 구하기 위해 달려들던 장로들조차 멈칫거렸다. 두 눈으로 보고도 믿기지 않는 광경이었기 때문이다.

"어어!"

"우, 우와!"

그리고 그건 청하상단 측도 다르지 않았다. 강할 거라는 믿음은 있었지만 지금처럼 눈에 보이는 경지는 보여준 적이 없었다. 삼 장로조차 발길질 한 방에 제압한 게 벽우진이었기에 다들 생각지도 못한 지강에 깜짝 놀라 입을 벌렸다.

"전쟁이 끝난 지 확실히 오래되긴 한 모양이야. 놀랐다고 움직이는 걸 멈춘 걸 보면."

우우우웅!

묵직한 공명음이 장내를 짓눌렀다. 동시에 새하얀 장인(掌印)이 허공에 떠올랐다. 벽우진의 손짓에 따라 거대한 장인이 천류검대의 머리 위에 생성되었던 것이다.

"도, 도망쳐!"

"으아아악!"

느닷없이 나타난 거대한 장인에 천류검대가 아연실색하며 몸을 내뺐다. 한 명, 한 명이 일류에서 초일류에 닿아 있는 검객들이었지만 그렇다고 장강(掌罡)을 감당할 정도는 절대 아니었다. 때문에 천류검대는 일제히 몸을 돌렸다. 아무리 명령이 중요해도 개죽음을 당하고 싶지는 않아서였다.

"흥."

하지만 그건 그들의 바람일 뿐, 벽우진은 그들을 절대 살려 보낼 생각이 없었다. 무림에서 칼을 뽑고, 살기를 드러낸 이상 남는 건 승리 아니면 죽음밖에는 없다고 생각해서였다. 괜히 무인을 검 위에 사는 사람이라고 말하는 게 아니었다.

"으허어억!"

장인에서 흘러나온 인력에 천류검대원들이 멈칫거렸다. 그리고 무지막지한 인력에 수십 명의 천류검대원들이 빨려가기 시작했다.

"이놈!"

물론 그 광경을 장로들이 가만히 보고 있지만은 않았다. 어차피 삼 장로와 공휘준도 구해야 했기에 장로들이 재차 벽우진을 향해 달려들었다.

퍼엉!

그런데 그때 벽우진이 들고 있던 천류검대주의 검이 폭발했다. 정확하게는 장로들을 향해 뻗어 있던 검이 뜬금없이 터졌다. 그리고 조각난 검편(劍片)들은 정확히 쇄도하던 장로들을 덮쳤다.

주르륵.

전광석화라는 말이 절로 떠오를 정도로 벼락처럼 뿌려졌던 검편에 장로들이 멈춰 섰다.

정확하게는 더 이상 움직일 수가 없었다. 진기를 가득 머금은 검편들이 그들의 육신을 관통했기에 움직이고 싶어도 움직일 수가 없었던 것이다.

이윽고 꿰뚫린 상처에서 피가 분수처럼 솟구쳤다.

"이, 이런 말도 안 되는……."

"……미럴."

막을 새도 없이 몸을 꿰뚫고 지나간 검편에 장로들이 허물어졌다. 한두 개가 아니고 몸에 수십 개의 구멍이 뚫리자 버틸 수 없었다.

쿠웅! 쿵!

다섯 명의 장로들이 차례대로 쓰러지는 광경에 서진후와 청민이 침을 꿀꺽 삼켰다. 왜 그렇게 벽우진이 자신만만해했는지 지금에야 절절하게 느낄 수 있었던 것이다.

동시에 청하상단 사람들 역시 완전히 달라진 눈으로 벽우진을 바라보고 있었다.

콰아아앙!

하지만 장로들은 끝이 아니었다. 시작일 뿐이었다. 그걸 증명하듯 백색의 장인은 무시무시한 인력으로 천류검대를 빨아들이며 바닥에 깊숙한 흔적을 남겼다.

"미, 미친!"

"어디서 저런 무인이 나타난 거야?"

"이런 말은 없었잖아!"

가까스로 장인의 권역에서 빠져나온 천류검대원들이 부르짖었다. 자칫 잘못했으면 자신들 역시 동료들처럼 죽었을 게 분명했기에 겁에 질려 소리쳤던 것이다.

하지만 벽우진은 그들의 말에 일일이 대답해 주지 않았다. 대신 손잡이만 남은 검을 바닥에 버리며 공추만을 주시했다.

"넌 누구냐."

공추의 목소리가 달라졌다. 더불어 눈빛 역시 변했다. 경시하던 태도를 버리고 진지한 눈빛으로 벽우진을 쳐다봤다. 그러면서 그는 방금 전에 벽우진이 펼친 장인을 떠올렸다.

'본 적이 없는 무공이다. 그렇다고 포달랍궁의 대수인은 아닌데…….'

공추의 머리가 빠르게 회전했다.

강호에서 수십 년을 굴렀음에도 저런 장공은 본 적이 없었다. 심지어 들은 적도 없었다. 그나마 비슷하다고 생각되는 무공은 소림사의 칠십이종절예 중 몇 가지였지만 이내 그는 고개를 저었다.

'도대체 누구지?'

공추의 표정이 복잡해졌다. 처음 봤을 때는 그냥 겁대가리를 상실한 애송이였다. 나이에 비해 실력이 조금 뛰어난.

하지만 착각이었다. 믿기지 않게도 애송이는 그의 안목마저 가릴 정도의 고수였다.

"네가 물으면 내가 예! 하고 대답해 줘야 하나?"

"……"

"그리고 알아서 뭐 해? 어차피 이곳에서 죽을 텐데."

벽우진은 처음 공추가 했던 말을 그대로 되돌려 주었다.

그러자 공추의 얼굴이 딱딱하게 굳어졌다. 빈말이 아님을 본능적으로 알 수 있어서였다.

"역시 아들이 미끼였군."

"태세 전환 보소. 이봐, 쳐들어온 건 네놈이라고. 난 널 초대한 적 없어. 야밤에 담 넘어와서 공격한 건 네놈들이라고. 그것도 이번이 무려 두 번째."

벽우진이 손가락을 두 개 폈다. 친절하게도 처음이 아님을 다시 한번 강조한 것이다. 그 능글맞은 모습에도 천류검대는 웃을 수가 없었다.

"심지어 정도를 표방한다는 문파의 수장이 말이지."

말을 잇던 벽우진의 표정이 싸늘해졌다. 만약 그가 없었다면 청하상단은 오늘 살인멸구를 면치 못했을 터였다. 그렇기에 벽우진은 단 한 놈도 살려 보낼 생각이 없었다. 때문에 살초를 거침없이 사용했던 것이고.

"청하상단이 너 같은 고수와 연은 없을 테니. 어디서 보냈지?"

"마음대로 생각해. 어차피 달라지는 것은 없으니까. 혹시 모르지. 염라대왕이 말해줄 수도."

파아앗!

벽우진이 땅을 박찼다. 지금껏 제자리에 가만히 있던 그가 처음으로 다리를 움직인 것이다. 그리고 그가 향하는 곳에는 공추가 있었다.

천류검대가 반 가까이 남아 있다고 하나 그래도 청하상단보다는 전력이 위였다. 그렇기에 벽우진은 단숨에 공추에게로 날아갔다.

쌔애액!

그 모습에 공추 역시 반응했다. 그는 벽우진이 짓쳐 드는 것을 보기 무섭게 검을 뽑았다. 그러자 맹렬한 기세를 머금은 쾌검이 벽우진의 미간을 정확히 노리고서 쇄도했다.

스슥!

하나 눈부신 쾌검이 꿰뚫은 건 벽우진의 잔영이었다. 육안으로 보기도 힘든 공추의 쾌검을 벽우진은 달려드는 상태에서 너무나 가볍게 회피해 냈다.

공추 역시 그리되리라는 걸 내심 짐작하고 있었기에 당황하지 않았다. 대신 그에게 천환검(千幻劍)이라는 별호를 얻게 해준 성명절기 천파만천검결(千波滿天劍結)을 극성으로 펼쳤다.

파파파팟!

이윽고 그의 검에서 수많은 검영들이 솟구쳤다. 분명 검은 하나인데 허공에 수백 개의 검이 떠올랐다.

"하아압!"

하지만 이게 다가 아니었다.

일천 개에 달하는 검영에서 짙푸른 빛의 검기가 솟구쳤다. 놀랍게도 검영들 전부에 검기를 담았던 것이다.

"허어……."

그 광경에 천류검대는 물론이고 서진후를 비롯한 청하상단의 사람들도 감탄사를 내뱉었다. 짙은 살기가 담겨 있는 검세였지만 그럼에도 확실히 아름다운 검예였기 때문이다.

반면 엄청난 검세를 눈앞에 둔 벽우진은 영 마뜩잖은 표정이었다.

쌔애애액!

날카롭기 그지없는 수많은 검격들이 폭풍우처럼 벽우진의 주위에 쏟아져 내렸다.

마치 장마 때 쏟아지는 장대비처럼 무지막지한 기세로 떨어져 내렸지만, 그 수많은 검기들 중에서 벽우진의 몸에 닿는 것은 단하나도 없었다. 가만히 보면 딱히 빠르게 움직이는 것 같지 않은데 이상하게도 공추의 검기들은 벽우진을 맞추지 못했다.

'이익!'

혼신의 힘을 다해 펼친 절초가 조금도 통하지 않는 모습에 공추가 이를 악물었다.

지금까지 보여준 두 수만으로도 벽우진의 무위가 자신에 비해 결코 떨어지지 않는다는 사실을 알았기에 그는 더는 방심하지 않고 전력을 다해 검을 뿌렸다. 그런데 그 공격이 통하지 않자 공추는 당혹스러웠다.

'그렇다면!'

공추가 스산한 눈빛을 뿌렸다.

직접적인 공격이 통하지 않는다면 다른 요인으로 벽우진을 흔들 생각이었다. 싸움은 실력의 차이도 중요하지만 그 못지않게 중요한 게 바로 심리였다. 주변 환경으로 흔들면 제아무리 뛰어난 평정심을 가지고 있는 이도 조금은 흔들릴 수밖에 없었다.

-청하상단을 공격해라! 모조리 죽여 버려!

벽우진이 우려하는 것을 공추 역시 알고 있었다. 객관적인 전력은 여전히 천류검대가 우세했기 때문이다.

그렇기에 공추는 전열을 추스르고 있던 천류검대에게 전음으로 명령을 내렸다.

"확실히 노련하긴 해. 근데 하나만 보고 둘은 못 보는 것 같군. 내가 왜 피하기만 했을까?"

콰드드득!

허공을 빼곡히 채울 정도로 엄청난 숫자의 검기들을 응시하며 벽우진이 손을 내밀었다. 그러자 순간 검세가 어그러졌다. 그의 손짓에 허공을 가득 채웠던 검기들이 일제히 뭉개졌던 것이다.

"크흑!"

순식간에 박살 나는 검세에 공추가 신음을 흘렸다. 진기로 이루어진 검세였기에 뭉개지는 순간 어마어마한 충격이 전신을 휩쓸어서였다.

하지만 청해제일인을 논하는 고수인 만큼 공추도 순순히 당하기만 하지는 않았다. 그는 빼곡히 펼쳤던 검세를 일순 정리하며 하나의 검만 남겼다.

웅웅웅!

동시에 소성과 함께 검강이 치솟으며 벽우진에게 쇄도했다.

그런데 하나였던 검이 벽우진에 가 닿기 직전 수많은 변화를 일으켰다. 환검의 극을 추구하는 검법답게 변화무쌍한 모습을 선보였던 것이다.

스스스슥.

하나 그 변화막측한 검조차도 벽우진의 옷깃 하나 가르지 못했다. 벽우진은 말 그대로 완벽하게 공추의 검초를 피해냈다. 그뿐만 아니라 거침없이 공추와의 간격을 좁히며 손을 뻗었다.

턱!

순식간에 공추에게 접근한 벽우진은 너무나 가볍게 멱살을 쥐었다.

물론 공추도 가만히 있지만은 않았다. 멱살이 잡힌 순간 벽우진의 목을 잘라 버리겠다는 듯이 매서운 기세로 검을 휘둘렀다. 그러나 검강이 목에 닿기 직전 공추의 손이 멈췄다.

으드득!

벽우진이 반대편 손으로 검을 든 공추의 손목을 잡았던 것이다. 그러고는 조금의 망설임 없이 그대로 악력을 강화했다.

"끄아아악!"

순식간에 손목뼈가 바스러지는 고통에 공추가 체면도 잊고 비명을 질렀다. 머리가 새하얗게 변하는 고통에 반항은커녕 비명만 나왔다.

동시에 손아귀에서 흘러나온 상청무상신공(上淸無上神功)의 진기가 공추의 내부를 모조리 뒤집어 버리고, 성난 파도처럼 공추의 기맥과 혈맥을 모조리 헤집어놓았다.

털썩.

한순간에 무력화된 공추가 힘없이 바닥에 주저앉았으나 아직 벽우진의 공격은 끝난 게 아니었다. 아니, 아직 전쟁은 끝나지 않았다.

때문에 벽우진은 공추가 들고 있던 검을 빼앗아서는 그대로 천류검대를 가리켰다.

··· 제7장 ···
# 곤륜산의 종주(宗主)

"으, 으어어!"

"피해!"

벽우진의 검이 자신들에게 향한 순간 천류검대가 대경실색했다. 저 행동이 뜻하는 바가 무엇인지 모를 수가 없어서였다.

천류검대는 청하상단에 돌진하던 것을 멈추고 뿔뿔이 흩어졌다. 공추마저 사로잡힌 마당에 청하상단을 공격해 봤자 달라질 것은 없었기 때문이다.

"흥."

하지만 그 모습에도 벽우진은 혀를 찼다. 그는 청하상단의 담을 넘은 이상 단 한 명도 살려둘 마음이 없었다.

뻐어어엉!

이윽고 벽우진의 무지막지한 내공을 감당하지 못한 공추의 애검이 산산조각 나며 비산했다.

물론 수천 개의 검편들이 향하는 곳에는 천류검대가 있었다.

"끄억!"

"그르륵!"

부채꼴 모양으로 넓게 비산한 검편들은 인정사정없이 천류검대를 휩쓸었다. 그 누구도 파검술의 영역에서 벗어나지 못했다.

"으어어……."

"사, 살려줘."

절명한 이들도 있었지만 몇몇은 운 좋게 즉사를 피했다. 물론 전신에 수십 개의 구멍이 뚫려 결국 과다 출혈로 죽게 되겠지만 말이다.

"정리해."

"예, 옙!"

벽우진의 신위에 청하상단의 무사들이 기합이 바짝 든 얼굴로 대답했다.

미리 준비한 화골산(化骨散)으로 시체들을 처리했다. 화골산을 이용해 한 줌 혈수로 만들고, 아직 숨이 붙어 있는 이들을 확실하게 사살했다.

툭.

청하상단의 무사들이 삼백여 개의 시신들을 처리할 때 벽우진은 전신 혈맥은 물론이고 단전이 파괴된 공추를 짐짝처럼 들고 와 서진후 앞에 내려놓았다. 그리고 그 옆으로 공휘준을 던졌다.

"네 몫이다."

"제가 말입니까?"

"못하겠으면 말해. 내가 죽이마."

"……사실 걱정이 됩니다. 이렇게 해도 되나 싶은."

서진후는 물론이고 서일국의 얼굴 역시 심각했다.

물론 마음 같아서는 당장 천참만륙을 내고 싶었지만, 이번 일은 단순히 감정적으로만 해결하기 어려운 문제였다. 다른 곳도 아니고 청해성의 패권을 잡고 있던 천검문이었으니까.

"그럼 살려주게? 그게 더 일이 커질 것 같은데?"

"으음……."

"깔끔하게 죽이는 게 제일 좋아. 어차피 증거도, 증인도 없잖아? 똑같은 상황이다. 다만 주체가 바뀌었을 뿐. 심증은 있어도 물증은 없는 상태지."

벽우진이 의미심장하게 웃었다. 어떻게 보면 천검문이 하려던 것과 똑같았기 때문이다. 하지만 누누이 말했다시피 먼저 시작한 쪽은 천검문이었다.

"그렇긴 합니다만."

"크게 걱정할 거 없어. 무주공산이 된 청해성을 차지하기 위해 두 번째와 세 번째가 정신없이 물고 뜯을 테니까. 게다가 천검문 역시 전력의 대부분이 이곳이 왔다고 하나 아예 멸문한 것은 아니니까. 삼파전에 다들 정신이 없을 거다. 오히려 그 틈에 다시 성세를 회복할 궁리를 해."

"사형의 말처럼 되었으면 정말 좋겠습니다."

"그리될걸? 천검문에 억눌려 있던 곳들이 한둘이 아닐 테니까. 지금만 봐도 그렇잖아? 아마 의문을 가지긴 해도 샅샅이 조사하려고 하지는 않을걸?"

벽우진이 장담했다. 비어버린 천검문의 자리를 차지하기 위해 싸우면 싸웠지 공추의 실종에 대해 조사하려는 이들은 없을 게 분명해서였다.

물론 청하상단이 가장 큰 의심을 받기는 할 터였다. 하지만 서진후나 서일국이 먼저 밝히지 않는 이상 전말이 드러날 가능성은 없었다.

"알겠습니다. 조용히 처리하겠습니다."

"하고 싶은 대로 해. 가끔은 그게 정답일 수도 있어."

"예."

흔들렸던 서진후의 눈동자가 더 이상 흔들리지 않았다. 대신 서늘한 눈으로 이제는 한낱 범인이 되어버린 공추를 노려봤다. 그리고 그건 서일국과 서현기도 마찬가지였다.

잠시 후 공추와 공휘준 부자는 서일국의 손에 들려 지하석실로 끌려갔다.

"우리도 이만 자러 가자."

"예, 사형."

서진후 일가가 물러나는 것을 지켜보던 벽우진이 하품을 늘어지게 하며 말했다. 방금 전에 살기 넘치는 격전을 치른 이인가 싶을 정도로 말이다. 하지만 이게 벽우진의 본 모습이기도 했기에 청민은 웃으며 고개를 끄덕였다.

그리고 그런 두 사람을 청하상단의 사람들이 경외심과 고마움이 가득한 눈빛으로 몰래 훔쳐봤다.

청해성에 새로운 바람이 불기 시작했다.

하늘로 솟은 건지 땅으로 꺼진 건지 어느 날 갑자기 천검문주 공추와 천류검대가 감쪽같이 사라지자, 늘 기회를 엿보던 대호방(大虎房)과 백운산장(白雲山莊)이 본격적으로 움직이기 시작했던 것이다.

그로 인해 청해성에 풍운이 일기 시작했다.

"사형의 말씀대로 흘러가네요."

"그럴 수밖에. 무주공산이 되었는데 욕심이 안 날 리가 있나. 수장이라면, 남자라면 야망이 없을 수가 없지."

"한편으로는 씁쓸하기도 합니다. 너무 무관심한 것 같아서요."

"그게 다 헛살아서 그래. 덕을 베풀며 착하게 살았어 봐. 이렇게 금세 잊히겠어? 아니, 그전에 납치하려고 담을 넘지도 않았겠지."

"자업자득이죠."

청민이 고개를 주억거렸다. 크게 보면 뿌린 대로 거둔 것이기 때문이다.

"이 틈에 우리는 빨리 커야 해. 청해일패의 자리를 되찾기 위해서는 말이지."

"안 그래도 그 부분에 대해서 사형께 말씀드릴 것이 있습니다."

"말해."

의자에 늘어지게 앉은 채로 벽우진이 물었다. 마치 의자와

혼연일체가 된 모습이었다.

"이제 그만 해주셔도 됩니다, 사형."

"뭘?"

"밤마다 저에게 추궁과혈을 해주시면서 진기를 넘겨주고 계시지 않습니까. 처음에는 긴가민가했는데 얼마 전부터 확실하게 알았습니다. 사형께서 평생을 쌓아온 내력을 제게 넘겨주고 있다는 사실을요. 사형은 앞으로 곤륜의 별이 되셔야 하는 사람입니다. 그러니 이제는 그만해 주셨으면 합니다."

"낭비라고 생각하는 거냐?"

벽우진이 반문했다. 말하는 투가 쓸모없는 짓이라고 하는 것 같아서였다.

"예."

"내 생각은 다르다. 이건 낭비가 아니라 투자야. 그리고 너도 봤잖아? 이 나이 먹고 내가 그렇게 발바닥에 땀 나도록 뛰어야겠어? 네가 앞서서 걸러줘야 할 거 아냐. 그럼 어떻게 해야 해? 네가 강해져야지?"

"그, 그렇죠."

"바로 그것 때문에 그러는 거야. 어떻게 보면 날 위해서지. 또한 곤륜파를 위해서이기도 하고."

청민이 자기도 모르게 설득당했다. 가만히 들어보면 하나같이 다 맞는 말이었기 때문이다.

"그렇다면 저보다는 이번에 제자로 들인 예지에게 해주는 게 낫지 않겠습니까?"

"예지는 따로 생각하고 있는 게 있어. 그러니 넌 걱정 안 해도 돼. 넌 오직 하나만 생각하면 된다. 곤륜파의 장로답게 강해지는 것만 생각해."

"무슨 말씀인지는 알겠습니다. 뼈를 깎을 각오로 수련할 마음도 있고요. 하지만 굳이 사형의 진기를 낭비할 필요는 없다고 생각합니다."

"걱정 말라니까. 너한테 주는 진기는 나한테 있어 극히 소량에 불과해. 어차피 넘쳐나는 게 공력이기도 하고."

"예?"

청민이 순간 당혹스러운 표정을 지었다. 얼마나 공력이 많기에 넘쳐난다고 말하나 싶어서였다. 하지만 벽우진은 그 부분에 대해서는 딱히 더 설명하지 않았다.

똑똑똑.

"사형, 저 청범입니다."

"들어와."

"안녕하세요, 사부님."

문이 열리며 서진후와 함께 서예지가 모습을 드러냈다. 가벼운 경장 차림의 그녀는 의자에 앉아 있는 벽우진을 보자마자 공손히 인사해 왔다.

"바쁠 텐데 무슨 일이야?"

"제가 바쁠 게 있겠습니까. 단주는 아들인데요."

"그래도 정신없을 텐데?"

청해성의 정세가 심상치 않게 흘러감을 빗대어 말한 것이었다. 하지만 그 말에도 서진후는 빙그레 웃었다.

"온 관심이 대호방과 백운산장에 쏠려 있어서 괜찮습니다. 다른 군소방파들도 기회를 엿보며 어부지리를 노리는 중이라 저희에게는 크게 관심이 없습니다. 물론 천검문의 잔당들은 여전히 저희를 예의 주시하고 있지만요."

"어차피 떨거지들일 뿐이지."

"맞습니다. 그보다는 오히려 사형에 대해서 관심이 많습니다. 대외적으로 백귀채를 무너뜨리고 백면귀와 황면귀를 사로잡아 오시지 않았습니까. 그래서 그 부분에 대해서 여쭈고자 찾아왔습니다. 겸사겸사 문안 인사도 드릴 겸 해서요."

"문안 인사는 무슨. 잘 먹고 잘 자고 잘 싸고 있는데."

마지막 말에 서예지가 자기도 모르게 웃음을 터뜨렸다. 정말 상상조차 못 한 말이 벽우진의 입에서 흘러나왔다.

하지만 이내 그녀는 표정을 가다듬었다.

"정말 많은 이들이 사형을 궁금해하고 있습니다. 특히 청해성에서 난다 긴다 하는 강자들이요. 대호방과 백운산장도 은밀히 서신을 보내왔고요."

"한 손 거들어달라고?"

"예, 정확하게는 자신들과 손을 잡자고요. 아마 다른 군소방파들에게도 손을 뻗지 않았을까 싶습니다."

"선택은 너희들이 하는 거지만, 아직은 때가 아니라고 말하고 싶군. 괜히 휘말려서 좋을 것 없어. 일단은 원래의 성세를 회복하는 게 중요해. 알겠지만 힘이 있어야 목소리를 낼 수 있고 가족을 지킬 수 있다. 지금 손잡아봤자 이용만 당할 가능성이 커."

"저 역시 같은 생각입니다."

대호방과 백운산장이 달콤한 말로 꼬드기고 있지만 사실그나 서일국은 딱히 제안이 끌리지 않았다. 두 곳 다 청해성에서 첫째를 다투는 큰 집단이었지만 지금 눈앞에 있는 벽우진에 비하면 반딧불에 불과했으니까.

청해성의 패권을 쥐고서 앞뒤로 온갖 패악질을 저지르던 공추조차도 벽우진에게 무릎을 꿇었다. 그것도 천류검대와 장로들을 모조리 이끌고 왔는데 말이다.

'강자존의 세계. 그것이 무림이지.'

세력의 힘은 결코 무시할 수 없었다.

하지만 그 강대한 세력도 단 한 명의 절대강자에 의해 무너질 수 있는 게 또 강호이며 무림이었다. 그것을 증명해 보인 게바로 눈앞에 있는 벽우진이었고.

'사문의 재건은 더 이상 꿈이 아니야.'

아직도 두 눈을 감으면 서진후는 얼마 전의 광경이 선명하게 떠올랐다. 별다른 무공도 쓰지 않고서 공추를 때려잡던 벽우진의 모습이 말이다.

그리고 그걸 본 상단의 사람들은 하나같이 경외심이 어린눈으로 벽우진을 바라봤다.

"생각한 대로 해."

"사형에 대해서 밝혀도 될까요?"

"음."

대화를 하면서도 널브러진 자세를 바꾸지 않던 벽우진이 턱을 쓰다듬었다. 거침없이 대답했던 지금까지와는 다르게 고민을 하는 것이었다.

"껄끄러우시다면 밝히지 않겠습니다."

"그런 문제가 아니라 아직은 좀 시기가 이른 것 같아서. 그리고 청하상단에도 좋지 않고. 냉정하게 말해 현재 곤륜파는 위상이라고 할 게 없잖아? 멸문당한 대문파가 현재 곤륜파의 위치지. 그런데 그 곤륜파의 제자가 나타났다? 아마 크게 놀라지는 않을 거야. 혼자가 아무리 뛰어봤자 결국에는 혼자니까. 물론 내 실력을 아는 너희들은 그렇게 생각하지 않겠지. 하지만 대부분은 전자처럼 생각할 거야."

"……그렇겠지요."

"하지만 정체를 알 수 없는 신비고수라면? 생각이 많아지지 않을까? 혹시 다른 곳에 소속되어 있지는 않을까, 아니면 아직 구대문파와 인연이 닿아 있는 것은 아닐까 하며 상상의 나래를 펼치지 않겠어?"

"연막책이군요."

서진후가 박수를 쳤다. 확실히 제3자가 보기에는 그렇게 의심할 수도 있다고 생각해서였다.

"그러니 애들 관리 잘해. 이상한 소문 나지 않게. 원래 모든 일이 사람에게서 시작되고 끝나는 거 알지?"

"명심하겠습니다."

"괜히 떠보려는 이들이 있어도 적당히 얼버무리고."

"저와 아들의 전문입니다."

서진후가 자신 있게 말했다. 사람을 상대하는 게 그나 서일국의 특기였기 때문이다.

◯

보는 것만으로도 영험함을 느낄 수 있는 곤륜산에 돌아온 벽우진이 숨을 크게 들이마셨다. 그러자 서녕과는 확연히 다른 상쾌한 공기가 폐부 깊숙이 들어왔다.

"서녕도 좋지만 역시 저는 여기가 제집인 것 같습니다."

"난 곤륜산도 좋고 서녕도 좋아. 역시 난 아직 청춘인가 봐."

"외견만 보면 충분히 약관으로 보이시기는 하죠."

"육신뿐만 아니라 정신도 청춘인 것 같은데?"

청민이 조용히 고개를 주억거렸다.

확실히 행동거지를 보면 약관의 젊은이라고 해도 이상하지 않아서였다. 누가 봐도 일흔이 넘은 나이라고 보기 힘들 정도로 언행이 가벼웠으니까.

"부럽습니다."

"너도 될 수 있어. 환골탈태하면 된다니까?"

"그게 그렇게 가볍게 말할 수 있는 경지가 아니잖습니까. 절정도 못 넘었는데 환골탈태라니요."

"그럼 반로환동은?"

"말처럼 쉬웠으면 누구나 다 했게요? 제 기억에도 환골탈태

는커녕 반로환동도 하신 분이 없었습니다."

청민이 단호하게 고개를 저었다. 눈앞의 벽우진이야 가능할지 모르겠지만 그는 해당 사항이 전혀 없었기 때문이다.

"그랬었나?"

"예, 사형과 함께 있던 시절의 장문인과 장로들께서도 반로환동하신 분이 안 계셨는데요."

"일부러 안 한 걸 수도 있지. 도사는 아무래도 나이가 좀 있어야 도사다운 느낌이 사니까."

벽우진이 예의 색다른 관점을 제시했다. 하지만 그 말에 청민은 넘어가지 않았다.

"그럴 리가요. 차라리 필요하지 않아서라는 이유가 더 적당할 것 같습니다."

"어쨌든 할 수 있다면 할 거지?"

"반로환동이요?"

"그거든 환골탈태든."

청민의 표정이 신중해졌다. 그러면서 그는 벽우진의 얼굴을 슬쩍 살폈다. 어떤 저의로 묻는 것인지 알아보려는 것이었다.

"가능하다면 하는 게 좋겠죠. 사실 지금의 저는 사형에게도 사문에도 큰 도움이 되지 않는 게 현실이니까요. 과거 장로님들과 비교하면 저는 비교하기가 민망할 정도의 수준이니……."

"너무 자책하지 마라. 어쩔 수 없는 상황이었으니까. 그리고 사문에 대한 애정만은 네가 더 넓고 깊지 않더냐. 너는 충분히 장로직에 앉을 자격이 있다. 어쩌면 나보다 더 장문인에 어울리는 사람이 너이고. 무려 58년 동안 이곳을 지키고 있던 게 너이지 않느냐."

벽우진이 진지한 눈빛으로 말했다. 그러나 청민은 그 말에 황급히 손사래를 쳤다. 자격을 떠나서 곤륜파의 장문인에 어울리는 사람은 벽우진이었기 때문이다. 또한 앞으로의 곤륜을 생각한다면 벽우진이 아니면 안 되었다.

"아닙니다. 사형이 있는데 제가 어찌. 그리고 곤륜파에는 사형 같은 고수가 필요합니다. 지금 시점에서는 더더욱요."

"그 말도 틀린 건 아닌데 그래도 널 너무 비하하지 마라. 나에게는 네가 필요하니까. 내가 말했던 거 기억하지?"

"예, 사형과 제가 곤륜이라고 하지 않으셨습니까."

"그래, 그 말 절대 잊지 마라. 우리가 있는 한 곤륜파는 절대 사라지지 않으니."

벽우진이 단호한 어조로 말했다. 그런데 그 말이 지금 이 순간 그렇게 믿음직스러울 수가 없었다.

"아, 한 명이 더 늘지 않았습니까? 예지요."

"속가제자잖아. 그렇게 따지면 청범도 있고, 일국이도 있고. 그리고 예지는 엄밀히 따지면 무기명제자지. 진산제자는 아니니까."

"그래도 어느새 다섯 명이나 되었네요. 허허."

"한참 멀었지."

말은 시큰둥하게 했지만 벽우진도 입가에 미소를 짓고 있었다.

천 리 길도 한 걸음부터이고 금자탑도 결국엔 작은 벽돌로 시작하는 법이었다. 그렇기에 벽우진은 조급해하지 않았다.

자신이 있고 청민이 있다면 시간이 좀 걸릴 뿐 언젠가는 과거의 곤륜파를 재건할 수 있다고 생각했다.

'아니지. 그보다 더 크고 강대한 곤륜을 만들어야지.'

애초에 시작을 안 했다면 모를까 하기로 마음먹은 만큼 벽우진은 절대 대충할 생각이 없었다. 그건 사문에 대한 예의도 아닐뿐더러 사부를 볼 낯이 없는 행동이다. 게다가 사조가 남긴 안배 역시 어쩌면 지금 이 순간을 위한 것일지도 몰랐기에 벽우진은 문파 재건에 최선을 다할 작정이었다.

"그래도 시작한다는 게 중요하지 않겠습니까. 사조 역시 처음에는 혼자서 시작하셨을 텐데요."

"글쎄다. 무공 구결 말고는 따로 남긴 게 없어서. 사실 편지라도 남기셨으면 아예 고민은 하지 않았을 텐데."

"이렇게 될지 알고 계셨던 게 아닐까요? 천기를 보셔서요."

"도대체 천기는 어떻게 해야 볼 수 있는지 궁금하다. 내 눈에는 그런 게 전혀 안 보이는데. 무공이 아니라 다른 걸 공부해야 하나? 천문 같은 거."

"그래야 하지 않을까요?"

청민이 조심스럽게 대답했다.

그 역시 자세히 알지는 못해서였다. 오래 살기는 했지만 인간관계가 딱히 넓은 편도 아니었고.

"만류귀종이라는데 왜 난 그 말이 자꾸만 틀린 거 같지?"

"무공에 한해서만 그런 게 아닐까요?"

"그럴 수도 있겠네."

"흠흠. 앞으로의 계획은 어떻게 됩니까?"

청민이 짐짓 궁금하다는 투로 물었다. 막상 시작하기는 했는데 무엇부터 해야 할지 막막해서였다. 어떻게 해야 하는지 아직은 감이 잡히지도 않았고.

"일단은 터부터 다시 잡아야 하지 않겠느냐. 싹 다 밀어버리고 전각부터 다시 세워야지."

"……돈이 엄청 들겠는데요."

"그래도 해야지."

"혹시 시조께서 보물이라도 남겨놓으신 겁니까?"

청민이 살짝 기대하는 표정을 지었다. 시공간의 진이라는 말도 안 되는 이적을 일으킨 분이니 미래에 대비해 자금도 준비해 놓지 않았을까 싶어서였다.

하지만 벽우진은 단호하게 고개를 저었다.

"없었어. 시공간의 진에 있었던 건 우물과 벽곡단이 다야. 그마저도 나중에는 물만 먹었고."

"허어."

"그렇지만 아예 방법이 없는 건 아니지."

"계획이 있으시군요?"

"응, 우리한테만 없을 뿐이지 세상에는 돈이 많으니까."

순간 청민이 흠칫했다. 왠지 모르게 불길한 기분이 들어서였다.

"호, 혹시 훔치시려는 겁니까?"

"설마. 정도(正道)를 걷는 우리가 도둑질을 하면 쓰나. 절대 그럴 수는 없지."

"그럼 어떻게요?"

"나중에 차차 알게 될 거다. 일단은 터부터 정리하자. 체력도 제법 올라왔으니 예전보다는 청소하기가 수월할 거야."

벽우진이 솔선수범하듯 움직였다.

과거 구파일방의 일좌를 차지했던 대문파였던 만큼 곤륜파 부지는 어마어마하게 넓었다. 물론 그동안 청민이 나름 무너진 전각들을 치우고 정리하기는 했지만, 아직 반의반도 끝나지 않은 상태였기에 깔끔하게 청소하려면 부지런히 움직여야만 했다.

"열심히 하겠습니다!"

"우리가 초석부터 다지는 거라고 생각하자."

"예."

청민이 노안을 번뜩이며 대답했다.

다른 일도 아니고 사문을 재건하는 일이었다. 그런 만큼 그는 노구가 부서지더라도 움직일 생각이었다.

"너무 무리하지는 말고. 건강해지기는 했지만 그래도 나이를 생각해야지. 다치지 않을 선에서 해. 너 뻗으면 내가 더 힘들어진다."

"명심하겠습니다."

"자, 시작하자."

두 사람이 본격적으로 움직이기 시작했다. 그러자 폐허로 변해 있던 곤륜파의 터가 서서히 변해가기 시작했다.

곤륜파가 한눈에 내려다보이는 언덕 위에 한 남자가 있었다. 서른 남짓해 보이는 장한이었는데 약초꾼인 듯 옷 곳곳에 흙먼지와 잡초들이 어지럽게 묻어 있었다.

그런데 이상하게도 시선은 곤륜파에 향해 있었다.

"저 둘이 연관되어 있는 게 분명한데……."

장한이 입맛을 다셨다.

상부에서는 물론이고 그 역시 천검문의 알 수 없는 몰락, 정확하게는 천환검 공추의 죽음에 저 둘이 직접적으로 연관되어 있다고 생각했다. 다만 문제는 심증은 있는데 물증이 없다는 것. 심지어 청하상단의 인부들 역시 입을 꾹 다물고 있기에 알아낸 것이 극히 적었다.

"핵심은 저 젊은 남자다."

장한이 눈을 빛냈다.

지금 눈에 보이지는 않지만 천검문 사태의 중심에 젊은 남자가 있는 게 분명했기 때문이다. 반전의 시작이 바로 청민과 젊은 남자가 청하상단을 찾아온 것에서부터였으니까.

다만 문제는 청민에 대해서는 파악이 끝났지만 젊은 남자에 대해서는 그렇지 않다는 점이었다.

"진짜 하늘에서 떨어진 것처럼 뜬금없이 나타났으니."

청민과 청하상단이 대하는 태도를 보면 분명 범상치 않은 신분인 게 분명했다. 그렇지 않다면 저렇게 공손하게 대할 리가 없으니까.

강호의 배분은 가끔 이상하게 꼬일 때도 있었기에 저런 광경이 흔하지 않을 뿐이지 아예 없지는 않았다.

"그래서 이렇게 훔쳐보려고 왔느냐?"

"히엑!"

등 뒤에서 들려오는 음성에 장한이 엉덩방아를 찧었다. 기척도 없이 들려온 남자의 목소리에 화들짝 놀란 것이었다.

그는 재빨리 심호흡했다. 그리고 호랑이 굴에 끌려가도 정신만 차리면 살아 나올 수 있다는 속담을 떠올리며 머리를 굴렸다.

"머리 굴리는 소리가 여기까지 들린다."

"무, 무슨 말씀이신지요?"

"그건 네가 더 잘 알겠지."

"저, 저는 잘 모르겠는데요. 전 단지 산에 있는 약초를 캐러 왔습니다요."

놀란 기색을 감추지 않으며 장한이 몸을 돌렸다.

그는 절대 벽우진과 눈을 마주치지 않았다. 지금은 완벽한 촌부이자 약초꾼이 되어야 했기 때문이다.

"근데 왜 그렇게 곤륜파를 뚫어져라 내려다봤을까?"

"오래전부터 이 근방에 살고 있던 터라 궁금해서 봤을 뿐입니다요."

장한이 격렬하게 손사래를 쳤다. 절대 아니라는 부인. 하지만 그의 완벽한 연기에도 불구하고 벽우진은 입가에 미소를 띠고 있었다.

"그럴 수도 있겠지. 근데 약초꾼이라고 하기에는 오늘 수확이 너무 없는 거 아냐?"

"오, 오늘은 산신님께서 양질의 약초를 허락하지 않으셔서요."

자신의 채집망을 유심히 쳐다보는 눈길에 장한이 마른침을 삼키며 말했다. 흙먼지를 묻히고 잡초들을 어지럽게 붙였지만 그의 말마따나 채집망에는 약초 하나 없어서였다.

"그런가."

"예에. 그럼 소인은 이만 가보겠습니다요."

"하오문이 확실히 발이 넓긴 넓은 모양이야."

"예? 하오문이라니요?"

"뭐, 가봐."

벽우진이 손을 휘저었다.

그 모습에 장한은 속으로 순진무구한 표정으로 벽우진을 올려다보고는 이내 몸을 돌렸다. 하지만 그의 심장은 그 어느 때보다 격렬하게 뛰는 중이었다.

'독심술이라도 익힌 건가?'

떠보는 것일 수도 있지만 장한은 왠지 모르게 그게 아닌 것 같았다. 정말로 알고 있는 듯한 느낌이 들어서였다. 그리고 일부러 그냥 보내준다는 듯한 느낌을 받았다.

'우선은 상부에 보고가 먼저다. 절대 평범한 인물이 아냐.'

장한의 눈동자가 가라앉았다. 짧은 만남이었지만 그럼에도 불구하고 많은 것을 파악할 수 있었기에 마음이 급했다. 어서 빨리 보고해야 한다는 생각이 들었다.

한편 장한이 약초를 찾으려는 듯 주변을 두리번거리며 내려가는 모습을 주시하며 벽우진이 중얼거렸다.

"하오문이라."

대호방과 백운산장으로 인해 자신이나 곤륜파에 대한 관심이 가려질 줄 알았는데 꼭 그렇지만도 않은 것 같아서였다.

하지만 한편으로는 당연하다는 생각도 했다. 다른 곳도 아니고 청해성의 패권을 쥐고 있던 천검문주가 어느 날 갑자기 사라졌는데 의문을 가지지 않을 리는 없었다.

대놓고 뒷조사를 하지는 않더라도 알게 모르게 인력을 푼 곳들이 있을 터였다. 특히나 정보를 다루는 곳들일수록 더더욱 말이다.

"언젠가는 밝혀지겠지만, 당분간은 힘들 거야."

멀어지는 장한을 일별하며 벽우진이 피식 웃었다.

그도 비밀이 영원히 지켜질 거라고는 생각하지 않았다. 하지만 어느 정도의 시간은 벌어줄 거라고 생각했다.

"그나저나 나도 슬슬 움직여 볼까."

벽우진이 묘한 눈빛으로 구름에 뒤덮인 곤륜산을 올려다봤다. 그의 입가에는 개구쟁이와도 같은 미소가 맺혀 있었다.

곤륜파의 산문이 아침부터 부산스러웠다. 서진후가 서예지와 함께 인부들을 이끌고 곤륜산을 올라와서였다.

거의 백 명은 될 법한 인부들은 각자의 장비를 든 채로 곤륜파의 산문을 넘자마자 일을 시작했다. 불타거나 무너진 전각들을 마저 부숴서 치우기 시작했던 것이다. 그로 인해 곤륜 파는 이른 아침부터 시끌벅적했다.

"너무 일찍 온 거 아냐?"

"하루 품삯을 주는데 당연히 일찍 시작해야 하지 않겠습니까?"

"그렇긴 한데 너무 지독하게 부려먹지는 마. 저들도 다 가정 이 있고 형제가 있을 텐데."

"물론입니다. 그리고 일당은 최고 수준입니다. 걱정 안 하셔 도 됩니다."

"어련히 잘하겠지."

벽우진이 고개를 주억거렸다. 58년 동안 갇혀 있던 그와 달 리 서진후는 상계에서 닳고 닳은 인물이었다. 그런 만큼 벽우 진은 크게 걱정하지 않았다.

"과거보다 훨씬 멋진 고루거각들로 채우겠습니다."

"꼭 거창할 필요는 없어. 어차피 도사들이 지낼 문파인데. 너무 화려해도 어울리지 않아."

"고풍스러운 느낌이 들도록 짓겠습니다. 가급적 예전 느낌 이 들도록요."

"그건 좋네."

벽우진이 고개를 주억거렸다. 추억 속의 곤륜파가 다시 나 타난다면 그것 또한 좋았기 때문이다.

"풍광은 여전하네요."

"사람의 흔적만 사라졌을 뿐 산은 그대로니까."

"정말 그런 것 같습니다. 어찌 이리도 똑같은지 모르겠습니다."

"너도 오랜만이지?"

"예, 거의 십 년 만인 것 같습니다."

서진후가 감회 어린 표정으로 주변의 풍광을 찬찬히 둘러보았다.

반면에 옆에 서 있던 서예지는 모든 것이 신기하다는 표정이었다. 그녀는 오늘 처음으로 곤륜산을 방문한 것이기 때문이다.

"오랜만에 왔네. 나만큼은 아니지만."

"그때는 정말 슬프고 힘들었습니다. 그래서 더 오지 않으려고 했었지요."

"이해해. 나라도 그랬을 테니까."

벽우진은 밖으로 나와 처음으로 이곳에 왔을 때를 떠올렸다. 충격적이고 믿기지 않던 그때의 기억을 말이다.

자신도 그러했는데 서진후는 그보다 더했을 터였다. 사문이 망하는 광경을 똑똑히 봤을 테니까.

"하지만 앞으로는 달라지겠지요. 사형이 계시니까요."

"너무 기대하지는 말고. 기대가 크면 실망도 큰 법이니까."

"일단 건물부터 다시 올리죠. 그래야 제자를 받을 테니까요."

어찌 보면 모든 게 막막한 상황이었지만 서진후는 의외로 걱정하지 않았다. 벽우진의 신위를 직접 보았기에 시간이 걸릴 뿐 언젠가는 과거의 성세를 되찾을 수 있을 거라 생각해서였다.

그리고 무엇이든 시작이 중요했다. 시작을 해야 성공이든 실패든 결과가 나오는 법이었으니까.

"그럼 관리 감독을 맡기마. 내가 있어 봤자 크게 도움이 될 것 같지도 않으니까."

"수련하러 가시게요?"

"아니, 계획을 실행하러."

"계획이요?"

"그런 게 있다."

벽우진이 묘한 미소를 머금었다.

그 모습에 서진후는 궁금하지만 캐묻지 않았다. 이제부터는 곤륜파의 장문인이었기에 그의 결정을 존중해 주는 것이었다.

"조심히 다녀오십시오."

"오냐."

서진후와 서예지의 배웅을 받으며 벽우진이 땅을 박찼다.

이윽고 뒷짐을 진 그의 신형이 빠르게 곤륜산의 깊은 곳으로 사라졌다.

○

험준한 산을 벽우진은 거침없이 올랐다.

노련한 약초꾼들도 오를 엄두를 내지 못하는 비탈길을 벽우진은 너무나 쉽게 올라갔던 것이다.

워낙에 험한 산세 때문에 인적이라는 전혀 없는 산속을 그는 마치 아는 길처럼 익숙하게 이동했다. 특별한 목적지가 있는 것처럼 말이다.

"이쯤인데."

곤륜산 깊은 곳에 자리 잡은, 평범한 사람은 절대 찾지 못할 정도로 외진 장소에 도착한 벽우진이 주변을 두리번거렸다. 이 근처에서 인기척을 느꼈었기 때문이다.

"누구시오."

그때 우거진 수풀이 갈라지며 신선과도 같은 모습의 노인이 모습을 드러냈다. 백염과 백미를 가진, 나이를 짐작할 수 없는 노인이었다.

"선배님을 찾아왔습니다."

"선배님?"

생뚱맞은 말에 신선 같은 풍모를 지닌 노인이 두 눈을 동그랗게 떴다. 정말 상상치도 못한 말이어서였다.

하지만 그런 노인의 반응에도 벽우진은 능글맞은 미소를 머금었다.

"정확하게는 선배님의 도움을 청하고 싶어서요."

"잘못 찾아오신 듯하오."

벽우진의 말이 끝나기 무섭게 노인이 단칼에 자르듯이 말했다. 적의가 없기에 모습을 드러내기는 했지만 딱 거기까지였다. 그는 다시 속세로 돌아갈 마음이 없었다.

"수행을 방해한 점에 대해서는 사과드리겠습니다. 하지만 저로서도 어쩔 수가 없습니다. 무너진 사문을 일으키기 위해서는 선배님의 도움이 반드시 필요하거든요."

"혹 곤륜파의 제자이시오?"

"부끄럽게도 장문인의 자리에 앉아 있습니다."

"허어. 그 나이에 말이오?"

"제가 보기보다 나이가 많습니다. 올해 일흔다섯 살입니다."

노인의 동공이 확대되었다. 겉보기에는 이제 막 약관을 넘어 보이는데 일흔다섯이라고 하자 믿기지가 않았던 것이다.

하지만 그 기색은 이내 사라졌다. 젊은 나이에 환골탈태를 하거나 반로환동을 한다면 아예 불가능한 일은 아니어서였다.

"환골탈태를 이룬 모양이오."

"예, 그럴 수밖에 없는 상황이 좀 있었습니다."

"하면 금세 제자리를 찾아갈 거라고 생각하오. 보아하니 능력도 출중해 보이는데."

노인은 완곡히 거절했다. 속세를 떠난 지 몇십 년이 지났기에 다시 돌아가고 싶지 않았다. 돌아갈 이유도 없었고.

"제 능력에 대해서는 자신이 있습니다. 제가 수행한 시간이 절 배신하지는 않으니까요. 하지만 문파를 재건하는 건 다른 문제라고 생각합니다. 현재 본파의 진산제자는 단 둘뿐입니다. 저와 사제 한 명뿐이지요."

"……멸문한 것이오?"

"예, 천년마교에 의해서요. 사부님을 비롯한 모두가 중원을 지키기 위해 희생하셨습니다."

"으음!"

노인이 침음을 흘렸다.

천년마교와 희생이라는 두 단어에서 얼마나 처절한 전쟁이 있었을지 충분히 짐작이 가고도 남아서였다. 더불어 그와 연관이 아예 없을 수가 없는 곤륜파가 멸문지화를 당했다고 하자 이상하게 한쪽 가슴이 아려왔다.

"때문에 선배님의 도움이 필요한 것입니다."

"빈도는 곤륜파의 제자가 아니오만."

"하지만 곤륜에 적을 두고 계시지요. 또한 아예 연관이 없다고는 할 수 없지 않으십니까?"

"……"

틀린 말이 아니었기에 노인은 별다른 대답을 하지 않았다. 대신 무거운 표정으로 벽우진을 지그시 바라보기만 했다.

"본래라면 선배님께 강요를 할 수 없겠지요. 하지만."

우우우웅.

벽우진의 양팔에서 묘한 공명음이 울려 퍼졌다. 이윽고 그의 소매에서 두 개의 신묘한 빛깔의 팔찌가 모습을 드러냈다.

하지만 놀라운 일은 이 다음에 있었다.

웅웅웅!

황색과 은빛을 토해내던 두 개의 팔찌가 놀랍게도 한 자루의 검으로 변했다. 그러고는 각각의 빛깔을 뿌리며 벽우진의 양손 위에 둥둥 떠올랐다.

그걸 본 노인의 표정이 심상치 않게 변했다.

"서, 설마 일월쌍환(日月雙環)인 것이오?"

"맞습니다. 지금의 모습은 일성검(日星劍) 월야검(月夜劍)의 형태이지요. 이걸 다시 바꾸면."

"일월신창(日月神槍)……."

사부의 사부로부터 들어온 전설의 무구에 노인이 멍한 얼굴로 말했다. 설마하니 전설로 치부되던 곤륜의 신물을 자신의 두 눈으로 보게 될 줄은 몰라서였다.

동시에 선대로부터 내려오던 맹약이 떠올랐다.

"일월신창을 아신다면 그에 따라 내려오는 맹약 역시 알고 계실 거라 생각합니다."

"……아오."

"곤륜파가 아닌, 곤륜산 신물의 주인으로서 명합니다. 곤륜파의 재건을 도와주십시오."

"허허허."

노인이 헛웃음을 흘렸다. 이런 식으로 속세로 돌아가게 될 줄은 꿈에도 예상하지 못해서였다.

하지만 이게 운명이라면 받아들여야 했다. 도인에게 있어 순리는 거스르지 말아야 하는 것이었으니까.

"강요하는 저를 미워하십시오, 선배님."

"아니오. 곤륜파가 멸문지화를 입었는데 어찌 물불을 가리시겠소. 빈도가 신물의 주인이었어도 똑같이 행동했을 것이외다. 다만, 믿을 수가 없구려. 곤륜의 신물은 지난 몇백 년 간 나타나지 않은 걸로 아는데."

"저도 강제로 얻게 되었습니다. 갖고 싶지 않았지만, 등 떠밀려 받았다고나 할까요."

웅웅웅웅!

하나로 합일된 일월신창이 엄청 서운하다는 듯이 진동했다. 그러나 벽우진은 무시했다. 수백 년, 어쩌면 수천 년의 세월을 보아온 신물이자 진짜 신선이 사용했을지 모를 보패였지만 벽우진에게는 족쇄이자 짐에 불과했다. 그는 결코 이런 삶을 원한 게 아니었으니까.

어쩌면 그래서 더더욱 자기 마음대로 살려는 것일지도 몰랐다. 남의 의지대로 58년을 살았으니까.

"그런 보물을 말이오?"

"다른 사람에게는 보물일 수도 있지만 제게는 짐 덩어리일수도 있으니까요."

웅웅웅!

일월신창이 다시 한번 진동했다. 마치 방금 전에 했던 말을 취소하라고 강요하는 듯한 떨림이었다. 하지만 벽우진은 여전히 무시했다.

"허허허."

"오랜 시간을 부탁드리지 않겠습니다. 5년만 함께 해주시지요. 마음 같아서는 10년을 부탁드리고 싶지만 선배님의 연세도 있으시니까요."

"5년을 다 못 채울 수도 있소."

"어떻게든 5년 이상은 살게 해드리겠습니다."

노인이 실소를 흘렸다. 어째 농담처럼 들리지 않았다. 만약 사신이 찾아온다면 일월신창부터 목에 들이밀고 협박할 것 같은 느낌이랄까. 왠지 모르게 그는 진짜 그럴 것 같았다.

"자리만 채우면 되는 것이오, 장문인?"

"그것도 물론 부탁드리지만 가장 부탁드리고 싶은 건 제자입니다. 아, 물론 선배님의 진전을 잇는 제자를 원하는 게 아닙니다. 곤륜파의 제자를 양성하는 데 힘을 보태달라는 뜻입니다."

"내 진전은 필요 없다는 뜻이오?"

"그럴 리가요. 저야 선배님의 진전을 잇는 제자가 곤륜파에 적을 둔다면 감사하죠."

벽우진이 황급히 손사래를 쳤다. 결코 그런 의미로 말한 게 아니어서였다.

"농담이었소. 어쨌든 무슨 말인지는 알겠소."

"아마 앞으로의 5년은 선배님이 지금까지 살아오신 삶보다 더 격정적일 겁니다."

"예상하고 있소이다."

"다시 한번 죄송하단 말씀을 드리고 싶습니다."

노인은 빙그레 웃었다.

이미 충분하다는 표정이었다.


노인과 헤어진 벽우진은 다시 이동했다.

인간의 발길을 허용치 않겠다는 듯이 험한 절벽이 곳곳에 자리 잡고 있었지만 안타깝게도 벽우진을 막아설 수는 없었다. 그는 깎아지른 듯한 산자락도, 아찔한 절벽도 마치 평지를 걷듯 편안하게 움직였다.

그렇게 한참을 달리던 벽우진이 드디어 두 번째 장소에 도착했다.

"흠."

제법 널찍한 공터와 안쪽에 자리 잡은 동혈을 보며 벽우진이 팔짱을 꼈다. 분명히 자신의 기척을 느꼈을 텐데 안에 있는 인물이 나올 생각을 하지 않아서였다.

그렇다고 수련을 하는 건 또 아니었다. 불을 피운 듯 안쪽에서 연기가 솔솔 피어오르고 있었으니까.

"선술을 수행하는 자가 화식이라."

도인이라고 해서 꼭 풀과 벽곡단만 먹을 필요는 없었다. 고기를 먹는다고 해서 수행이 아닌 것은 아니었으니까.

하지만 사소한 게 큰 차이를 만든다고 화식을 하면 혈맥에 탁기가 쌓이고 그걸 다시 정순하게 만들려면 제법 오랜 시간이 필요했다. 때문에 수행을 할 때 선식을 하는 것이었다.

"누군지 모르겠지만 꺼져라!"

"입이 건 선배님이시군요."

반각 동안 제자리에서 꼼짝도 하지 않자 동혈 안에서 우렁찬 목소리가 터져 나왔다. 마치 산왕이라 불리는 호랑이가 포효하듯 주변을 쩌렁쩌렁하게 울리는 목청이었다.

"선배님이라?"

작게 중얼거린 말을 들은 모양인지 귀찮음이 가득했던 목소리로 소리쳤던 이가 동혈 밖으로 걸어 나왔다.

성큼성큼 걸어 나오는 인영을 본 벽우진의 눈동자에 이채가 떠올랐다. 수행하는 도인이라기보다는 산적 같은 모습에 놀라지 않을 수가 없었던 것이다.

"같이 수행하는 입장이니 선배님이시지 않겠습니까."

"퍽이나. 언제 얼굴을 봤다고."

"그래도 곤륜산에 함께 있지 않습니까."

희끗희끗한 백발을 지니고 있었음에도 그는 노인이라는 생각이 전혀 들지 않았다.

왜냐하면 8척이 넘어가는 키에 터질 듯한 근육 덕에, 몸만 보면 절대 노인이라고 보기 힘들었기 때문이다. 게다가 수염 역시 힘없이 늘어진 게 아니라 산적처럼 덥수룩하게 났기에 더더욱 노인처럼 보이지 않았다.

"사해가 동도라는 그 말도 안 되는 논리를 펼칠 셈이냐?"

"못 할 것도 없죠."

"좋은 말로 할 때 꺼져라. 괜히 가만히 있는 사람 건들지 말고."

"근데 진짜 수행하는 것 맞습니까?"

노인이 얼굴을 잔뜩 일그러뜨렸다. 말투가 왠지 비꼬는 것 같아서였다.

"그럼 심심풀이로 이런 곳에 이렇게 처박혀 살겠느냐?"

"딱히 수행에 매달리는 것 같지 않아서요."

"네 알 바 아니다."

"물론 그렇긴 하죠. 근데 제가 선배님을 찾아온 데에는 다 사정이 있어서요."

"내가 알 바 아니지."

노인이 더 이상 대화하지 않겠다는 듯이 몸을 돌렸다. 그에게 있어 벽우진은 주거 침입자나 다름없었기 때문이다.

"앞으로는 다를 겁니다."

"죽고 싶으냐?"

말꼬리를 붙잡는 벽우진의 행동에 노인이 고개만 살짝 돌리고는 이를 드러냈다.

하지만 그 모습에 벽우진은 오히려 웃었다.

"아직은 별로 생각이 없습니다. 하고 싶은 게 많거든요. 제가 좀 허송세월을 보낸 게 있어서. 그리고 그 하고 싶은 일 중에 하나가 바로 선배님을 데려가는 겁니다."

"미친놈이었군."

"혹시 속세로 돌아가고 싶지 않으십니까? 제가 보기에는 이곳보다 속세가 더 잘 어울리실 것 같은데."

벽우진이 진심을 담아 말했다. 누가 보더라도 노인은 도인이라기보다는 산적에 가까웠기 때문이다. 말투도 그렇고 행동도 그렇고.

"일없다."

"곤륜파가 어찌 되었는지 알고 계십니까?"

"멸문했더군."

"도와주시죠."

"뭐?"

여전히 뒤돌아 있던 노인이 어처구니없다는 듯이 어깨를 들썩였다. 뜬금없어도 그렇게 뜬금없을 수가 없었다.

하지만 벽우진은 되레 당당했다.

"선배님의 도움이 절실히 필요합니다."

"내가 왜?"

"곤륜산에 적을 두고 계시니까요."

"그거와 이건 상관이 없다."

"있습니다. 제가 바로 곤륜산의 종주(宗主)니까요."

우우웅!

벽우진의 양쪽 손목에 얌전히 채워져 있던 일월쌍륜이 다시 한번 진동했다. 그러고는 이내 두 자루의 검으로 화했다.

"그건……."

"선대로부터 이어 내려온 맹약을 알고 계시겠지요."

"신물의 주인이었나."

"예, 그렇기에 종주라고 말씀드린 겁니다."

벽우진의 표정이 달라졌다. 방금 전까지 장난기 넘치던 기색이 완전히 사라졌던 것이다.

그러나, 그런 변화에도 노인의 태도는 일관적이었다.

"맹약을 이행하기 싫다면?"

"그럼 떠나셔야죠. 곤륜산에서 얻은 모든 것을 다시 돌려놓고서."

"그것도 싫다면?"

"이것도 싫다, 저것도 싫다고 하시면 저로서도 강제로 이행할 수밖에요. 끌고 가든지 아니면 토해내게 하든지."

노인이 비릿한 미소를 머금었다. 그에게는 벽우진의 호언장담이 가소롭게 들려서였다.

"신물을 너무 믿고 있는 것 같은데."

"정말 그렇게 생각하십니까?"

"물론."

"그럼 어쩔 수 없죠. 뚜드려 패서라도 현실을 깨닫게 할 수밖에."

"크하하하!"

노인이 앙천광소를 터뜨렸다. 들으면 들을수록 기가 찼다.

하지만 벽우진은 그런 그의 모습에 말없이 일월쌍검을 바닥에 내려놓았다.

푸우욱.

그러자 마치 두부를 가르듯이 일월쌍검이 너무나 부드럽게 손잡이까지 바닥에 박혀 들었다.

"원래는 정중하게 모시고 싶었는데, 그게 싫으시다니 저로서도 안타깝네요. 가급적이면 좋게 좋게 말로 끝내고 싶었는데."

"그렇게 말하니까 궁금한데. 도대체 뭘 믿고 이렇게 나대는 건지."

"무인이 믿을 게 뭐가 있겠습니까. 자기 몸뚱이밖에 없죠."

"신물을 사용하지 않으려고?"

"저걸 쓰면 너무 불공평하니까요. 가뜩이나 공평하지 않은데."

"크큭!"

노인은 그저 웃음만 나왔다. 헛소리도 이 정도면 수준급이었기 때문이다.

그런데 그때 벽우진의 잔잔하던 기도가 갑자기 폭발적으로 변했다.

"미리 말해두는데 자업자득입니다."

"어?"

노인의 동공이 확대되었다. 기도가 달라진 순간 벽우진의 신형이 사라졌기 때문이다.

말 그대로 감쪽같이 사라진 모습에 노인의 머릿속에 경종이 울렸다.

'천기신보(天驥神步)!'

한순간에 증발하듯 사라지는 벽우진의 모습에 노인의 뇌리에 한 가지 무공이 떠올랐다.

그러나 그 생각은 오래 이어지지 못했다. 신형처럼 감쪽같이 사라진 기적 대신에 무지막지한 풍압이 옆에서 그를 덮쳐왔다.

"흡!"

우악스럽게 쥐어진 주먹이 벼락처럼 쇄도하는 모습에 노인 역시 두 손을 움켜쥐었다. 피하는 건 그의 성미에 맞지 않기에 정면으로 부딪치려는 것이었다.

콰아아앙!

이윽고 두 사람의 주먹이 허공에서 맹렬히 충돌했다. 그러자 무지막지한 돌풍이 공터를 휘감았다.

두 사람의 충돌에 어마어마한 기운이 솟구쳤다.

부우우웅!

하지만 이건 말 그대로 시작에 불과했다.

벽우진과 노인은 서로 조금도 밀려나지 않자 그대로 다음 공격을 펼쳤다. 각자 좌권을 찔러 넣었던 것이다.

쾅! 쾅! 쾅!

그렇게 시작된 난타전에 주변이 들썩였다.

무지막지한 충돌음에 공터가 쩌렁쩌렁 울렸다. 동시에 노인의 표정이 조금씩 변화를 일으켰다.

'저 나이에 어떻게 이런 내공을……!'

겉으로 보기에는 평범한 주먹질처럼 보였지만 실상은 달랐다. 내강(內罡)이 담겨 있는 일격이었기에 하나하나의 위력이 상당했다. 한데 그런 공격을 벽우진은 아무렇지도 않게 받아치고 있었다.

'크흠!'

오히려 노인의 주먹이 조금씩이지만 붉게 달아오르고 있었다. 내력을 가일층 끌어 올렸음에도 그가 서서히 밀리기 시작했던 것이었다.

하지만 그럼에도 그는 물러나지 않았다. 뚝심과 집념이야말로 그의 삶을 지탱하는 핵심이었기 때문이다.

"크아앗!"

피하는 건 꼬리를 내리는 것이나 마찬가지였기에 노인은 정면 대결을 피하지 않았다. 대신 기합을 터뜨리며 더욱더 강하게, 있는 힘껏 주먹을 내질렀다.

우득!

그 노력에도 불구하고 결국 먼저 무너진 쪽은 노인이었다.

연이은 충돌로 시뻘겋게 달아올랐던 주먹에서 부서지는 소리와 함께 피가 솟구쳤다. 동시에 벽우진의 우악스러운 주먹이 전광석화처럼 노인의 안면에 꽂혔다.

"커헉!"

주먹의 고통을 느낄 새도 없이 볼에서 느껴지는 화끈한 충격에 노인이 비명을 내질렀다.

그렇지만, 순순히 당하고만 있을 수는 없었다. 노인은 뒤로 밀려나면서도 벽우진을 향해 발길질을 했다. 일단은 공간을 벌리기 위해서였다.

뻐엉!

그러나 벽우진은 그의 발길질을 똑같은 발차기로 튕겨냈다. 마치 수를 읽듯이 너무나 자연스럽게 다리를 뻗었던 것.

동시에 벽우진의 왼손이 활짝 펼쳐지며 유려한 궤적을 그리기 시작했다. 보는 순간 아름답다고 느낄 수밖에 없는 궤적을 말이다.

퍼퍼퍼퍽!

하지만 노인은 안타깝게도 그런 생각을 할 겨를이 없었다. 벽우진의 손에서 펼쳐진 종학금룡수(縱鶴擒龍手)에 전신이 난타당했기 때문이다.

"끄어어억!"

아까 전의 그 자신만만하던 모습은 어디로 사라졌는지 노인은 별다른 반항조차 하지 못한 채 벽우진에게 두들겨 맞았다. 아니, 벽우진이 반항할 틈을 주지 않았다는 게 맞았다.

쿠웅!

허공에 뜬 채로 벽우진에게 뚜드려 맞은 노인이 바닥에 쓰러졌다. 주먹이며 얼굴이며 할 거 없이 전신을 골고루 맞은 노인은 바닥에 떨어졌음에도 불구하고 좀처럼 몸을 일으키지 못했다. 전신에서 느껴지는 고통에 몸을 일으킬 수가 없었던 것이다.

"으으……."

"다시 한번 선택할 기회를 드리죠. 곤륜산에서 얻은 걸 놓고 떠나든가, 아니면 맹약을 이행하든가. 선택지는 이 두 가지뿐입니다."

"아, 아직이다……!"

노인이 겨우겨우 몸을 일으켰다. 속절없이 당하기는 했지만 아직 승부는 아직 끝나지 않았다.

적어도 그는 그렇게 생각했다. 때문에 노인은 부들부들 떨리는 몸을 가까스로 일으켰다.

"그렇다면야."

그 모습에 벽우진도 선택을 존중해 주었다. 선택은 결국 본인이 하는 거니까. 그리고 벽우진은 다시 한번 현실을 깨닫게 해주었다.

뻐어억!

크게 힘쓸 것도 없이 주먹질 한 방에 노인이 뻗었다. 악착같이 일어나기는 했으나 그게 한계였던 것이다.

"흠."

벽우진의 시선이 기절한 노인에게로 향했다.

애초에 반발이 아예 없지는 않을 거라고 생각하기는 했지만 역시나 쉽지 않았다. 앞선 선배처럼 대화로 해결되면 정말 좋겠지만 모두가 다 그와 같을 수는 없었으니까. 그렇기에 벽우진이 복잡한 표정을 지었다.

"아직도 꽤 많이 남았는데 이런 식이라면 진짜 힘들겠는데."

벽우진이 깊은 한숨을 내쉬었다. 아무리 그라도 이런 식이라면 피곤할 수밖에 없다.

하지만 그럼에도 할 수밖에 없는 상황이었다. 가장 빨리 곤륜파를 일으키는 방법이 바로 이것이었으니까.

"별수 있나."

입술을 삐죽 내민 벽우진이 기절한 거구의 노인을 둘러멨다. 그러고는 동혈 안으로 천천히 걸어갔다.

○

서예지가 새삼스러운 눈빛으로 주변을 둘러봤다. 며칠 사이에 정말 많은 것들이 달라져서였다.

폐허였던 모습이 완전히 사라지고 고풍스러운 느낌이 전각들이 하나둘 세워지는 풍경을 보자 서예지는 새삼 곤륜파가 다시 일어서고 있다는 것을 느낄 수 있었다.

"무엇을 그렇게 보느냐?"

"새삼 돈의 힘이 대단하다는 걸 느낄 수 있어서요."

"금력 역시 세상을 지배하는 힘 중 하나이니까. 그리고 앞으로 네가 걸어가야 할 길이기도 하고."

"오빠가 있잖아요."

"현기는 청하상단을 맡고 넌 곤륜파를 맡으면 되지 않겠느냐."

서진후가 묘한 미소를 지으며 말했다.

그런데 그 말에 서예지가 살포시 웃었다.

"나쁘지 않네요."

"그런데 진짜 혼자 남을 것이냐? 좀 더 체계가 잡힌 뒤에 남는 게 나는 더 나을 것 같다만."

"아뇨. 아직 체계가 잡혀 있지 않기에 더더욱 제가 필요해요. 앞으로 인원은 계속 늘어날 테니까요. 게다가 청해성에서 가장 안전한 장소가 바로 여기잖아요."

"그렇긴 하지."

서진후가 수긍했다. 확실히 벽우진 곁보다 더 안전한 곳은 청해성에서 없었기 때문이다.

"그리고 가뜩이나 입문이 늦었는데 더 늦장을 부릴 수는 없죠."

"흐음."

서진후가 안타까운 눈빛을 흘렸다. 어째서 손녀가 이리 말하는지 모르지 않아서였다.

더불어 자신의 부족함을 자책했다. 만약 그가 강했다면 손녀가 무공을 제대로 익히는 일은 없었을 것이기 때문이다.

"미안해하지 마세요. 할아버지 잘못이 아니니까요. 오히려 저는 할아버지의 손녀로 태어나서 기쁜 걸요."

"녀석."

"그리고 이건 제가 선택한 길이에요. 그러니 응원해 주세요."

"알겠다."

어느새 소녀가 아닌 어른이 된 듯한 손녀의 모습에 서진후는 기쁘면서도 쓸쓸한 감정이 동시에 들었다.

하지만 겉으로는 웃으며 서예지의 머리를 쓰다듬었다.

"참, 할아버지. 저 한 가지 여쭙고 싶은 게 있어요."

"말해보거라."

"도사도 혼인할 수 있나요?"

··· 제8장 ···
# 사천성에서 온 손님

서진후가 두 눈을 끔뻑거렸다. 정말 생각지도 못한 질문이었기 때문이다.

"내가 알기로 곤륜파는 혼인을 금지하지 않는 것으로 알고 있다. 화산파도 마찬가지고. 다만 진산제자 중에 혼례를 올린 경우가 거의 없었지."

까마득한 기억을 꺼내며 서진후가 말했다. 그가 곤륜산에서 수련했을 당시 혼례를 올린 진산제자는 아무도 없었기 때문이다.

"의외네요."

"그런데 그건 왜 묻느냐? 설마⋯⋯."

서진후의 동공이 흔들렸다. 뜬금없이 혼례에 대해 묻자 한 가지 가정이 뇌리를 관통했던 것이다.

"할아버지께서 생각하시는 게 아니에요. 다만 저는 사부님께 여인들이 적지 않게 꼬일 것 같아서요. 강한 무인에게는 늘 여인들이 모이잖아요. 더구나 사부님의 외견은 약관 정도로밖에 보이지 않으니."

"흐음. 확실히 그렇긴 하겠구나."

서진후가 턱을 쓰다듬었다. 나이를 밝히지 않으면 그 누구도 벽우진이 일흔다섯의 노인이라고 생각하지 않을 게 분명해서였다. 그리고 벽우진의 평소 행실을 떠올려보면 어느 날 갑자기 장가를 가겠다고 선언해도 이상하지 않았다.

'충분히 그러고도 남을 성격이지.'

58년의 세월이 지났지만 벽우진은 절대 일흔다섯 살의 나이로 보이지 않았다. 오히려 보이는 모습과 똑같은 나이 같았다.

"해서 그에 따른 대비도 해야 할 것 같아서요. 낭중지추라는 말처럼 언젠가는 청해성을 넘어 중원까지 이름이 알려질 테니까요."

"충분히 그러고도 남지. 지금은 단지 알려지지 않았을 뿐이지."

"하오문에서 관심을 가지고 있다는 말을 듣기도 했어요."

"정보를 파는 단체이지 않더냐. 당연히 의문과 관심을 가질 수밖에 없지. 지금이야 대호방과 백운산장에 모든 관심이 쏠려 있지만, 그것도 언젠가는 결판이 나겠지."

"그 틈에 제자리를 찾아야 해요."

서예지가 다부진 표정으로 말했다. 지금이 최적의 기회라고 생각해서였다.

"허허. 그 부분은 걱정하지 말거라. 단주가 알아서 잘하고 있으니. 게다가 이번에 장문인께서 호법 한 분을 함께 보내주신다고 했으니 넌 너 하나만 신경 쓰면 된다."

"호법님이요?"

"그래, 실력이 대단하다고 그러더구나."

"잘 되었네요."

서예지의 얼굴이 한결 밝아졌다. 안 그래도 청하상단에 가장 부족한 부분이 무력이었다. 그런데 벽우진이 호언장담할 정도라면 분명 청하상단에 큰 힘이 될 터였다.

"그나저나 요즘 무엇에 그리 열중하시는 건지 모르겠구나. 얼굴 보기가 이렇게 힘들어서야."

"저도 궁금해요. 하루 대부분의 시간을 처소에서만 보내시는 거 같아요. 식사도 거의 하지 않으시고요."

서예지가 걱정스러운 눈빛으로 벽우진의 처소를 바라봤다. 하지만 굳게 닫혀 있는 창문으로 인해 벽우진의 모습은 조금도 보이지 않았다.

○

여명이 밝아오는 이른 새벽에 벽우진의 하루는 시작되었다.

그는 일어나자마자 운기조식으로 잠기운과 피로를 날려 버리고는 그대로 책상에 앉아 무공서를 만들기 시작했다.

그리고 이게 근래 벽우진의 하루 일과였다. 붓을 잡는 것으로 시작해서 붓을 내려놓는 것으로 끝이 나는.

"끝이 없네, 진짜."

벽우진이 나지막하게 한숨을 내쉬었다.

천년마교와의 결사항전으로 인해 무공서고 역시 전소되었기에 현재 곤륜파에는 무공비급이라고 할 수 있는 게 전혀 없었다. 때문에 곤륜파의 모든 무공을 알고 있는 벽우진이 직접 손으로 쓰는 수밖에 없었다.

"언제쯤 끝낼 수 있을까."

정신없이 무공서를 작성하다 보면 하루가 어느새 다 흘러가 있었다. 하지만 앞으로 들어올 제자를 위해서라도 무공서를 만들어두어야만 했다. 가능성이 희박하기는 하지만 벽우진이 어느 날 갑자기 비명횡사할 수도 있었기 때문이다. 누군가가 다시 시공간의 진으로 들어가리라고 장담할 수도 없었고.

"아마 다시는 열리지 않겠지. 오직 한 명만을 위한 공간이었으니까."

58년의 세월 동안 갇혀 있던 시공간의 진을 떠올리며 벽우진이 진저리를 쳤다. 떠올리는 것만으로도 전신에 소름이 돋았다.

하지만 어떻게 보면 그곳이 있었기에 지금의 벽우진도 있었다. 만약 벽우진이 거기에 끌려가지 않았다면 곤륜파의 맥은 정말 끊겨졌을 터였다.

"천기로 이걸 보고 안배하신 거면 좋겠는데. 괜히 나보고 중원무림, 아니, 세상을 구하라고 준비하신 게 아니었으면 좋겠다. 진심으로."

벽우진이 끔찍하다는 표정을 지었다. 상상만으로도 싫었다.

"그래도 얼추 자리는 잡아가는 것 같으니."

벽우진이 잠시 창문 밖을 바라봤다.

폐허였던 곤륜파가 어느새 과거의 모습을 대부분 찾은 게 눈에 들어오자 벽우진은 자기도 모르게 미소를 지었다. 흘러가는 시간만큼이나 많은 게 빠르게 변해가고 있었다.

똑똑똑.

잠시 머리를 식힐 겸 상쾌한 아침 바람을 쐬고 있는데 누군가가 찾아왔다. 그 소리에 벽우진이 문 쪽으로 고개를 돌렸다.

"접니다, 장문인."

"들어오세요."

잠시 후 문이 열리며 왜소한 체구의 노인, 이번에 곤륜파의 호법이 된 비현이 모습을 드러냈다. 부드러운 인상만큼이나 조용조용한 성격의 그는 벽우진의 처소 겸 집무실로 사용되는 방에 들어오자 정중히 고개 숙여 인사했다.

"이른 아침부터 찾아와서 죄송합니다."

"아닙니다. 저도 아침잠이 없는 편인데요. 더구나 요즘은 반강제로 일찍 일어나야 하는 상태인지라."

"진척은 좀 있으신가요?"

"열심히 쓰고 있습니다. 저밖에 할 수 없는 일이니 부지런히 쓸 수밖에요."

벽우진이 옅게 웃었다.

말은 힘들다 했지만 그래도 보람은 있었다. 어떻게 보면 자신의 손으로 곤륜파의 무공서고를 다시 만드는 셈이었으니까.

그리고 지금은 비록 곤륜파의 무공서뿐이지만 나중에는 점차 늘어날 터였다.

"고생이 많으십니다."

"장문인의 업보라고 생각하고 있습니다. 그래도 한편으로는 소실된 무공을 복구하려는 것보다는 낫지 않나 생각합니다. 만약 그랬으면……"

벽우진이 말끝을 흐렸다.

무공을 새로 창안하는 것도 어렵지만 그보다 더 어려운 게 소실된 무공 구결을 복구하는 것이었다.

새로운 무공이야 그냥 만들면 되지만 복구는 끊임없이 확인하고 실험해야 했다. 자칫 잘못하면 주화입마를 겪을 수도 있으니까. 때문에 벽우진은 그렇지 않아 천만다행이라는 표정을 지었다.

"복구도 장문인이시라면 잘하셨을 것 같습니다."

"언젠가는 해냈겠죠. 하지만 그런 일은 가급적 일어나지 않았으면 합니다."

고개를 절레절레 흔드는 벽우진의 모습에 비현이 차분한 얼굴로 웃으며 품속에서 돌돌 말린 양피지를 꺼내 내밀었다.

그러자 벽우진이 눈을 빛냈다.

"혹시 완성된 것입니까?"

"이론상으로 가능하지만 저도 만드는 것은 처음이라서요. 그래서 실험 삼아 몇 번은 만들어봐야 할 것 같습니다."

"호오."

"다만 이 큰 것만은 확실합니다. 보통은 무인 스스로가 깨달음을 얻으면서 이루게 되는 결과이니까요. 그걸 강제로 이루게 만드는 만큼 당사자도 당사자지만 장문인께서도 위험할 수 있습니다."

비현이 진심을 담아 말했다.

혼자만 위험을 감당하는 것이면 모르겠지만 벽우진도 함께하는 만큼 자칫하면 그 역시 위험해질 수가 있어서였다.

물론 일월쌍환이 인정한 주인이니만큼 범상치 않은 존재인 것은 분명했다. 하지만 아무리 무공이 천의무봉의 경지에 다다라 있다고 하나 벽우진 역시 한 명의 인간이었다.

"원래 큰 것을 얻으려면 그에 따른 반대급부 역시 클 수밖에 없습니다."

"무모합니다. 그리고 개인적으로는 꼭 그렇게 해야 하나 싶은 마음도 있습니다."

비현이 평소의 그답지 않게 자신의 의견을 제시했다. 있는 듯 없는 듯 연구에만 매진하던 평소와는 다르게 말이다.

"투자 대비 효율이 낮다는 말이죠? 청민에게 노력을 쏟기에는요."

"그렇습니다."

벽우진이 청민을 어떻게 생각하는지 비현도 잘 알고 있었다. 또한 그가 곤륜파에 있어 어떤 존재인지도. 하지만 그렇다고 해서 이렇게까지 해줄 필요는 없다고 생각했다.

"이해합니다. 객관적으로 보면 그게 맞죠. 어쩌면 시간 낭비,

인력 낭비, 돈 낭비일 수도 있습니다. 하지만 그건 제3자가 봤을 때입니다. 저에게 청민은 남이 아닙니다. 또한 이런 노력을 받을 만한 자격이 있고요."

"……제가 주제넘었습니다. 죄송합니다."

"아닙니다. 왜 그렇게 말씀하시는지 알고 있으니까요. 다만 저로서도 이 부분은 양보할 수 없다는 걸 알아주셨으면 좋겠습니다. 그리고 청민이 잘 되면 그다음 차례도 있으니까요."

"더 안전하고 확실한 배합을 찾아내도록 노력하겠습니다."

"부탁드리겠습니다."

과거에도 볼 수 없었던 연단가가 바로 비현이었다. 그것도 어쩌면 천하제일의 실력자일지도 몰랐기에 벽우진은 기대가 가득한 눈빛으로 비현을 배웅했다.

하지만 그가 떠나갔음에도 벽우진은 다시 일에 집중할 수 없었다. 또 다른 이가 그를 찾아와서였다.

쿵쿵!

"나요."

문을 두드리는 건지 부수려는 건지 구분이 가지 않는 소리에 벽우진이 실소를 흘렸다. 하지만 그는 이내 표정을 가다듬으며 입을 열었다.

"들어오시죠."

"내 할 말이 있어 장문인을 찾아왔소이다."

"앉으시죠."

며칠 전 드잡이질을 했던 진구가 씩씩거리며 들어와 벽우진의 앞에 앉았다. 그러고는 퉁방울만 한 눈으로 벽우진을 노려봤다.

"왜 나요?"

"거두절미하지 말고 자세히 말해주시죠."

"왜 내가 청하상단으로 가야 하는 거요?"

"가기 싫으십니까?"

"나도 산적 토벌이 하고 싶소이다."

진구가 벽우진을 똑바로 쳐다보며 말했다. 청하상단에 지원 나가기 싫다는 표현을 대놓고 한 것이다.

하지만 그 강력한 거절에도 벽우진은 오히려 웃었다.

"개인적으로는 산적 토벌보다 청하상단에 지원을 나가는 게 더 제격이라고 생각합니다."

"내 생각과는 많이 틀리구려."

"제 생각으로는 청하상단에 진 호법이 가장 필요할 것 같아서요."

"어째서 그리 생각하는 거요?"

진구가 도발적으로 물었다. 자신이 생각하기에는 청해성 곳곳에 뿌리내린 산적들을 토벌하는 게 가장 잘 어울렸기 때문이다. 어떤 곳이든 풍비박산 낼 자신도 있었다.

"두 가지 이유가 있습니다. 첫 번째는 호법들 중에 진 호법님이 가장 막내라는 점. 그리고 두 번째는 진 호법님의 성격 때문입니다. 진 호법은 무슨 일이 생겨도 참지 않으실 것 같거든요."

"……두 번째 이유가 심히 거슬리오만."

진구가 얼굴을 있는 대로 찌푸렸다. 그러자 가뜩이나 산적같이 험악한 인상이 더욱 사납게 변했다.

"참고로 두 번째 이유는 다른 호법들의 공통된 의견이었습니다. 이번 임무에 가장 잘 어울릴 것 같다고요."

"내가 말이오?"

"예, 스스로도 알고 계시지 않습니까?"

부르르르!

진구가 주먹을 불끈 쥐었다.

하지만 성질을 부리진 못했다. 눈앞에서 실실 웃고 있는 이는 나이는 어려도 곤륜파의 장문인이었으며 그를 단독으로 때려눕힌 강자였다.

그렇다고 다른 호법들에게 따질 수가 없는 게 나이는 물론이고 배분도 그가 한참 아래였다.

"청민이도 있지 않소!"

"안타깝게도 실력이 아직 되지 않아서요. 만약 청민이 진 호법 정도만 되었어도 고민하지 않고 청하상단에 보냈을 겁니다."

"끄응!"

"청하상단에 간다고 해서 딱히 할 일은 없을 겁니다. 그냥 평소대로 지내시면 됩니다. 이상한 파리들이 꼬이면 정리만 좀 해주시면 됩니다. 단주가 도움을 요청하면 그것 좀 해주시고요."

벽우진이 간단하다는 듯이 말했다.

하지만 그 모습이 진구는 이상하게 꼴 보기 싫었다.

"정말 마음대로 해도 되는 것이오?"

"정도에 어긋나지 않는 일이라면요. 또한 곤륜파의 이름에 먹칠을 하지 않는다면 괜찮습니다."

"끄응!"

진구가 앓는 소리를 흘렸다. 한 마디로 헛짓거리하지 말고 얌전히 청하상단을 지키라는 뜻이었기 때문이다.

"그럼 부탁드리겠습니다."

"……알겠소."

"지내시다가 자질이 괜찮은 아이가 있으면 여기로 보내주시고요. 물론 강요도, 강제로 보내는 건 안 됩니다."

"그리 하리다."

곤륜파에 현재 가장 중요한 것 중 하나가 바로 인원이었다. 그리고 그 인원을 채우는 가장 좋은 방법은 새로운 제자들을 들이는 것이었고.

때문에 진구는 못마땅한 얼굴로 고개를 주억거렸다.

"5년이라는 시간은 생각보다 빨리 갈 겁니다. 그리고 어쩌면 생각지도 못한 일이 벌어질 수도 있고요."

"이미 생각지도 못한 일을 겪고 있소이다."

"하하하."

벽우진이 겸연쩍은 미소를 지었다. 지금 하는 말이 자신을 저격하는 것임을 너무나 잘 알아서였다.

하지만 개인적으로 적임자는 진구였다. 도인답지 않은 도인이 필요한 시점에서 그는 정말 딱 맞는 존재였으니까.

"언젠가는 반드시 장문인을 때려눕히고 당당히 나갈 것이오."

"그리될 날을 기대하겠습니다."

"킁!"

진구가 콧김을 내뿜으며 처소를 나갔다. 할 말을 다 했으니 머뭇거리지 않고 제 갈 길을 가는 것이었다.

그 모습에 벽우진은 피식 웃었다. 의외로 구제불능 같으면서도 규율이나 규범을 잘 지키는 게 바로 진구였기 때문이다.

"일단 한 가지 일은 해결이 된 건가."

다루기 힘들어서 그렇지 일단 일을 맡기면 자신의 소임을 확실하게 하는 게 진구였다. 그렇기에 벽우진은 진구에 대한 생각을 놓으며 산적들을 토벌하고 있는 다른 호법들을 떠올렸다.

"지금도 차곡차곡 쌓이고 있고."

벽우진이 산적들을 토벌하는 데에는 네 가지 이유가 있었다. 민초들이 받는 고통을 덜어주고, 곤륜파가 건재하다는 것을 널리 알리며, 부족한 자금을 충당하기 위해. 그래서 호법들을 청해성 곳곳으로 보냈다. 그리고 겸사겸사 자질이 괜찮은 아이도 찾아볼 요량이었다.

당장 급한 인력이야 호법들로 채웠다지만 먼 미래를 위해서는 뛰어난 자질을 가진 제자들이 필수였다.

"얼마나 데려올 수 있을지는 미지수지만."

대륙은 넓고 사람은 많았다. 하지만 그중에 특별한 재능을 가진 이들은 소수였기에 벽우진은 내심 크게 기대하지는 않았다. 자신의 눈에 괜찮아 보인다면 다른 무인들에게도 마찬가지일 것이기 때문이다.

"그런데 의외로 수완이 좋단 말이지."

산적을 토벌하면서 회수한 재물들의 절반을 벽우진은 일반 백성들에게 나누어주었다. 독식을 하는 건 여러모로 좋지 않아서였다.

그런데 그 일을 비롯해서 곤륜파를 운영하는 일을 서예지가 정말로 잘해주고 있었다. 상계 출신이라서 그런지 정말 깔끔하게 곤륜파의 살림을 도맡아 하고 있었던 것이다.

"이걸 바란 건 아니었는데 말이지."

벽우진이 묘한 미소를 머금었다.

생각지도 못한 서예지의 능력 덕분에 그는 오로지 무공서 작업에만 매달릴 수 있었기 때문이다.

하지만 언제까지 운영을 맡기고 있을 생각은 없었다. 서예지는 곤륜파의 소중한, 그것도 첫 번째 제자였으니까.

"우선 청민이부터 해결해야지. 그런 다음에 청범과 예지를 하면 어느 정도 구색은 갖춰지겠지."

벽우진의 시선이 비현이 남기고 간 양피지로 향했다.

한눈에 봐도 고급스러운 재질로 만든 듯한 경장을 입은 두 사람이 곤륜산 아래 자리 잡은 마을에 모습을 드러냈다.

누가 보더라도 조손지간으로 보이는 둘이었는데 손녀로 보이는 여인이 장엄하게 솟아 있는 곤륜산을 보며 묘하게 불만 어린 표정을 지었다.

"청해성의 영산이라고 해서 기대를 많이 했는데 딱히 특별해 보이지 않는데요?"

"아는 만큼 보이는 법이지."

"제가 부족하다는 말씀이시죠?"

"한 명의 어엿한 무인이라고 하기에는 확실히 부족하지. 물론 동년배 중에서는 쓸 만하다만."

마의만 입혀놓으면 촌로라고 해도 이상하지 않을 푸근한 인상의 노인에 생긴 것 답지 않게 지극히 냉정한 평가를 내렸다. 심지어 다른 이도 아니고 손녀인데 말이다.

"경험 때문에 그런 건가요?"

"그것도 있고. 하지만 그건 내 기준에서고. 다른 이들에게는 뛰어난 후기지수로 보이겠지."

"얼른 경험을 쌓아야겠네요."

"어떤 경험이든 경험은 많을수록 좋지. 무인을 더욱 농익게 하니."

당소윤이 고개를 끄덕였다. 그녀가 생각하기에도 틀린 말이 아니어서였다. 그리고 지금껏 조부의 말에 따라서 나빴던 적은 단 한 번도 없었다.

"제가 그래서 할아버지를 따라온 거예요."

"안타깝겠구나. 여기까지 왔는데 정작 산적들은 보이지가 않으니."

"그러니까요. 안 그래도 내심 기대했는데."

투지를 감추지 않는 손녀의 모습에 당민호가 실소를 흘렸다. 확실히 요조숙녀와는 거리가 멀었다. 하지만 그 모습이 싫지만은 않았다.

"다음에 기회가 있겠지."

"집으로 돌아갈 때는 만날 수 있겠죠?"

"아마도? 더구나 청해성과 사천성은 세외에 가까운 지역이니까. 산적이나 수적들이야 백도가 득세했을 때도 늘 사방팔방에 자리를 잡고 있었으니까."

"그런데 사실일까요? 곤륜파가 다시 일어섰다는 말이요."

당소윤이 조심스럽게 입을 열었다. 조부에게 있어 곤륜파가 특별하다는 것을 알기에 그녀의 성격답지 않게 눈치를 살폈던 것이다.

"뭘 그렇게 힘들게 물어보느냐. 그냥 물어보면 될 것을."

"히히."

"다시 활동을 시작했으니 재건하는 중이지 않겠느냐. 청민도 있다고 하니 겸사겸사 얼굴 볼 겸 해서 가는 거지. 더 나이 먹어서는 이렇게 먼 여정을 감당하지 못할 것 같기도 하고."

"아직 정정하신데 그런 말씀 마세요."

당소윤이 격하게 고개를 저었다. 조부가 죽는다는 걸 아직 생각도 하고 싶지 않아서였다. 그리고 노인이지만 건강 관리만 잘한다면 적어도 십 년은 끄떡없을 거라고 생각했다.

"그래, 우리 소윤이 시집가는 건 보고 죽어야지. 허허허."

"증손주도 보셔야죠. 저 시집가는 것만 보고 가는 건 제가 허락 못 해요."

"그래도 시집갈 마음은 있나 보구나?"

당민호가 흐뭇한 표정을 지었다. 남자에 대해 조금도 관심이 없어 보이기에 내심 걱정을 했었는데 다행히 혼례를 올릴 마음은 있는 것 같아서였다.

"있죠. 물론 아무에게나 갈 마음은 전혀 없어요. 제 성에 차는, 저와 어울리는 남자하고 혼인할 거예요. 이 부분에 대해서는 아빠하고도 담판을 지었어요. 정략결혼을 시키지 않겠다고요."

"암. 우리 집안이 어떤 집안인데 딸을 팔아? 자식을 팔아야 할 정도면 진즉에 망하는 게 맞지. 차라리 우리 쪽에서 혼사를 주도하면 모를까."

"맞아요."

누가 조손지간 아니랄까 봐 손발이 착착 맞는 두 사람이었다.

하지만 그러면서도 당민호의 시선은 시종일관 곤륜산에 향해 있었다.

'대체 어디로 사라진 것인지.'

벌써 몇십 년째 소식이 없는, 죽은 것이나 마찬가지인 친우를 떠올리며 당민호는 속으로 씁쓸히 중얼거렸다.

이번 곤륜산행도 죽기 전에 친우가 머물렀던 곳을 보기 위해 찾아온 것이었기에 당민호는 무거운 마음으로 마을을 지나 곤륜파의 산문이 있는 곳으로 걸음을 옮겼다.

"저기 산문이 보여요."

"제법 비슷하게 다시 만들었구나."

"저런 모습이었어요?"

"세월의 흔적이 덕지덕지 묻어 있었지. 온갖 풍파가 흉터처럼 남아 있던 모습이었다고나 할까. 그런데 지금은 완전 새것이지 않느냐."

당소윤이 고개를 주억거렸다. 안 그래도 너무 새것처럼 보여서였다. 아마 가까이 다가가면 막 깎은 나무 냄새가 물씬 풍길 것만 같았다.

"그래도 참 다행이라고 생각해요. 곤륜파는 어떻게 보면 우리 가문이랑 많은 게 비슷하니까요."

"어리석게도 희생만 했지. 똑같이 버림도 받았고."

"그 빚은 반드시 받아낼 거예요."

"나 역시 마찬가지다. 세상은 평화로워졌지만 당가는 지금껏 단 한 번도 평화를 느낀 적이 없으니까."

당소윤이 시퍼런 기광을 뿌렸다. 천년마교도 싫지만 정작 힘들 때 나 몰라라 한 구파일방도 만만치 않게 싫었다.

"은혜는 열 배, 원한은 백 배로 갚는 게 당가니까요."

"그렇지."

"응? 당춘향?"

손녀와 오순도순 대화를 나누며 산문을 향해 올라가던 당민호가 순간 멈칫거렸다. 기억의 저편에 있는, 너무나 오래된 자신의 별명이 난데없이 들려와서였다.

그는 반사적으로 고개를 돌렸다.

"어어?"

낡은 도복에 심마니처럼 망태기 하나를 어깨에 걸친 청년의 모습에 당민호의 두 눈이 화등잔만 하게 커졌다. 왜냐하면 그가 그토록 보고 싶어 했던 친우가 조금도 늙지 않은, 그때 그 모습 그대로 서 있었기 때문이다.

당민호는 믿을 수 없다는 표정으로 청년을 뚫어져라 쳐다봤다.

"당신 뭐야? 누군데 어른한테 반말을 찍찍해?"

"호오. 손녀인가? 닮은 기색이 눈곱만큼은 있는데?"

"지, 진짜 벽우진이냐?"

"너도 세월은 어쩔 수 없었나 보구나. 세월을 직격으로 맞았네. 그보다 춘향이는 결국 집으로 들였냐?"

"허허허!"

명확한 대답이 아니었지만, 눈앞의 청년이 벽우진이라는 걸 증명하기에는 충분했다. 이제 그와 춘향이에 대한 이야기를 아는 이는 이제 단 한 명도 남아 있지 않아서였다.

그렇기에 당민호는 확신할 수 있었다. 지금 눈앞에 있는 청년이 진짜 친우라는 사실을 말이다.

"할아버지. 아는 사람이에요?"

"아무래도, 내 친구인 것 같구나. 내가 그토록 보고 싶어 했던"

"예에?"

당소윤이 괴성을 질렀다. 자신과 별 차이도 나지 않아 보이는 청년을 친구라고 하자 순간 잘못 들었나 싶어서였다.

하지만 당민호의 표정은 진지했다. 그는 절대 농담이 아니라는 얼굴로 벽우진을 바라보며 옅게 웃고 있었다.

"아무래도 할 이야기가 많은 것 싶은데."

"따라와."

처음만 놀랐을 뿐 의외로 빠르게 신색을 회복하는 당민호의 모습에 벽우진이 피식 웃으며 손짓했다.

그러나 당소윤은 따라오라는 벽우진의 손짓에도 선뜻 발걸음을 떼지 못했다. 여전히 조부가 내뱉은 말이 뇌리에 깊게 남아서였다.

"어서 오너라."

"예, 예!"

멍한 얼굴로 서 있던 당소윤이 당민호의 부름에 뒤늦게 달려갔다.

하지만 벽우진에게 향한 두 눈에는 여전히 의문이 짙게 서려 있었다.

또르륵.

벽우진은 얼마 전 완공된 장문인의 집무실인 옥청궁으로 당민호를 데려왔다. 그러고는 직접 말린 찻잎을 우려냈다.

"예전의 옥청궁이랑 똑같네."

"청민이가 직접 설계하고 감독했거든. 당연히 똑같을 수밖에 없지."

"아, 청민이가 남아 있었지."

"당가에 대해서는 얼추 이야기를 들었다. 우리처럼 큰 피해를 입었다고."

벽우진이 담담한 어조로 말했다. 어찌 보면 사천당가 역시 곤륜파와 비슷했기 때문이다.

다만 멸문지화를 피하지 못한 곤륜파와 달리 당가는 그래도 가까스로 가문을 존속할 수 있었다. 물론 피해가 엄청났기에 봉문을 해야 했지만.

"곤륜만큼은 아니지만 우리도 꽤 피해가 컸어. 그래서 한동안 봉문을 해야만 했었고. 사실 봉문을 푼 지도 얼마 되지 않아. 이제 막 중원에 서서히 알려지는 중이랄까."

"그래도 많이 회복한 모양이네."

"얼추 전쟁 전의 8할 정도는 복구한 거 같아. 아무래도 우리는 전력을 그래도 어느 정도는 보존했으니까."

"천만다행이네."

벽우진이 진심으로 다행이라는 표정을 지었다. 곤륜파만큼이나 사천당가 역시 오랜 역사를 가지고 있는 명문정파였기 때문이다.

물론 몇몇 세인들은 독한 사천당가의 심성 때문에 정사 중간으로 보기도 했으나 적어도 벽우진이 알기로 당가는 명문이라는 이름에 어긋나는 행동을 보여준 적은 없었다. 그저 손속이 좀 과한 것뿐.

··· 제9장 ···
# 만천독황(滿天毒皇)

"넌 좀 어때?"

"보이는 대로 건물만 지은 상태야. 사람도 없고, 돈도 없고, 무공도 없지. 그나마 가진 건 무한한 가능성뿐이라고나 할까."

"막막하군."

당민호의 표정이 어두워졌다. 진짜 멸문지화라는 네 글자밖에 떠오르지 않는 상황이었기 때문이다.

"그래도 시작은 했으니까. 시작이 반이라는 말도 있잖아? 긍정적으로 생각해야지. 일단 이 몸이 있으니까."

"말 나온 김에 얘기 좀 해봐. 어떻게 된 거야?"

"간단하게? 길게?"

"내가 이해할 수 있게."

당민호가 피식 웃으며 말했다.

58년의 세월이 지났음에도 벽우진은 여전한 것 같았다. 폭

급하다 못해 난폭했던 자신이 유순해진 것과 달리 벽우진은 여전히 개구쟁이 같은 면모를 보였다. 외견과 딱 맞는 모습이라고나 할까.

"이해할 수가 없을 텐데. 직접 겪은 나도 여전히 이해가 안 가거든. 그게 어떻게 되지? 라는 의문이 아직도 풀리지 않아."

"사설이 길구먼."

"알았으, 알았어."

은근히 재촉하는 당민호의 말에 벽우진이 실소를 흘리며 58년 동안 갇혀 있던 일을 나름 깔끔하게 정리해서 설명했다.

그러자 당민호의 표정이 시시각각 변했다. 벽우진의 말마따나 너무나 신비해서 믿기지가 않았던 것이다.

"그게 가능해?"

"가능하니까 내가 이 모습으로 있는 거겠지? 개인적인 생각으로는 시간의 흐름이 달랐던 것 같다."

"흐음. 아무리 우화등선을 하셨다는 전설을 가지신 분이라지만 그럼에도 믿기가 힘들군."

"두 눈으로 보고 있잖아. 난 직접 겪기도 했고. 그리고 믿는건 자유지."

"춘향이를 알고 있는 걸 보면 진짜 벽우진이 맞는 거 같기는 한데. 목소리도, 행동거지도 완벽하고."

당민호가 미심쩍은 눈빛으로 쳐다봤다. 아직 완전히 믿는 건 아니었기 때문이다.

"나를 흉내 내서 뭐 해? 망해 버린 곤륜파에서 얻을 게 없는데. 차라리 사천성의 청성파를 노리는 게 훨씬 낫지. 청성파는 여전히 명문대파로서의 성세를 누리고 있는데."

"하긴."

"그보다 춘향이는 어떻게 됐어? 너 기적에도 오르지 못한 애를 그렇게 좋다고 따라다녔잖아. 뭐랬더라. 특별한 향기가 있다고 했던가?"

"아직도 그걸 기억하냐?"

당민호가 헛웃음을 흘렸다. 이제는 까마득한 과거의 일을 벽우진이 마치 어제 있었던 일처럼 꺼내서였다.

"특이했거든. 사천당가의 소가주가, 미녀들을 골라서 만날 수 있는 녀석이 이상하게 기루만 가면 미색이 떨어지는 애들 옆에 앉혀놓으니."

"그렇게 따지면 너도 만만치 않지. 넌 도사인데도 기루에 갔잖아. 그건 정상적인 거냐?"

"우리 문파는 혼례를 굳이 금지하지 않는데?"

"어? 정말?"

"응, 다만 혼인을 하신 분들이 안 계신 것뿐이지."

몰랐던 사실이었기에 당민호가 진심으로 놀란 표정을 지었다. 도사라면 당연히 혼례를 치르지 못한다고 생각해서였다.

"신기하네."

"속세를 떠나는 게 일반적이니까. 근데 말이 안 되는 거지. 사람은 다른 사람들과 어울려 살아야 하는데 혼자 도를 닦는다고, 수행을 쌓는다고 뭘 알겠어? 그렇게 수십 년을 수행해 봤자 자기 자신도 제대로 모르는데."

"명언이로군. 근데 네가 해서 그런지 이상하게 어울리지가 않아."

"내가 좀 도사답지 않기는 하지. 그래서 고민도 많이 했었고."

벽우진이 어깨를 으쓱거렸다.

사실 그는 자신이 곤륜파라는 도가문파의 장문인에 어울리지 않는다는 걸 너무나 잘 알고 있었다.

하지만 상황이 그를 장문인으로 몰아갔다. 그 말고는 다시 사문의 영광을 재현할 능력을 가진 이가 없어서였다.

'역대 장문인들과 모두 비교해 봐도 내가 한 손에 꼽힐 테니까.'

2대 장문인 정도만이 자신과 엇비슷할 정도라고 벽우진은 생각했다. 어떻게 보면 같은 사부에게서 무공을 사사한 것이나 마찬가지였으니까.

"그러니까. 그 벽우진이 곤륜파의 장문인이라니. 난 지금 보고도 믿기지가 않는다."

"안 그래도 머리 아프고, 힘들고, 고달프니까 너까지 나 괴롭게 만들지 마라."

"자신은 있나?"

"없어도 해야지. 그게 현재 곤륜파의 사정이기도 하고. 하지만 생각보다 그리 오래 걸리지는 않을 거다."

"구대문파에 다시 들어가기가 쉽지 않을 거야. 곤륜파를 대신해서 들어간 황산파에 대해서는 들어봤지?"

벽우진이 고개를 주억거렸다. 안 그래도 황산파의 활약상에 대해서는 청해성을 유람할 때 제법 많이 들어서였다.

하지만 벽우진의 관심은 딱 거기까지였다. 그는 구대문파라는 이름에 더 이상 연연하지 않았다.

"통찰력은 있어 보이더군."

"꽤나 힘겨울 거야. 참, 청하상단과 천검문의 일로 인해 말들이 많던데. 혹시 그거 네가 한 일이냐?"

"글쎄."

벽우진이 두루뭉술하게 대답했다. 진실을 말해줄 수는 없어서였다.

과거에야 둘도 없는 친우였지만 세월이 너무 많이 변했다. 그렇기에 반가워는 하되 벽우진은 당민호를 과거처럼 순수하게 믿을 수는 없었다.

'이제는 장문인이 되기도 했고.'

천둥벌거숭이처럼 날뛸 때에야 평범한 삼대제자였지만 지금은 달랐다. 곤륜파의 재건이라는 의무가 어깨 위에 있었기에 섣불리 누군가를 믿을 수도, 행동할 수도 없었다. 그의 행동 하나하나에 곤륜파의 이름이 걸려 있었으니까.

"나에게도 비밀이라 이거냐?"

"태상가주인 너라면 이해하겠지."

"예전과는 많은 게 달라졌지. 시간도 변했고."

"근데 여긴 왜 온 거냐?"

벽우진이 화제를 돌렸다. 천검문에 대해서는 민감할 수밖에 없어서였다. 안 그래도 하오문도로 보이는 이가 곤륜파를 찾아오기도 했었고.

"죽기 전에 마지막으로 한 번 더 보려고 찾아왔다. 솔직히 봉문한 이후 찾아오지 못하기도 했고, 더구나 청민도 있다고 해서."

"오오. 아직 의리가 남아 있는데?"

"……날 어떻게 본 거냐?"

"나이를 먹을 만큼 먹은 늙은이? 세월과 위치는 사람을 변하게 만드니까."

"이럴 때 보면 제 나이 같기는 한데……."

당민호가 복잡한 눈빛으로 벽우진을 쳐다봤다. 하지만 그 눈빛에도 벽우진은 여전히 알 수 없는 미소만 머금었다.

"젊게 살아야지. 그래야 시대에 뒤떨어지지 않지. 더구나 나는 사문을 재건해야 하는 사명도 이제는 갖고 있는데. 너나 청민처럼 골골대면 쓰나."

"아직 그 정도까지는 아닌데 말이지."

"근데 무슨 죽기 전에 마지막으로 찾아와? 내가 보기에 앞으로 10년은 거뜬히 살 것 같은데."

"모르지, 그건. 강호에서는 무슨 일이 벌어질지 알 수 없으니까. 사실 지금의 해후도 난 꿈만 같기도 하고."

"영광으로 알도록 해. 앞으로 이 몸의 이름이 전 강호에 떨쳐 울릴 테니까."

벽우진이 호기롭게 말했다. 과거 소년이던 시절처럼 자신감 넘치는 모습이었다.

"흐음. 그 정도는 아닌 것 같아 보이는데."

"네 안목이 그 정도밖에 안 되는 거겠지."

"어때? 오랜만에 한판 붙어보는 게. 참고로 예전의 나를 생각하면 큰코다칠 거야. 내 별호는 들어봤지?"

"당가를 마지막까지 지켜내며 만천독황이라는 별호를 얻었다며? 하늘을 가득 채우는 독의 황제라. 어후."

벽우진이 몸을 떨었다. 자신이 말하고도 너무나 민망해서였다. 그러면서 대단하다는 눈빛으로 당민호를 쳐다봤다. 이런 별호를 당당하게 가지고 다니는 게 신기해서였다.

"독황이라는 별호가 뭐 어때서? 오히려 이런 별호를 가진 사람이 누가 있다고. 괜히 황(皇)자가 붙는 게 아니다. 강호무림에서 황(皇)이라는 글자가 어떤 의미를 가지고 있는지 모르냐?"

"아는데……."

벽우진이 입맛을 다셨다. 차마 이제는 살날이 얼마 남지 않은 이에게 상처를 줄 수는 없다고 생각해서였다.

"아니면 내 별호가 과분하다고 생각하는 거냐?"

"눈치가 많이 늘었는데?"

"너무 자신감 넘치는 거 같은데."

당민호의 눈빛이 착 가라앉았다.

죽었다고 생각했던 친우를 다시 만나게 된 건 너무나 기쁘고 좋은 일이지만 이건 다른 문제였다. 그의 자존심과도 연관되어 있었기에 당민호도 웃으며 넘기지 못했다.

'갇혀 있어서 그런가. 너무 현실을 모르는 것 같은데.'

비무를 하자고 한 건 솔직히 벽우진의 무위가 궁금하기도 했지만 현실을 냉정하게 알려주기 위해서였다.

선대의 안배에 갇혀 있어 홀로 무공 수련을 한 그와 달리 자신은 그야말로 수많은 전장을 구른 역전의 노장이었다. 무인으로서 살아온 경험 자체가 벽우진과 완전히 다른 것이다.

물론 천검문주가 어쩌면 청해성에서 제일 강한 무인이었을지도 모르나 그래 봤자 변방의 고수였다. 중원 전체에서 보면 백도백대고수 근처에도 가지 못할 무인이 천검문주였다. 정사마(正邪魔) 전체로 보면 삼백 명 안에도 포함되지 못할 터였고.

때문에 당민호는 앞으로의 곤륜파를 위해서라도 벽우진이 한 번 정도는 스스로를 돌아볼 시간이 필요하다고 생각했다.

'무림은 절대 만만하지가 않으니까. 또한 백도무림이 과거의 전력을 거의 복구한 것처럼 천년마교 역시 마찬가지일 테니까.'

단일 세력으로는 중원무림의 그 어떤 곳과도 비교를 불허하는 곳이 천년마교였다. 오죽했으면 천년마교의 발호에 전 무림이 나서서 막았을까. 그런 천년마교가 아직도 중원을 호시탐탐 노리고 있었다.

"자신감뿐인지는 두고 보면 알겠지."

"좋아. 대련할 장소가 있나?"

"옥청궁 뒤쪽에 장문인 전용 연무장이 있지. 근데 이왕 이렇게 된 거 네 손녀랑 우리 애들도 부르는 게 어때?"

"흐음. 나쁘지 않지."

당민호가 작게 고개를 주억거렸다.

비공개로 해도 되지만 꼭 그렇게 할 이유는 없어서였다. 게

다가 당소윤에게도 도움이 될 터였기에 당민호는 벽우진의 제안을 받아들였다.

"그럼 부른다. 나중에 두말하지 마라?"

"대장부의 입은 무거운 법이지. 그런데 넌 괜찮겠냐? 못난 꼴을 보일 수도 있는데."

"퍽이나."

벽우진이 코웃음을 쳤다. 무슨 생각을 하는지 모르지 않았지만 그렇게 될 가능성은 거의 없었기 때문이다.

'난 너와 다르단다.'

벽우진은 당민호의 속을 모조리 꿰뚫어 보고 있었다. 그렇기에 그는 눈웃음을 치며 자리에서 일어났다.

당소윤은 옆에서 자신과 나란히 걷고 있는 여인을 힐끔거렸다. 현재 신분은 곤륜파의 제자이지만 그 이전에는 청해성을 대표하는 미녀로 이름을 날린 서예지였다.

그리고 직접 본 결과 당소윤은 그 소문이 헛되지 않았다는 사실을 확인할 수 있었다. 같은 여자가 봐도 눈이 부실 정도로 아름다운 미모를 가지고 있었기 때문이다.

'치잇!'

나름 미모에 자신도 있고, 사천성에서는 꽃 중 하나로 인정받고 있는 자신이었지만 서예지와 나란히 서자 알 수 있었다.

자신도 어디 가서 꿀리지 않는 미모를 가지고 있지만 서예지에게는 안 된다는 사실을 말이다.

게다가 드세다 못해 표독스러운 인상의 자신과는 다르게 서예지는 뭇 남자들이 좋아할 법한 외모와 분위기를 가지고 있었다. 모든 사람이 선호할 수밖에 없는 단아하고 청순하며 깨끗한 느낌이랄까.

'기분 나빠.'

승부욕이 대단한 그녀는 무공이며 미모며 뒤지는 걸 싫어했다. 그렇기에 무공 수련에도 매진하지만, 그 못지않게 신경 쓰는 게 외모를 가꾸고 관리하는 것이었다.

한데 그 자부심이 서예지를 만난 순간 산산이 부서졌다.

"저에게 하실 말씀이 있으신가요?"

"아니."

인사하면서 나이 역시 밝혔기에 당소윤이 삐딱하게 대답했다. 미모도 미모지만 저 목소리도 그녀는 마음에 들지 않았던 것이다.

하지만 당소윤은 몰랐다. 서예지도 내심 그녀를 부러워한다는 사실을 말이다.

'강하고 아름다워.'

서예지가 옆에서 걷고 있는 당소윤을 슬쩍 바라봤다.

이제 막 정식으로 무공에 입문한 그녀와 달리 당소윤은 누가 봐도 범상치 않아 보이는 기도를 뿌렸다. 지금의 그녀로서는 가늠되지 않는 강함이 느껴진다고나 할까.

더구나 사천당가는 봉문을 했음에도 여전히 오대세가 중한 자리를 당당히 차지하고 있었다.

모두 다 건재한 만천독황 당민호 덕분이었다. 천년마교로부터 사천당가를 지켜온 그는 여전히 살아 있는 전설이자 사천의 당가를 지탱하고 있는 굳건한 기둥이었다.

'그런 분과 친구 사이시라니.'

서예지는 다시 전방을 바라보며 벽우진을 떠올렸다. 그러자 처음 그를 봤을 때가 생각났다.

도인이라고 보기에는 너무나 가벼워 보이는 모습이었지만 왠지 모를 현기가 그를 감싸고 있었다. 한없이 가벼운데 이상하게 범상치 않은 느낌을 뿌린다고나 할까. 그리고 그 이유를 벽우진은 당당히 드러냈다.

'그날의 대결은 아마 평생 잊지 못하겠지.'

모두가 결사항전을 각오했을 때 오직 벽우진만이 여유로웠다. 청민조차도 최후를 생각할 때 오로지 그만이 아무 걱정을 하지 않았던 것이다.

그리고 그 이유를 벽우진은 자신의 실력으로 보여주었다. 말 그대로 압도적인 신위를 선보이며 장로들과 천류검대, 마지막으로 천검문주까지 쓰러뜨렸다.

"아무리 친구 사이라지만 이건 좀 무모하지 않을까 싶네요."

"그렇게 생각하느냐?"

"누구라도 그렇게 생각하지 않을까요?"

당소윤이 콧대를 세우며 말했다.

망해 버린 곤륜파의 장문인과 만천독황이라 불리는 조부. 누가 봐도 당민호의 승리를 점칠 것이었다.

"그건 두고 보면 알겠지."

"전 할아버지를 응원할 거예요."

"그야 당연한 거고. 다만 태상가주께서 널 부른 이유를 잊지 말아야 할 것이다."

"물론이에요."

자신감 넘치는 어조로 당소윤이 대답했다.

그러는 사이 세 사람은 옥청궁 뒤쪽에 위치한 연무장에 도착했다. 넓고 거대한 곤륜산처럼 홀로 사용하기에는 제법 넓은 공간이었다.

"왔구나."

"예, 할아버지!"

"구경은 잘했느냐?"

"나름요?"

당소윤이 의미심장하게 웃었다. 알면서 왜 묻냐는 듯한 표정이었다.

그 모습에도 벽우진은 그저 빙그레 웃기만 했다. 입에 발린 말보다는 차라리 솔직한 게 나아서였다. 게다가 그에게 비하면 한참 어린 아기의 의견이기도 했고.

"젊었을 적 민호의 성격을 고스란히 닮았네."

"흠흠!"

"그때의 민호도 눈치가 참 없었지. 고집은 완전 똥고집에. 쇠

고집 저리 가라 할 정도였으니까."

"과거 얘기는 하지 말지."

"불리해서 그렇지?"

벽우진이 키득거렸다. 원래 잃을 게 많은 쪽이 불리할 수밖에 없어서였다.

"손녀도 있는데……."

"난 장문인인데?"

"너야 철면피잖아. 원래부터 체면에 신경도 안 쓰는 녀석이."

"그래도 이제부터는 좀 달라져야지. 나도 위치가 있는데."

벽우진이 짐짓 헛기침을 하며 무게를 잡았다. 하지만 얼굴이 워낙에 젊어 보였기에 청년이 노인네 행세하는 것으로밖에는 보이지 않았다.

"앞으로는 제발 그 말 좀 머리에 담아두고 살았으면 좋겠다."

"애들도 왔으니 슬슬 시작하자. 몸 풀 시간은 주는 게 좋겠지? 아무래도 몸뚱이가 나와는 완전히 다르니까."

"검은?"

당민호가 괜찮다는 듯이 어깨를 으쓱거렸다. 몸을 풀고 말고 할 수준은 이미 지났기 때문이다.

전쟁 중에 몸을 풀 시간을 주는 상대는 단 한 명도 없었으니까. 오히려 그 기회를 노리면 노렸지.

"필요 없다."

"너무 호기를 부리는 거 아냐?"

당민호가 눈매를 좁혔다.

그가 알기로 벽우진은 검공을 주로 익힌 검사였다. 한데 검을 들지 않겠다고 하자 당민호의 얼굴이 굳어졌다.

"진정한 고수는 병장기의 유무에 구애받지 않는 법이거든. 그러니 넌 걱정하지 말고 네 실력을 전부 발휘하면 돼."

"피독주는?"

당민후가 진지하게 걱정해 줬다. 그의 진신절기가 독공이니만큼 자칫 잘못하면 중독되어 위험할 수도 있었기 때문이다. 어쩌면 혈수가 되어 녹아내릴 수도 있었고.

"독황이라 불리더니. 자신감이 대단한데?"

"독은 그만큼 위험하니까. 해독약을 늘 가지고 다니기는 하지만 찰나에도 죽을 수 있는 게 독이잖아."

"많이 컸어, 우리 민호. 예전에는 정말 이 형 따라오기도 벅찼었는데."

"시간이 많이 흘렀지. 걸어온 삶도 많이 다르고."

당민호가 도발에 도발로 응수했다. 더 이상 과거의 그가 아니었기 때문이다.

그 모습에 벽우진 역시 빙그레 웃었다.

"시작하자고."

"그래."

서로에게 웃어 보인 두 사람이 적당한 거리를 벌리고 섰다. 그러고는 비슷하게 두 팔을 늘어뜨리고서 상대방을 응시했다.

꿀꺽!

그런 두 사람의 모습에 멀찍이 떨어져서 관전하던 청민이 침을 삼켰다.

천검문주를 상대할 때도 뒷짐을 풀지 않았던 이가 벽우진이
었다. 한데 지금은 두 손을 늘어뜨리고 있었다.

"얼마나 버틸 수 있을지."

"그러게요."

"응?"

자기도 모르게 중얼거렸던 말에 서예지가 대답하자 당소윤
이 고개를 돌렸다.

그런데 그녀의 두 눈에는 의문이 서려 있었다. 비슷한 말이
지만 그 안에 담긴 의미는 전혀 달라서였다.

"저희 장문인께서도 만만치 않거든요."

파아아앗!

서예지의 자신만만한 말이 끝나는 순간 벽우진이 움직였다.
늘 그렇듯 여유로운 미소를 머금은 채로 당민호를 향해 정면
으로 달려들었던 것이다.

스윽.

하지만 갑작스러운 돌진에도 당민호는 당황하지 않았다. 이
정도는 수도 없이 겪어본 일이었기 때문이다.

그렇다고 육안으로 놓칠 정도의 속도도 아니었기에 당민호
는 능숙하게 반응하며 암기를 뿌렸다. 독공이 주특기이기는
하지만 그렇다고 암기를 아예 다루지 못하는 것은 아니었다.

쉬이익!

귀를 기울이지 않으면 들리지도 않을 법한 미세한 파공음과

함께 세 줄기의 배심정(背心釘)이 허공을 갈랐다. 정확히 벽우진의 머리와 심장, 그리고 단전을 노리며 직선으로 쇄도했다.

스스슥!

하지만 그 빠르고 강력한 공격을 벽우진은 너무나 여유롭게 피해냈다. 곤륜파의 자랑이자 경신술에 한해서는 천하일절로 꼽히는 운룡대팔식(雲龍大八式)으로 당민호의 암기를 피해낸 것이다.

"호오."

그 광경에 당민호가 의외라는 표정을 지었다.

전력을 다한 건 아니었지만 그렇다고 손속에 사정을 둔 것도 아니었는데 저렇게 깔끔하게 피해낼 줄은 몰라서였다.

특히나 쓸데없는 움직임이 전혀 없는 모습에 당민호의 두 눈에 이채가 떠올랐다. 저런 움직임은 수도 없이 많은 실전을 겪어야지만 보여줄 수 있는 것이었기 때문이다.

'분명 혼자서 그 오랜 세월을 보냈다고 했는데……'

앞뒤가 맞지 않는 말과 모습에 당민호가 미간을 좁힐 때 어느새 벽우진의 신형은 그의 코앞까지 다가와 있었다.

"날 앞에 두고 딴 생각까지 하다니. 내가 그렇게 만만해 보였나 봐?"

"아직은?"

당민호가 씩 웃었다. 지금까지는 딱 그가 본 정도의 수준이었기 때문이다.

그러나 그 표정은 얼마 가지 않았다. 벽우진의 기세가 순식간에 달라졌던 것이다.

파파파팟!

아무렇게나 늘어뜨려져 있던 양손에서 무시무시한 기운이 솟구치며 사방을 짓눌렀다. 단순히 공력을 끌어 올린 것만으로도 주변의 대기가 벌벌 떨리기 시작했고, 동시에 뜨거운 열기가 정면에서 솟구쳤다.

'육양수(六陽手)!'

마치 태양이 내려온 듯이 무시무시한 열기를 뿜어내는 벽우진의 손을 당민호가 황급히 피해냈다.

음한 성질을 가지고 있는 독공에게 있어 육양수와 같은 극양지력은 상극이나 마찬가지였기 때문이다. 벽우진 역시 그것을 알고서 처음부터 육양수를 펼쳤던 것일 테고.

'하지만 상극이라고 해도 내 독공의 수준이 더 높다면 반대로 잡아먹을 수도 있지!'

당민호가 눈을 빛냈다. 상성으로는 자신이 불리했지만 그렇다고 싸움이라는 게 꼭 상성만으로 결판이 나는 건 아니었기 때문이다. 게다가 그에게는 벽우진에게 없는 수많은 경험이 있었다.

때문에 당민호는 물러나지 않고 정면으로 벽우진에게 달려들었다.

"좋구나!"

자세를 가다듬고서 정면으로 덤벼드는 당민호의 모습에 벽우진이 히죽 웃었다. 확실히 독황이라 거들먹거릴 만큼 실력도 있고 판단도 빨라서였다.

특히 자신이 육양수를 펼쳤음에도 만독수(萬毒手)를 펼치며 정면으로 달려드는 배짱에 벽우진은 내심 박수를 쳤다.

콰아아앙!

하지만 그렇다고 해서 봐줄 생각은 눈곱만큼도 없었다. 당민호가 자신에게 냉혹한 현실을 가르치려는 것처럼 그 역시 친우에게 알려줄 생각이었다. 이 강호에는 기인이사가 모래알처럼 많으며 자신이 이룩한 경지는 그중에서도 손꼽히는 수준이라는 것을 말이다.

'이 몸이 괜히 사문을 재건하니 마니 고민한 게 아니란 말이지!'

벽우진은 지금껏 단 한 번도 자신의 무공에 대해서 의심을 품어본 적이 없었다. 자격은 없을지언정 실력이 부족하다고는 단 한 번도 생각하지 않았다.

치이이익!

굉음과 함께 두 사람의 사이에서 새카만 수증기가 치솟았다. 극양의 기운과 극음의 기운이 정면충돌하니 그로 인해 수증기가 발생했던 것이다.

그리고 그 틈을 둘 다 이용했다. 새카만 수증기가 시야를 가렸지만 두 사람에게는 크게 상관이 없어서였다. 고만고만한 실력을 지닌 무인들이야 육안에 크게 의지하겠지만 둘은 아니었다.

콰앙! 쾅! 콰쾅!

이윽고 수증기 속에서 격렬한 충돌음이 연달아 터져 나왔다. 처음의 굉음만큼은 아니지만 제법 묵직한 충돌음이 연신 이어졌다. 그런데 놀라운 점은 단 한 번도 같은 위치에서 충돌음이 나오지 않는다는 점이었다.

'이 속도가…… 가능한가?'

당소윤의 동공이 흔들렸다.

새카만 수증기로 인해 그녀는 안의 광경을 제대로 볼 수 없었다. 내력을 아무리 끌어 올려도 그녀의 안력으로는 수증기를 꿰뚫어 볼 수가 없었던 것이다. 그렇기에 충돌음만 들을 수밖에 없는데 그 사실이 믿기지 않았다.

'할아버지야 당연한 수준이지만, 어떻게?'

당소윤의 눈동자에 의문이 짙게 서렸다.

아직까지 충돌음이 나온다는 것은 벽우진이 어떻게든 당민호와 겨루고 있다는 뜻이었기 때문이다. 그것도 독황이라 불리는 그의 조부와 말이다.

후우우웅!

당소윤이 조금도 예상하지 못한 상황에 정신을 차리지 못하고 있을 때 느닷없이 바람이 불었다. 연무장 중앙에서 흘러나온 강렬한 바람이 수증기를 순식간에 날려 버렸다.

"보여주려고 불렀는데 이러면 보지를 못하잖아?"

"후욱! 훅!"

"이럴 수가……."

여유롭게 도복의 소맷자락을 이용해 바람을 일으킨 벽우진과 달리 숨을 헐떡이는 당민호의 모습에 당소윤의 동공이 격렬하게 흔들렸다. 그녀의 예상과는 전혀 다른 광경에 경악한 것이었다.

반대로 청민과 서예지의 표정은 밝아졌다. 당연히 벽우진이 쉽게 지지는 않을 거라 생각했지만 그래도 조금 걱정이 되었는데 괜한 기우였던 것 같아서였다.

'역시 장문인이셔!'

특히 서예지의 눈빛이 심상치 않았다.

믿고는 있었지만 그래도 만천독황이라 불리는 이가 상대였기에 내심 걱정이 안 될 수가 없었다.

만약에 벽우진이 패배하더라도 초연히 받아들이겠다고 생각했다. 상대가 상대이니만큼 아무리 벽우진이라도 한계가 있을 수밖에 없다고 생각해서였다.

"세월이 야속하구나. 체력이 이리 차이 날 줄이야."

"도대체, 대체 무슨 일이 있었던 거냐?"

가쁜 숨을 고르며 당민호가 믿을 수 없다는 눈빛으로 벽우진을 쳐다봤다. 그 정도로 그는 큰 충격에 빠진 상태였다.

# 제10장

# 초단기 육성계획

"말했잖아. 58년 동안 시공간의 진에 갇혀 있었다고."

"분명히 혼자 갇혔다고……."

"맞아. 혼자 갇혀서 무공 수련만 죽어라 했지. 그런데 단순히 무공만 수련한 건 아니다. 네가 말했지? 넌 전장에서 수도 없이 많은 사선을 넘어왔다고. 하지만 난 나 자신과 수도 없이 싸워왔다. 그 결과가 지금의 모습이고 말이지."

"흐읍!"

당민호가 이를 악물었다. 놀라기는 했지만 이대로 포기할 생각은 눈곱만큼도 없었다.

그리고 조금 과하기는 했지만 지금까지는 전초전에 불과했다. 더구나 박투술은 그의 전문이 아니기도 했고.

우우우웅!

달라진 마음가짐만큼이나 기세 역시 달라졌다.

지금까지는 단순히 벽우진의 실력을 알아보기 위한 대련이었다면 지금은 필승의 각오를 마음에 품었다. 벽우진이 어중간한 마음가짐으로 상대할 수 없는 무인임을 이제야 인정한 것이었다.

그리고 아무리 친한 사이라고 하나 승부는 승부였다. 그렇기에 당민호는 절대 지고 싶지 않았다.

'이 정도 수준이라는 게 기쁘기도 하지만, 그래도 역시 나도 아직 무인이었어. 이렇게나 지고 싶지 않은 걸 보면.'

잠시 눈을 감았다가 뜬 당민호가 단전의 기운을 가일층 끌어올렸다. 이제부터는 진심으로, 전력을 다해 싸울 생각이었다.

"진즉에 그렇게 나올 것이지."

"지금부터는 나도 장담 못 한다. 죽어도 불평하지 마."

"그래서 말하는 틈에 하독부터 하는 거냐?"

치이익!

벽우진의 주위에서 새하얀 연기가 피어올랐다. 남몰래 하독한 독들이 벽우진의 진기에 의해 증발하는 것이었다.

"승부의 세계는 냉정하니까. 그리고 당한 놈이 멍청한 거지."

"그럼 나도 마음이 편해지는데. 아무래도 노구이다 보니까 손속에 사정을 두게 되더라고. 나야 팔팔하지만 넌 칠십 넘은 노인네니까."

"흥!"

언제 지쳤냐는 듯이 당민호가 무시무시한 속도로 달려들었다. 그가 움직일 때마다 허공에서 심상치 않은 소성이 울려 퍼지고 지독한 독기에 주변의 공기가 녹아내렸다.

쒜애애액!

이윽고 극성에 달한 만독수가 허공을 찢어발겼다.

하지만 그보다 더 위험한 건 당민호의 전신에서 흘러나오는 지독한 독기였다. 만천(滿天)이라는 별호처럼 당민호의 독기는 순식간에 연무장을 가득 채웠다.

치이익.

그로 인해 벽우진의 도복이 서서히 녹아내리고 있었다. 연무장을 잠식한 독기들이 벽우진의 목을 천천히, 하지만 확실하게 조여왔다.

'확실히 까다롭다니까.'

당민호의 공격을 회피하며 벽우진이 중얼거렸다.

사람인 이상 숨을 안 쉴 수는 없었고, 그건 곧 중독으로 이어졌다. 그 뒤야 뻔했고 말이다.

물론 만독불침을 이루면 독에 크게 조심하지 않아도 되지만 안타깝게도 벽우진은 그 정도까지는 아니었다.

'그렇다면 닿지 않게 할 수밖에.'

당민호가 하독할 때부터 호흡을 멈춘 벽우진이 진기를 끌어 올렸다.

이윽고 청명한 빛깔의 강기가 두 손에서 시작되어 팔 전체를 지나 전신을 휘감았다.

"호신강기로 얼마나 버틸 수 있을까!"

"미안한데 난 막을 생각이 없는데?"

찌어어엉!

벽우진의 주먹이 당민호의 독기를 갈랐다. 그뿐만 아니라 죽음의 기운이 물씬 담겨 있던 새카만 만독수마저 깨부줬다.

"큭!"

단 일격에 독기는 물론이고 만독수마저 박살 나자 당민호가 황급히 뒤로 물러났다. 충격을 수습할 시간을 벌기 위해서였다.

동시에 반대쪽 손을 크게 휘둘렀다. 벽우진이 섣불리 접근하지 못하게 막으려는 것이었다.

뻐어엉!

하지만 벽우진은 그마저도 산산조각을 냈다. 가로막는 당민호의 독강(毒罡)을 무지막지한 힘으로 박살 냈던 것이다. 그러자 당민호의 입에서 비틀린 신음이 터져 나왔다.

스스슥!

하나 그렇다고 해서 벽우진은 당민호를 봐주지 않았다. 승부의 세계는 냉정했고, 지금의 승기가 어쩌면 마지막일 수도 있기에 대결에 충실해야 했다. 그는 튕겨져 나가는 당민호를 향해 잡아먹을 듯이 쇄도했다.

쑤아아앙!

그러나 당민호도 순순히 당하고만 있지는 않았다.

그는 저돌적으로 달려드는 벽우진을 향해 날아가면서 손가락을 튕겼다. 조금이라도 자세와 호흡을 수습할 시간을 벌고자 만독지(萬毒指)를 뿌린 것이다.

하지만 천하절독이라고 할 수 있는 극독이 담겨 있는 만독
지도 벽우진의 호신강기를 녹이는 게 전부였다.

"젠장!"

푸른빛의 호신강기가 녹았다가 재생하듯 다시 솟구치는 모
습에 당민호가 자기도 모르게 욕지거리를 내뱉었다. 그동안
교양 있고 품위 있던 모습을 내팽개친 채 짜증을 터뜨렸다.

하지만 그의 입장에서는 당연했다. 대련 전에 파악하기로는
이 정도 실력이 절대 아니었기 때문이다.

"슬슬 끝을 보자고."

"어림없는 소리!"

꽈아아앙!

무지막지한 내력을 이용해 압박하는 벽우진을 향해 당민호
가 처절할 정도로 반격했다. 두 손은 물론이고 두 다리와 머리
까지 이용하며 벽우진을 공격했다.

하지만 그 어떤 공격도 벽우진에게는 통하지 않았다. 일단
독공이 원천적으로 막혀 버리니 아무것도 할 수 없었다.

쩌억! 쩍!

반면에 벽우진의 공격은 너무나 날카롭게 당민호를 위협했
다. 두 주먹과 장인이 쉴 새 없이 그를 몰아붙이며 금방이라도
전신을 터뜨릴 듯 맹렬하게 쇄도했다.

뻐억!

그러던 중 벽우진의 발차기가 복부를 파고들었다. 그리고
두 팔이 활짝 열린 순간을 놓치지 않고 냅다 발을 내질렀다.

그것으로 기세가 완전히 기울었다.

퍼퍼퍼퍽!

발바닥에 담은 진기가 당민호의 내부로 파고든 순간 승패가 완전히 결정 났다.

이내 충격을 건디지 못하고 당민호가 주저앉자 벽우진은 작게 심호흡을 하며 공격을 멈췄다.

"후우."

"하, 제길."

"패배를 인정하지?"

"……도대체 그 내공은 어떻게 된 거냐?"

더러워진 옷을 털어내며 당민호가 물었다. 전신을 뒤덮는 호신강기도 강기지만 대련 내내 화수분처럼 샘솟던 내공이 가장 이해가 되지 않아서였다. 공력으로 따지자면 그 역시 어디 가서 꿀리지 않는 수준이었는데 말이다.

"처절한 수련으로 얻은 성과라고나 할까. 그래도 제법이었어. 자칫 잘못했으면 중독이 될 뻔했으니까."

"그래도 큰 걱정은 하지 않아도 되겠어. 네 무경이 이 정도이니."

"말했잖아. 자신 있다고."

오랜만에 치른 비무다운 비무에 벽우진 역시 개운한 표정을 지었다. 탈출한 이래 그를 이렇게까지 몰아붙인 이는 당민호가 유일했기 때문이다.

"근데 질투가 나네. 다 가졌어, 다. 젊음에 무공에, 이제는 지

위까지. 명성만 회복하면 아쉬울 게 없겠어."

"대신 친구는 너밖에 안 남았지."

벽우진이 씩 웃으며 여전히 주저앉아 있는 당민호에게 손을 내밀었다. 그러자 당민호도 피식 웃고는 손을 마주 잡았다.

"알면 잘해라."

"살아남아 있는 게 어디야? 우리 나이에."

"난 10년밖에 못 살 거 같은데 넌 앞으로도 50년은 거뜬할 듯싶은데?"

"겨우?"

벽우진이 농담처럼 대답했다. 그런데 이상하게도 당민호는 그게 농담처럼 들리지 않았다.

'말도 안 돼……. 어떻게 할아버지께서…….'

승패가 정해졌음에도 여전히 친근하게 대화하는 둘과 달리 당소윤은 멍한 눈으로 벽우진을 쳐다봤다.

그녀로서는 보고도 현재의 결과가 수긍이 되지 않아서였다. 다른 이도 아니고 당민호가 패배했다는 사실이 믿기지 않았다.

때문에 당소윤은 흔들리는 눈으로 벽우진을 바라봤으나 정작 당사자는 그녀에게 일말의 관심도 주지 않았다.

대신 서예지가 자부심이 가득한 표정으로 그녀를 쳐다보고 있었다.

노구를 이끌고 간만에 격렬한 비무를 치른 당민호를 앞으로 머물 숙소로 데려다주고서 벽우진은 자신의 집무실로 돌아왔다. 방금 전에 치른 비무를 복기하기 위해서였다.

　그런데 놀랍게도 그의 얼굴에는 쓴웃음이 맺혀 있었다.

　"역시 아직도 경험이 부족해. 나와의 대결이야 수도 없이 했지만, 독이나 암기, 진법 같은 특수한 경험은 거의 전무하다시피 하니."

　시공간의 진에서 벽우진은 정말 시도 때도 없이 대련을 해야 했다. 자신과 똑같은 수준의 환영과 대결을 펼쳐서 이겨야만 했기 때문이다.

　하지만 자신과 똑같은 무공을 사용했기에 다채로운 경험을 쌓기란 불가능했다. 그래서 오늘 살짝 고전했던 것이기도 하고.

　"다수와의 싸움도 아직은 부족한 편이고."

　당민호와의 비무를 복기하는 한편 벽우진은 천검문의 장로들과 천류검대를 몰살시켰을 때를 떠올렸다.

　그들의 수준이야 보잘 것 없었지만 만약 한 명, 한 명이 절정고수들로 이루어져 있다면 얘기가 완전히 달라졌다. 한 명, 한 명이야 별거 아니어도 그들이 백 명, 천 명이 되면 제아무리 벽우진이라도 위험할 수밖에 없어서였다.

　게다가 벽우진의 상대는 단일 세력으로는 최고라 불리는 천년마교였다.

　"어느 정도 기반은 다졌다고 생각했는데, 여전히 갈 길이 머네."

　벽우진이 한숨과 함께 입맛을 다셨다. 나름 많이 온 것 같은데 아직도 가야 할 길이 구만리는 남은 것 같아서였다.

"그래도 다행스러운 건 생각해 두었던 방법의 실현 가능성이 높다는 것이지."

비현의 말은 한 귀로 듣고 한 귀로 흘리며 벽우진이 씩 웃었다.

계획한 것이 성공한다면 그래도 급한 불은 끌 수 있을 것 같아서였다. 게다가 호법으로 데려온 이들의 활약도 쏠쏠했고 말이다. 예전과는 비교할 수 없지만 그래도 곤륜파를 찾는 사람들이 아주 조금씩 늘고 있었다.

"문제는 시기인데……."

잠시 밝아졌던 벽우진의 얼굴이 다시 어두워졌다.

사천당가가 봉문을 푼 건 그로서도 좋은 일이었지만 그건 달리 말하면 정마대전 때 입었던 피해를 모두 복구했다는 뜻이기도 했다.

그리고 그 말은 천년마교 역시 전력을 복구할 시간이 충분했다는 말이기도 했다.

"천년마교. 그리고 중원무림."

벽우진의 눈빛이 싸늘해졌다. 정마대전을 직접 겪지는 못했지만 청민에게 들은 것과 폐허로 변한 사문을 본 것으로 그때의 상황이 어떠했는지 유추하기에는 충분했다.

그렇기에 벽우진은 살벌한 눈빛으로 허공을 응시했다.

웅웅웅웅!

벽우진에게서 쏟아져 나오는 무시무시한 살기에 소매 깊숙한 곳에 숨겨져 있던 일월쌍환이 반응했다. 주인의 갑작스러운 살기에 깜짝 놀란 것이었다. 그것도 지금껏 보여왔던 살기와는 밀도 자체가 달라 더욱 격렬히 진동했다.

"워워. 별일 아냐. 그러니 얌전히 있어."

가끔 보면 어린아이와도 같은 구석이 있는 일월쌍환이었기에 벽우진이 어르고 달랬다. 그러자 일월쌍환의 진동이 서서히 옅어져 갔다.

"짜식들. 쓸데없이 예민해서는. 그나저나 호법들께서 잘하고 있나 모르겠네."

일월쌍환을 달랜 벽우진이 창밖으로 시선을 넘겼다. 그는 풍경 대신 청해성 곳곳을 누비고 있을 아홉 명의 호법들을 떠올렸다.

특히 청하상단에 있을 진구가 가장 많은 비중을 차지했다. 좋게 보면 호쾌하고 나쁘게 보면 지랄 같은 성격이었기에 걱정이 안 될 수가 없었다.

"사고는 적당히만 쳤으면 좋겠는데 말이지. 뭐, 어디 가서 맞을 실력은 아니니까."

나이로는 호법들 중에 막내이지만 실질적인 무력은 세 번째인 진구였다. 그런 만큼 사실 안위에 대해서는 크게 걱정하지 않았다. 누구를 패면 팼지, 맞고 다닐 실력은 아니었으니까.

거기까지 생각이 닿자 벽우진은 자연스레 서진후가 떠올랐다.

"청민, 예지. 그 다음은 청범이다."

벽우진이 알 수 없는 말을 중얼거리며 히죽 웃었다. 이제 두 번째 도약을 할 때인 것 같아서였다.

앞으로 머물 숙소에 도착한 당민호는 곧바로 운기행공에 들어갔다. 미약하긴 하지만 대련으로 인해 입은 내상을 치료하기 위해서였다.

그리고 그 모습을 당소윤이 딱딱하게 굳은 얼굴로 지켜보고 있었다. 안전한 지역이지만 그래도 혹시 몰라서였다.

"후우."

"괜찮으세요?"

"허허. 가벼운 내상이라니까. 이 정도야 내상이라고 하기에도 민망하지."

"다행이에요."

"그보다 표정이 많이 놀란 것 같구나?"

운기행공을 하는 동안 호법을 서준 손녀에게 미소로 고마움을 전하며 당민호가 다탁 앞으로 걸어왔다.

그러자 당소윤이 묘한 표정을 지었다.

"예, 설마하니 그 정도 고수일 줄은 몰랐거든요."

"나도 놀랐다. 반박귀진이야 보는 순간 알았지만 그렇게 영악하게 자신을 숨길 줄은 몰랐거든."

"속여요?"

"응, 나보다 딱 반 수 아래 정도로 가늠하게 기도를 조절했더구나. 그래서 내가 바로 넘어간 게지. 여전히 음흉한 녀석이라니까. 하지만 그 역시도 심리전의 일종이니 나로서는 할 말이 없지."

패배했음에도 당민호는 의외로 분개하지 않았다. 친구 사이기도 했고 무인에게 있어 패배는 병가지상사였기 때문이다.

그리고 중요한 건 생사투에서 이기는 거지 대련의 승패는 크게 중요하지 않았다. 물론 이겼다면 두고두고 벽우진을 놀려 먹을 수는 있었겠지만.

"만만치 않은 사람이네요."

"가벼운 듯하면서도 잔머리가 비상한 녀석이지."

"하지만 가장 놀라운 건 무위였어요."

"나도. 그 정도로 강해졌을 줄이야. 이거 전쟁 운운했던 내가 민망해지게시리."

당민호가 혀를 찼다. 호기가 아닌 오만을 부렸던 자신의 모습이 떠올라서였다.

하지만 그 기색은 이내 사라졌다. 곤륜파는 물론이고 친구를 걱정했었는데 이제는 안 그래도 될 것 같았다.

"생사투였으면 달랐을 거라고 생각해요."

"나도 자신은 있는데, 이상하게 느낌이 그 녀석도 3푼은 감춘 것 같아서 말이지."

"그랬을까요?"

"워낙에 음흉한 녀석이라."

비무였던 만큼 둘 다 전력을 다한 건 절대 아니었다. 두 사람의 실력으로 전력을 다한다면 둘 중 하나는 크게 다칠 수밖에 없으니까.

하지만 적당히 손속에 사정을 두었음에도 불구하고 서로의 실력을 엿보기에는 충분했다.

"청해성에 새로운 바람이 불 것 같아요."

"다행인 일이지. 천검문 따위가 득세하는 것보다는 일반 양민들에게도 곤륜파가 패권을 쥐는 게 훨씬 나을 테니까. 다만 장문인의 자질이 조금 걸리기는 하는데 그래도 정도를 지키기는 하니까."

당민호가 어쩔 수 없다는 듯이 말했다. 현재 곤륜파로서는 벽우진 말고는 따로 대안이 없어서였다. 그리고 무력만 따지자면 충분히 자격이 있었고. 다만 도인답지 않은 성미가 걸릴 뿐.

"알아보니 지저분한 일을 많이 저질렀더라고요."

"누가 일부러 공개한 느낌이 들긴 하지만 말이지."

"그래도 밝혀져서 다행이라고 생각해요."

역사도, 근본도 없는 천검문 같은 문파보다야 곤륜파가 훨씬 낫다고 당소윤은 생각했다. 원래 청해성의 패자가 곤륜파이기도 했고 말이다.

"암. 잘된 일이지."

"곤륜파에는 얼마 정도 머무실 거예요?"

"글쎄다. 시간을 딱히 정해놓지는 않았지만 그래도 며칠은 있고 싶구나. 너는 좀 답답하겠지만."

"오늘의 비무를 곱씹어보는 것만으로도 저에게는 아주 이득인데요?"

당소윤이 평소대로 돌아와 히죽 웃었다.

고수들의 대결을 이렇게 가까이서 볼 수 있는 기회가 결코 흔하지 않다는 걸 잘 알고 있어서였다. 그리고 그녀는 아직 여인이라기보다는 무인에 더 가까웠다. 뜨거운 대결을 보면 몸이 근질거릴 정도로 말이다.

"다행이구나. 너에게 헛된 일정은 아닌 거 같아서."

"저도 대련해 볼 수 있을까요?"

"우진이와 말이냐?"

"예."

당소윤이 호승심 가득한 눈빛을 뿌리며 말했다. 실력 차가 있으니 당연히 패배하겠지만 그럼에도 비무를 함으로써 얻는 게 적지 않을 것이었기 때문이다. 게다가 조부와의 인연도 있으니 마냥 거절하지만은 못 할 거라는 계산도 있었다.

"일단 물어는 보마. 하지만 너무 기대하지는 말고. 아마 엄청 바쁠 테니까."

"그래도 기다리고 기다리다 보면 한 번 정도는 해주지 않을까요?"

"글쎄다. 워낙에 종잡을 수 없는 성격이라. 그러니 큰 기대는 하지 않는 게 좋을 게야."

당민호의 말에도 당소윤은 기대를 접지 않았다. 가능성이 희박하다는 거지 불가능하지는 않다고 생각해서였다.

한편 당소윤이 열의를 불태울 때 당민호는 다른 생각을 하고 있었다. 본가와 곤륜파를 떠올리며 무언가를 계속 생각했던 것이다.

이른 아침부터 비현이 옥청궁을 찾았다.

정확하게는 옥청궁 안에 마련된 장문인 전용 연공실을 찾았다. 그런데 그곳에는 벽우진 말고도 한 사람이 더 있었다.

"안녕하세요, 비현 호법님."

"오랜만입니다, 장로님."

비현의 등장에 청민이 잔뜩 긴장한 얼굴로 인사했다. 오늘 진행할 비술에 있어 핵심적인 역할을 이가 바로 비현이었기 때문이다.

"많이 긴장하셨네요."

"그럴 수밖에요. 목숨을 걸어야 하는 일이지 않습니까. 어떤 일이 벌어질지, 어떤 방향으로 흘러갈지 누구도 장담할 수 없으니까요."

"이론상으로는 완벽합니다. 그리고 장문인이 계시니 크게 걱정하지 않으셔도 될 것 같습니다."

"멀쩡하게 실패해도 문제이지 않습니까. 영단에 들어간 재료값만 하더라도 엄청날 텐데요."

청민이 자신 없는 표정으로 대답했다. 그러면서 그는 슬쩍 벽우진을 쳐다봤다. 자신을 아껴주고 신경 써주는 것은 고맙지만 너무 과하다는 생각이 들어서였다.

"실제로 만드는데 돈은 얼마 들어가지 않았습니다. 대부분의 약초들을 직접 채집했거든요. 핵심 약초들은 장문인께서, 그 외 자잘한 약초들은 제가 가지고 있거나 곤륜산에서 새로 구했습니다."

"으음."

"그러니 청민 장로께서는 성공하는 것에만 집중하시죠. 이제는 되돌릴 수 없는 상황이니까요."

"알겠습니다."

"그럼 시작하기 전에 진맥부터 하겠습니다."

비현이 정중히 말하며 손을 뻗었다. 그러자 청민이 망설이지 않고 자신의 손을 내밀었다.

이번에 만든 영단은 오직 그를 위해서 특별히 제작된 것이나 마찬가지였기에 흡입 전에 몸 상태를 확인하는 작업은 필수였다.

"어떻습니까?"

"딱 좋습니다. 지금 먹으면 될 것 같습니다."

"들었지?"

벽우진이 조금도 긴장하지 않은 모습으로, 아니, 장난기 어린 표정으로 말했다.

하지만 그의 여유로운 모습에도 청민은 좀처럼 웃을 수가 없었다. 각오를 하기는 했지만 그래도 최악의 상황을 생각하지 않을 수가 없어서였다.

"사형."

"무슨 말을 하려고 그렇게 분위기를 잡아?"

"저는 실패해서 죽어도 괜찮습니다. 하지만 사형은 안 됩니다. 그러니 만약 잘못되면 저를 포기해 주십시오."

"시작하기도 전에 그 무슨 재수 없는 소리야? 말이 씨가 된다는 말 몰라?"

벽우진이 경직된 분위기를 풀 요량으로 농담을 했다. 하지만 청민의 표정은 단호했다.

자신이야 죽어도 곤륜파에 큰 영향이 없지만 벽우진은 아니었다. 유일한 희망이나 마찬가지인 게 그였기에 청민은 벽우진만큼은 무사하기를 바랐다.

"약속해 주십시오."

약속하지 않으면 절대 비술을 받지 않겠다는 듯이 단호한 눈빛을 뿌리는 청민의 모습에 벽우진이 침음을 흘렸다.

하지만 그는 이내 씩 웃었다. 실패할 가능성은 말 그대로 가능성이었다. 성공하면 아무런 상관이 없는 일이었기에 벽우진은 평소대로 돌아와 히죽 웃었다.

"그래, 약속하마."

"약속하신 겁니다."

"남아일언 중천금은 나도 좋아하는 말이야."

"후우."

벽우진의 확답에 청민이 이제야 안도의 한숨을 내쉬었다.

그리고 그 모습을 비현이 흐뭇한 얼굴로 지켜보고 있었다. 참으로 다른 성격의 두 사람인데 희한하게도 서로를 생각하는 마음은 지극정성이었다.

만약 그에게 벽우진과 같은 능력이 있고, 청민과 같은 사제가 있었다면 과연 벽우진처럼 행동했을까 하는 생각을 하던 비현이 이내 고개를 가로저었다. 그는 절대 그렇게 할 자신이 없었다.

'그래서 장문인인 건가.'

무게감이라고는 전혀 없는 벽우진이었지만 이상하게도 그가 없는 곤륜파는 떠올리기 힘들었다.

전각이나 건물들은 누구라도 다시 지을 수 있지만 자신을 비롯한 호법들을 설득하고 제압하는 건 그 말고는 아무도 할 수 없었다.

"시작하자고. 지금 시간이 시행하기에 딱 좋아."

"알겠습니다."

"앉으시죠."

청민이 석실의 중앙에 자리를 잡고 앉았다.

그러자 그의 곁으로 차분히 걸어간 비현이 품속에 손을 넣어 작은 목궤 하나를 꺼내서 열었다.

"으음!"

"향이 좋죠?"

"예, 정말 상쾌하네요. 역시 영단이라서 그런가요."

"수많은 시행착오 끝에 만들어진 녀석이지요. 물론 완벽하다고 장담은 할 수 없습니다만, 그래도 웬만한 변수는 장문인께서 해결해 주실 테니까요."

비현이 옅게 웃으며 뚜껑을 연 목궤를 청민에게 건넸다. 하지만 청민은 목궤 안에 담긴 손가락 두 마디만 한 영단을 잠시 바라보고는 벽우진에게로 고개를 돌렸다. 방금 전에 했던 말을 잊지 말라는 무언의 시위였다.

"쓸데없는 걱정 말고 집중이나 해. 가장 중요한 사람이 너라는 걸 잊지는 않았지?"

"개인적으로는 반로환동만 이루어도 성공이라고 생각합니다."

"그것도 나쁘지 않지. 하지만 이왕이면 더 크게 노려야 하지 않겠어? 자고로 꿈과 야망은 최대한 크게 잡아야 해."

"시작하겠습니다."

배포가 작다는 식으로 잔소리를 하는 벽우진의 말을 도중에 끊으며 청민이 목궤 안에 있는 영단을 지그시 바라봤다.

오직 자신만을 위해 만들어진 영단을 잠시 동안 응시하던 청민이 이내 결심한 표정으로 망설임 없이 영단을 입안에 집어넣었다.

우물우물.

책에서 본 대로라면 입에 넣자마자 물처럼 변해 목구멍을 지나간다고 하는데 그런 건 전혀 없었다. 그저 지독하게 쓰며 오묘한 맛이 입안을 가득 채웠다. 어릴 적 우연찮게 먹었던 소똥 맛과 이상하게 비슷한 느낌이 드는 맛에 청민이 얼굴을 있는 대로 찌푸렸다.

하지만 지독하게 쓰고 질긴 영단이었음에도 청민은 소가 여물을 씹듯이 멈추지 않고 꼭꼭 씹어서 삼켰다.

'크흐!'

물론 씹으면 씹을수록 쓴맛과 떫은맛은 배가 되었다. 그러나 청민은 얼굴을 일그러뜨리면서도 악착같이 씹었다. 비현이 가급적이면 꼭꼭 씹어 먹는 게 좋다고 말해서였다.

후우우욱!

그때 그의 위장에서부터 반응이 왔다. 갑자기 몸이 화끈해지기 시작했다. 위장에서부터 시작된 뜨끈한 기운이 순식간에 혈맥을 타고 전신으로 퍼지자 청민은 황급히 두 눈을 감고 태청신공(太淸神功)을 운기하기 시작했다.

이윽고 그의 단전에 본래 자리를 잡고 있던 태청진기가 서서히 몸 안의 흐름을 주도하며 영단이 뿜어대는 약력을 흡수하기 시작했다.

-지금까지는 예상했던 대로 진행되는 것 같습니다.

-제가 보기에도요. 다만 약력이 생각했던 것보다 좀 미약한 것 같습니다. 역시 천년하수오를 구해왔어야 했나 싶습니다.

-아닙니다. 천년하수오는 너무 과합니다. 균형과 조화를 생각하면 백년하수로도 충분합니다.

전음으로 대답해 오는 비현의 말에 벽우진은 살짝 아쉬운 표정을 지었다. 천년하수오가 부르는 게 값이라지만 지금 마음먹고 찾으면 못 찾을 것도 없어서였다. 게다가 다른 이도 아니고 곤륜파의 제자를 위해서인데 곤륜파가 매정하게 거절하지도 않을 테고 말이다.

-이제 막 시작한 것에 불과합니다. 영단의 약력도 마찬가지

고요. 아마 슬슬 본색을 드러낼 겁니다.

부르르르!

비현의 담담한 전음이 끝나기 무섭게 청민이 몸을 떨었다. 동시에 그의 전신에서 흘러나오는 기운 역시 변했다. 지금까지와는 비교도 되지 않을 정도로 폭발적으로 솟구치는 기운.

'지금이로군.'

벽우진이 눈을 빛냈다. 비술을 준비하면서 비현이 신신당부했던 순간이 바로 지금임을 본능적으로 알 수 있어서였다.

그는 득달같이 달려 나가 청민의 명문혈에 양손을 포갰다.

'흡!'

두 손을 포개서 명문혈에 댄 순간 벽우진이 내심 놀라며 침음을 흘렸다. 초반과는 달리 지금 터져 나오는 기운은 말 그대로 어마어마했기 때문이다.

아까 전에 했던 무시가 무안해질 정도로 폭발적인 기운이었기에 황급히 정신을 집중하며 청민을 도왔다. 가까스로 태청진기를 운용하는 청민에게 힘을 실어주었다.

스르르륵.

벽우진은 상청무상신공을 주로 익혔지만 그렇다고 해서 태청신공을 모르는 것은 아니었다. 청민에게 완전한 태청신공을 가르쳐 준 이가 바로 그였기 때문이다.

그렇기에 벽우진은 능숙하게 태청신공의 구결대로 청민과 함께 영단의 약력을 조종하기 시작했다. 제 마음대로 날뛰려고 하는 영단의 약력을 조금씩 집어삼키며 소화시켰다.

우득. 우드드득.

그리고 그럴수록 청민의 몸에서 심상치 않은 소리가 들려왔다. 마치 뼈가 뒤틀리는 소리가 체내에서 흘러나왔다.

동시에 청민의 얼굴 역시 고통으로 일그러지기 시작했다. 몸속에서 뼈가 뒤틀리니 그 고통을 고스란히 느낄 수밖에 없어서였다.

-신음 소리 내지 마! 정신 바짝 차리고 견뎌!

끊임없이 흘러나오는 소리와 함께 몸을 격렬히 떠는 청민에게 벽우진이 전음으로 호통을 쳤다. 웬만한 목소리로는 고통에 힘겨워하는 청민이 듣지 못할 거라고 생각해서였다.

그게 통한 모양인지 몸을 떨던 청민이 가까스로 몸을 부여잡기 시작했다.

-참아! 견뎌! 고작 영단의 약력에 쓰러질 거야!

"흐으으읍!"

벽우진의 말에 자극을 받은 것일까. 청민이 어금니를 악물고서 숨을 크게 들이켰다. 동시에 눈매가 파르르 떨렸다. 곤륜파와 미래를 생각하며 희미해지는 정신 줄을 바짝 잡은 것이었다.

콰드드득!

그때 가부좌를 틀고 앉아 있던 청민이 크게 꿈틀거렸다. 척추에서부터 시작된 고통에 또 한 번 위기가 찾아왔다. 게다가 스스로의 깨달음으로 이루는 경지가 아니었기에 청민으로서는 더더욱 힘겨울 수밖에 없었다.

'하지만! 참는다……!'

머리가 새하얘지는 고통 속에서도 청민은 이를 악물었다. 이 기회를 만들기 위해 벽우진이 얼마나 노력했는지 너무나 잘 알아서였다.

게다가 이건 오직 그만을 위한 비술이 아니었다. 벽우진을 위해, 사문을 위한 것이었기에 청민은 자신의 모든 것을 건다는 심정으로 고통을 견뎌냈다.

스르륵.

그때 청민의 새하얀 백발이 바닥으로 떨어졌다. 멀쩡히 붙어 있던 백발이 저절로 두피에서 떨어졌던 것이다. 동시에 눈썹은 물론이고 수염 역시 얼굴에서 떨어져 나왔다.

스으으윽.

그리고 놀라운 일이 벌어졌다. 청민의 두피에서 검은색에 가까운 회색빛 머리카락이 자라나기 시작했던 것이다.

게다가 변화는 그게 끝이 아니었다. 노구라는 말이 절로 떠오를 정도로 굽고 왜소했던 체격이 마치 젊었을 때처럼 장대해지기 시작했다.

'호오.'

눈에 보일 정도로 확연하게 변하는 광경에 두 사람을 조용히 지켜보던 비현이 눈을 빛냈다. 그에게는 이 모든 과정이 너무나 중요했기 때문이다. 때문에 비현은 눈에 보이는 현상을 모조리 양피지에 기록하며 현상을 관찰했다.

'그런데 안타깝게도 환골(換骨)은 이뤘지만 탈태(奪胎)까지는 가지 못했군.'

확연하게 달라진 체격과 모발, 눈썹과 다르게 피부는 벗겨지지 않았다. 완벽한 환골탈태를 이루지는 못한 것이다.

하지만 반쪽의 성공이라고 하더라도 대단한 일이었다. 어찌됐든 인위적으로, 그것도 절세의 영약 없이 이루어낸 결과였기에 비현은 투자 대비 효율로 따지면 나름 성공적이라고 생각했다.

"후우."

"이제 안정기에 들어간 모양이군요."

"약력 주제에 반항이 제법 심하더라고요."

"허허허."

청민의 명문혈에서 손을 떼고서 말하는 벽우진의 모습에 비현이 실소를 흘렸다. 어째 말하는 투가 가소롭다는 듯해서였다.

"고분고분하게 말을 잘 들으면 얼마나 좋아."

"그건 저로서도 어떻게 할 수 없는 영역입니다, 장문인."

"알고 있습니다. 그냥 투정 좀 부린 겁니다. 하하. 그리고 제가 어찌 거기까지 부탁을 드리겠습니까. 이것만 해도 엄청난 성과인데요. 비현 호법이 안 계셨다면 실행하지도 못했을 테고요."

"제가 없었어도 어떻게든 해내셨을 거 같은데요?"

비현이 옅게 웃으며 말했다. 그가 본 벽우진은 안 되면 어떻게든 되게 만들 위인이었기 때문이다. 아마 자신이 없었다면 천고의 영약을 찾아내서라도 청민을 환골탈태시켰을 거다.

"이가 없으면 잇몸으로라도 어떻게든 해내야죠. 그런 마음가짐이 있어야 뭐라도 해내지 않겠습니까."

"그래서 가끔 장문인이 무섭습니다. 허허. 저희 호법들만 해도……."

비현이 말끝을 흐렸다. 차마 강압적으로 끌고 내려왔다는 말을 하기 힘들어서였다. 가까운 예로 반항하는 진구를 개 패 듯이 잡아서 데려온 일화는 호법들 모두가 알고 있었다.

"흠흠! 그래도 결과적으로는 다 상부상조하게 되지 않았습니까? 혼자보다는 둘이 나은 게 증명되었으니까요."

"그렇지요. 저만 해도 이런 경험을 어떻게 해볼 수 있었겠습니까? 나름 재미도 있고요. 다만 목숨을 걸어야 한다는 부담이 있는데 그건 장문인께서 계시니 조금 덜합니다."

"전 신이 아닌데요."

"제가 보기에는 신선이나 마찬가지신데요. 곤륜의 신선이요. 그냥 신선은 좀 안 어울리시고. 흐음."

비현이 말끝을 흐렸다. 그러더니 벽우진을 지그시 바라봤다.

"별호라도 지어주시려는 겁니까?"

"만천독황도 때려잡으셨는데 하나쯤은 있어야 하시지 않겠습니까. 더구나 곤륜의 장문인이신데요."

"때려잡다니요."

벽우진이 그답지 않게 민망한 표정을 지었다. 그래도 나름 도사라고 할 수 있는데 사람을 때려잡았다고 하자 왠지 모르게 과격하고 난폭한 느낌이 들어서였다.

하지만 비현은 그 말을 한 귀로 듣고 한 귀로 흘렸다.

"흐음. 패선(覇仙) 어떻습니까? 갑자기 딱 떠오르는데요."

"제가 그렇게 패도적인가요."

"허허허."

비현은 대답하지 않았다. 하지만 웃음만으로도 뜻을 전달하기에는 충분했다.

"저도 딱 맞는 별호 같은데요?"

"몸은 어때?"

"그 어느 때보다 상쾌하고 좋습니다. 이립이었을 때보다 더 좋은 것 같은 느낌입니다."

"확실히 육신이 젊어지기는 했어. 반로환동까지는 아니지만. 비현 호법. 하나 더 먹여볼까요?"

벽우진의 말에 자리에서 일어난 청민이 식겁한 표정을 지었다. 이번이야 아무것도 모르고 견뎠지만, 다음번은 솔직히 자신이 없었다.

그 정도로 뼈가 깎이고 뒤틀리는 고통은 상상을 초월했다.

"개인적인 판단으로는 나쁘지 않다고 생각합니다. 다만 바로는 힘들고 지금 체내에 남아 있는 약력을 전부 소화한 다음에 시도하는 게 좋을 것 같습니다. 그때의 몸 상태에 맞춰 영단도 다른 비율로 배합해야 하고요."

"잘하면 이번에는 환골에서 멈추지 않고 탈태까지도 노려볼 수 있을 것 같은데 말이죠."

"가능하다고 봅니다."

청민이 몸을 부르르 떨었다. 두 사람이 마치 자신을 실험체 보듯이 쳐다보고 있어서였다.

하지만 안타깝게도 그에게는 거절할 명분도, 발언권도 없었다. 말해도 벽우진이 인정하지 않을 테니까.

"너무 겁먹지 마. 지금 당장 하겠다는 건 아니니까. 다음 차례가 남아 있기도 하고."

"후우!"

"근데 너무 좋아한다? 난 오직 너만을 생각하며 목숨까지 걸었는데."

"아니, 아닙니다!"

안도의 한숨을 쉬던 청민이 다급히 손사래를 쳤다. 그 모습에 비현이 자기도 모르게 빙그레 웃었다.

다 함께 모여서 조식을 하는데 당민호가 청민을 계속해서 힐끔거렸다.

그건 그의 옆에 앉아 있던 당소윤도 마찬가지였다. 하루 만에 체격 자체가 달라진 청민의 모습에 두 조손은 정말 깜짝 놀랐다. 하지만 그 놀람에는 차이가 좀 있었다.

"대체 무슨 일이 있었던 거냐?"

"허허허."

"무슨 일이 있었기에 하루 만에 몸 자체가 바뀌어?"

당민호가 날카로운 눈빛으로 청민의 몸 곳곳을 살폈다.

독술은 자연적으로 의술과도 연관이 되기에 당민호는 웬만한 의원보다 뛰어난 실력을 가지고 있었다. 그렇기에 그는 도무지 이해가 되지 않는다는 표정으로 청민과 벽우진을 번갈아 쳐다봤다.

"그냥 좀 좋은 일이 있었어."

"그러니까 그 좋은 일이 뭐냐고."

어색하게 웃기만 하는 청민을 일별하며 당민호가 벽우진을 쏘아봤다.

하지만 내부 기밀을 외인에게 고주알미주알 말해줄 필요는 없었기에 벽우진은 그저 어깨만 으쓱거렸다.

"친구 사이라도 내부 기밀을 말해줄 수는 없지."

"어디서 영약이라도 구한 거냐? 하지만 좋은 영약이라면 환골탈태나 반로환동을 했을 텐데……."

당민호의 귀신같은 눈썰미에 청민이 깜짝 놀랐다. 말하는 투가 반만 성공했다는 사실을 알아차린 것 같아서였다.

"진짜 영약을 구하신 거예요?"

"중원에도 이름 높은 영험한 산이 곤륜산이니 영약이 있는 게 이상하지는 않지. 다만 그 영약이 어느 정도냐가 문제지만. 그렇다고 현재 곤륜파 사정상 돈 주고 영약을 살 정도는 아니고."

"왜 그렇게 남의 문파에 관심이 많아? 너 집에는 언제 갈 거야? 나이도 있는데 빨리 복귀해야지."

"우리 사이에 정말 이럴 거냐?"

당민호가 애걸복걸하듯 물었다. 아무리 봐도 신기했기 때문이다.

차라리 영약을 구했다고 하면 납득이라도 할 텐데 그의 예민한 감은 그게 전부인 게 아니라고 말하고 있었다. 분명 그가 모르는 무언가가 있는 것 같기에 당민호는 끈질기게 매달렸다.

"어허. 나이 먹고 무슨 추태야. 손녀도 옆에 있는데. 게다가 이 자리에는 내 제자인 예지도 있다고."

"그럼 제가 여쭈어보면 말해주실 거예요?"

당소윤이 특유의 날카로운 눈매를 반짝이며 입을 열었다.

하지만 벽우진은 철벽이었다.

"안 돼."

"그게 그렇게 비밀스러운 건가요?"

"응."

당소윤이 분한 표정을 지었다. 어떻게 하는 말마다 저렇게 얄미울 수가 있을까.

분한 건 당민호도 마찬가지였다.

"말해주는 게 그렇게 어려워?"

"어렵진 않은데, 그 다음의 반응이 뻔히 보이니까. 귀찮은 일은 미리 피해가야지."

"귀찮게 하지 않으마. 그러니 궁금증만 풀어줘."

"말 바꿀 걸 뻔히 아는데."

"한 입으로 두말하지 않는다. 나 예전의 소가주가 아니다. 사천당가의 태상가주야. 그것도 여전히 오대세가의 일좌를 차지하고 있는."

당민호가 위엄 서린 표정으로 말했다.

하지만 벽우진은 꼼짝도 하지 않고 그저 묵묵히 앞에 놓인 소채를 젓가락으로 집었다.

"요리가 많이 늘었는데?"

"그동안 열심히 연습했어요."

"굳이 네가 할 필요는 없는데."

"아직은 인원이 그렇게 많지 않잖아요. 호법님도 한 분만 남아 계시고요."

당민호가 눈을 빛냈다.

생각해 보니 현재 곤륜파에는 이 자리에 있는 인원 말고 한 명이 더 있었다. 벽우진이 직접 호법으로 모셔왔다는 이들 중한 명이 말이다. 그가 짐작하기로는 남아 있는 호법이 청민의 갑작스러운 변화와 연관이 있을 것만 같았다.

"눈알 굴러다니는 거 다 보인다."

"그러니까 네가 진즉에 말해주면 좋잖아?"

"누구 좋으라고? 비전은 다른 사람들이 모르니까 비전인 거야."

"치사하기는."

"홀라당 벗겨 먹으려는 놈이 할 소리는 아닌 거 같은데."

두 사람 사이에서 팽팽한 기 싸움이 벌어졌다. 어떻게 보면 어제보다 더 격렬한 신경전이 말이다.

하지만 결과는 이미 정해져 있었다.

반면 서예지는 당민호와 당소윤이 궁금해할수록 더욱더 기대하는 심정이 되었다. 그녀가 알기로 다음 차례는 바로 자신이었기 때문이다.

'나도 강해질 수 있어.'

서예지의 두 눈이 초롱초롱하게 빛났다. 당민호와 당소윤과 달리 그녀는 오늘 아침에 어떤 일이 있었는지 알고 있었다. 그리고 청민이 멀쩡히 앉아서 아침 식사를 하고 있다는 건 한 가지를 뜻했다. 아니, 저 변화를 보고도 알아차리지 못한다면 바보였다.

'다음은 나야.'

서예지가 기대 가득한 눈빛으로 벽우진을 쳐다봤다. 역시나 그를 따르기로 한 자신의 선택은 틀리지 않았다는 생각이 들었다.

오빠인 서현기는 너무 모험적이라고 말했지만 그녀의 생각은 달랐다. 시작하는 단계인 만큼 힘들기는 하겠지만 그렇기에 얻을 수 있는 것들 역시 크다고 생각했기 때문이다.

'나도 강해질 거야.'

서예지의 눈빛이 굳건해졌다.

천검문주를 가볍게 제압하고 만천독황 당민호에게서도 승리를 따낸 고수가 그의 사부였다. 그렇기에 서예지는 의심하지 않았다. 이제부터는 그녀만 잘하면 되었으니까.

"흐으음."

한데 그런 그녀를 당소윤이 묘한 눈길로 쳐다보고 있었다. 아무런 말도 하지 않았지만, 왠지 모르게 들뜬 기색이 엿보였기 때문이다. 특히 무언가 알고 있는 듯했기에 당소윤은 고양이 눈을 하고서 히죽 웃었다. 나이는 비슷할지 모르나 사람을 다루는 기술은 자신이 월등히 높았다.

'다만 한 가지가 마음에 안 들긴 하지만.'

당소윤이 입술을 삐죽 내밀었다.

불과 어제까지만 하더라도 서예지는 자신을 대하는 데 있어 어려워하는 기색이 역력했었다. 그런데 벽우진과 당민호의 비무 이후 태도가 확연하게 달라졌다. 자신을 더 이상 어려워하지 않았던 것이다.

"치잇!"

영리한 그녀가 그 이유를 모를 리가 없었기에 자기도 모르게 볼멘소리가 나왔지만 정작 그녀에게 관심을 두고 있는 사람은 아무도 없었다. 조부인 당민호는 벽우진과 청민을 달달 볶느라 정신이 없었고, 서예지는 딴생각에 빠져 있었으니까.

'다 마음에 안 들어.'

곤륜산에 온 걸 후회하지는 않지만 그렇다고 행복한 건 또 아니었다. 일단 이곳에서는 그녀 마음대로 할 수가 없었으니까.

하지만 그렇다고 해서 떠나자고 조를 수도 없는 게 현재의 상황. 신비롭고 흥미로운 건 사실이었으니까 말이다.

가주전에 앉은 당문경이 손가락을 두드렸다. 하나뿐인 딸이 보내온 전서구에는 정말 충격적인 소식이 담겨 있었다. 그는 믿을 수 없는 표정으로 당소윤이 보낸 서신을 뚫어져라 쳐다봤다.

"아버지께서, 패배하셨다고? 만천독황이라 불리는 아버지께서?"

몇 번이고 강조하는 사실에도 당문경은 선뜻 믿기지 않았다.

천년마교의 그 어떤 공세에도 의연히 최전방을 맡았던 이가 당민호였다. 또한 지금의 사천당가를 만든 인물이 그의 부친이었고. 때문에 당문경은 딸이 직접 작성한 서신을 봤음에도 좀처럼 믿을 수가 없었다.

"곤륜파 장문인이라."

그렇기에 그는 부친의 패배에 대해서는 생각을 멈추고 새로운 인물에 집중했다. 아니, 그럴 수밖에 없었다. 부친을 쓰러뜨렸다는 존재에 궁금증이 생기지 않으면 그게 더 이상할 것이기 때문이다. 게다가 곤륜파가 있는 청해성과 사천성은 인접해 있었다.

"아버지와 친구 사이란 말이지. 그것도 알 수 없는 진에 갇혀 겉모습은 약관 정도라."

당문경이 턱을 쓰다듬었다.

곤륜파는 여러모로 사천당가와 인연이 깊은 곳이었다. 천년마교의 침공 때 가장 앞장서서 싸운 것도 같았고, 큰 피해를 입은 점도 비슷했다.

하지만 지금은 상황이 아주 많이 달라져 있었다.

"흐으음."

멸문지화를 입었다가 이제 막 재건을 시작하는 곤륜파와 달리 사천당가는 정마대전 전의 전력을 대부분 복구한 상태였다. 그런 만큼 두 곳을 같은 선상에 둔다는 건 말이 되지 않았다. 사실 그동안은 크게 신경 쓰지도 않았다.

그러나 곤륜파의 장문인이 부친보다 고강하다면 얘기가 달라졌다.

"고민되는군."

당문경이 진심으로 고민된다는 표정을 지었다. 그런 그의 시선에는 제갈세가에서 보내온 서신이 놓여 있었다.

물론 패씸죄가 사라진 것은 절대 아니었다. 하지만 가주로서 감정만 앞세울 수도 없기에 당문경은 어느 정도 마음의 결정을 내린 상태였다.

"굳이 어느 한쪽을 택할 필요는 없으니까. 그런데 정말 의외이긴 하군. 아버지 말씀으로는 기재이기는 해도 천재는 절대 아니라고 했었는데."

당문경이 알 수 없는 표정을 지으며 붓을 들어 올렸다.

이윽고 새하얀 종이 위로 먹물을 가득 머금은 붓이 노닐기 시작했다.

이른 아침에 서예지는 목욕재계를 하고서 무복을 곱게 차려 입은 다음에 옥청궁으로 향했다. 바로 오늘 그녀가 청민에 이어 영단을 받는 날이었기 때문이다.

그렇기에 서예지는 평소와 달리 사뭇 긴장한 얼굴로 옥청궁을 향해 걸음을 옮겼다.

스윽.

한데 옥청궁으로 걸어가던 서예지가 경계심 가득한 눈빛으로 주변을 두리번거렸다. 어제 하루 종일 시달렸던 걸 생각하면 당소윤이 몰래 자신의 뒤를 밟아도 이상하지가 않아서였다.

'물론 내 실력으로 당 소저의 기척을 잡아내는 건 불가능하지만 조심해서 나쁠 것은 없지.'

비현이 제조한 영단은 어떻게 보면 천고의 보물이나 마찬가지였다. 또한 아주 중요한 내부 기밀이기도 했고. 아마 알려지면 비현을 노리는 자들이 한둘이 아닐 터였다.

때문에 서예지는 빠른 걸음으로 이동하면서도 주변을 살펴보는 걸 잊지 않았다.

"왔느냐."

"예, 사부님."

"너무 걱정할 거 없다. 따라오는 이는 없으니까. 둘 다 처소에 있어. 잠을 자는 건 아니지만. 아마 내 눈치를 보는 것이겠지."

조심스럽게 장문인 전용 연공실로 들어오는 서예지를 바라보며 벽우진이 씩 웃었다.

그 말에 서예지가 안도했다. 다행히 꼬리를 밟히지는 않은 것 같아서였다.

"다행이에요."

"녀석."

혹시라도 자신으로 인해 난처한 상황이 생길까 걱정하는 서예지의 모습에 벽우진이 피식 웃고는 어깨를 두드려 주었다. 너무 걱정하지 말라고 다독여 주는 것이었다. 그러자 서예지의 표정 역시 한결 편해졌다.

"예지 왔구나."

"안녕하세요."

"허허허."

깍듯한 서예지의 아침 인사에 청민이 손녀를 바라보는 듯한 인자한 얼굴로 고개를 주억거렸다. 그리고 그건 곁에서 함께 인사를 받던 비현도 마찬가지였다.

"준비는 다 되었지?"

"예, 각오하고 왔어요."

"너무 긴장하지는 말고. 청민이 멀쩡한 거 보이지? 조금 고통스럽기는 하겠지만 죽지는 않을 테니까 너무 걱정하지 마라."

"고수가 될 수 있다면 그 어떤 고통도 감내할 자신이 있어요, 사부님."

서예지가 다부진 표정을 지었다. 힘이 없는 약자의 삶이란 게 어떤 것인지 너무나 처절하게 느꼈기에 그녀는 설사 죽을 것 같은 고통이 있더라도 견뎌낼 자신이 있었다.

"아주 좋은 마음가짐이야. 역시 내 제자답다."

"아직은 부족합니다."

"의지가 중요한 거야. 실력은 부가적인 문제지."

스윽.

벽우진의 말이 끝나기 무섭게 비현이 다가와 목궤를 내밀었다. 바로 어제 청민이 받았던 목궤와 똑같은 크기였다. 다만 향이 조금 달랐다.

"진맥부터 하시죠."

"예."

청민과 마찬가지로 목궤를 벽우진에게 건네고서 비현이 손을 내밀었다. 영단을 먹기 전 몸 상태를 점검하기 위해서였다. 서예지 역시 망설이지 않고 팔을 내밀었다.

"어떤가요?"

"아주 좋구나."

"후우!"

살짝 긴장했던 서예지가 이내 작게 한숨을 내쉬었다. 그 모습에 비현은 부드럽게 웃고는 다시 제자리로 돌아갔다.

"시작하자."

"네."

비현이 건넨 목궤가 드디어 서예지의 손으로 건너갔다.

분명 작은 크기이건만 왠지 모르게 무겁게 느껴지는 목궤를 두 손으로 잡고서 서예지가 침을 삼켰다.

그녀는 이내 결의의 찬 눈으로 목궤를 열었다.

달칵.

이윽고 굳게 닫힌 목궤가 열렸다. 그리고 서예지가 두 눈을 휘둥그레 떴다. 작은 목궤가 열리는 순간 상쾌하면서도 그윽한 향이 순식간에 석실을 가득 채웠기 때문이다.

"향이 좋지?"

"네, 향만 맡아도 몸이 맑아지는 느낌이에요."

"하지만 진국은 먹었을 때 드러나지. 이제 그만 삼켜."

벽우진의 말에 서예지가 일말의 망설임도 없이 영단을 입에 털어 넣었다. 그러자 향긋한 풍미가 입안 가득 차올랐다.

"읍!"

하나 그 상쾌함은 잠시뿐이었다. 청민이 느꼈던 그 지독한 쓴맛이 이내 그녀의 혓바닥을 강타했다.

"시작했네요."

"맛이 그렇게 심각합니까?"

"완전요."

청민이 정색하듯 말했다. 앞에 있는 비현이나 벽우진은 절대 모르겠지만 그는 불과 하루 전에 먹었기에 아직도 뇌리에 생생했다. 그야말로 형언할 수 없는 그 맛이 말이다.

스윽.

그런 청민의 모습에 벽우진 나가라고 손짓을 했다. 이제부터는 두 사람이 굳이 이곳에 있을 필요는 없었기 때문이다.

게다가 청민이야 절반의 성공으로 끝났지만 내공의 토대가 탄탄하고 어린 서예지는 비술로 인해 환골탈태를 이룰 가능성이 높았다. 그렇기에 호법을 서줄 사람은 한 명이면 충분했다.

-조심하십시오, 사형.

-걱정 마라. 첫 번째도 아닌데. 나가서 기대나 하고 있어. 어쩌면 너보다 더 강해질지도 모르니까.

-아직은 따라잡힐 생각이 없습니다.

청민이 웃으며 말했다.

새로운 곤륜파의 첫 번째 제자라 할 수 있는 서예지가 강해지는 건 그에게도 기쁜 일이었다. 하지만 그렇다고 순순히 따라잡힐 생각은 전혀 없었다. 누가 뭐라고 하더라도 그는 곤륜파의 하나뿐인 장로였기 때문이다.

　-더 분발하도록. 이제는 삭신이 쑤신다는 변명도 할 수 없는 거 알지?

　-물론입니다.

　-모든 환경이 갖춰졌다. 강해지지 않으면 네가 게으른 거야.

　-명심하겠습니다.

　대답을 끝으로 청민과 비현이 연공실에서 나갔다.

　그리고 그 순간 서예지의 전신에서 약력이 폭발했다. 드디어 영단의 기운이 본격적으로 터져 나온 것이었다.

　턱!

　동시에 벽우진의 신형이 서예지의 등 뒤로 날아가 명문혈에 양손을 포갰다.

　'시작해 볼까.'

　팔딱팔딱 날뛰는 영단의 약력을 느끼며 벽우진이 히죽 웃었다. 그래도 어제 한 번 해봤다고 영단의 기운이 날뛰었음에도 크게 긴장되지 않았다.

　하지만 그렇다고 해서 방심할 생각은 눈곱만큼도 없었다. 만약 잘못되면 서진후와 서일국을 볼 낯이 없었으니까.

　-정신 똑바로 차리거라.

부르르르!

절대 입을 열거나 함부로 움직이면 안 된다고 귀에 딱지가 생기도록 주의를 들었기에 서예지는 벽우진의 전음에도 별다른 반응을 보이지 않았다.

대신 어제의 청민과 마찬가지로 이를 악물었다. 왜 고통스럽다고 했는지 그녀는 지금 처절하게 느낄 수 있었다.

'참는다! 참아낸다!'

백옥처럼 하얗고 주름 하나 없던 서예지의 얼굴이 순식간에 붉어지며 일그러졌다. 지독한 맛들의 향연에 이어 온몸이 찢어지고 활활 불타오르는 듯한 고통에 정신을 차릴 수가 없었다.

하지만 그 끔찍한 고통 속에서도 서예지는 정신을 잃지 않았다. 이 순간을 견뎌내야 자신이 원하는 것을 얻어낼 수 있었기 때문이다.

꾸욱!

서예지는 강해질 수 있다면 이깟 고통은 아무것도 아니라는 생각 하나만 했다. 오직 강해지는 것 하나만을 생각하며 그녀는 고통을 견뎌냈다.

우드득! 우득!

그리고 그때 뼈가 뒤틀리기 시작했다. 환골의 단계에 들어간 것이다. 뒤이어 머리카락과 눈썹, 그 외의 털들이 바닥으로 떨어졌다.

'으음!'

그 모든 변화를 누구보다 가장 확실하게 느끼고 있던 서예지가 옅은 미소를 지었다. 이제 마지막 탈태의 과정만 남겨두었음을 본능적으로 느낄 수 있었다.

잠시 후 몸에서 발산된 열로 인해 재로 변한 의복이 바닥으로 떨어질 때 그녀의 피부 역시 하얗게 뜨기 시작했다. 그리고 허물을 벗듯이 피부가 한 꺼풀 벗겨졌다.

"축하한다."

그 모습에 벽우진이 나지막하게 말하며 미리 준비해 두었던 모포를 그녀에 몸에 덮어주었다.

to be continued

# 귀뺄도 없는 회귀

### 목마 퓨전판타지 장편소설

불친적하기 짝이 없는 이세계 '에리아'.
그곳에 소환된 '이성민'.

13년의 생활 끝에 죽음을 맞이한 그에게
또 한 번의 기회가 주어졌다.

재능이 없다.
그러나 그에겐 13년의 기억이 있다.

우연처럼 엮인 필연이, 그리고 목적이
그를 앞으로, 더 높은 곳으로 나아가게 한다.

## 이성민은 무엇을 바라였는가.
## 무엇이 되고 싶었는가.

"나는 다시 살아가 보고 싶다.
전생보다 나은 삶을."